Henry de Montherlant:
Die jungen Mädchen
Roman

Deutsch von Ernst Sander

Deutscher
Taschenbuch
Verlag

dtv

Ungekürzte Ausgabe
1. Auflage Januar 1962
6. Auflage Juli 1980: 96. bis 107. Tausend
Deutscher Taschenbuch Verlag GmbH & Co. KG, München
Lizenzausgabe mit freundlicher Genehmigung des Verlages Kiepenheuer & Witsch, Köln
Erster Teil des Romanzyklus ›Erbarmen mit den Frauen‹,
alle deutschsprachigen Rechte bei
Verlag Kiepenheuer & Witsch, Köln
Titel der Originalausgabe: ›Les jeunes Filles‹
(›Les jeunes Filles‹, Pitié pour les Femmes‹,
›Le Démon du Bien‹, ›Les Lépreuses‹)
Umschlaggestaltung: Celestino Piatti
Gesamtherstellung: C. H. Beck'sche Buchdruckerei, Nördlingen
Printed in Germany · ISBN 3-423-01555-1

Vorbemerkung

Der Charakter des Costals ist, zum Teil wenigstens, der eines Lebemannes, eines *Libertiners* oder eines *mauvais sujet* (wie man früher sagte). Es haben ihm also persönliche Züge geliehen werden müssen, wie sie einem solchen Charakter gemäß sind. Obwohl der Autor unzweifelhaft dieser Gestalt manches von seinem eigenen Wesen hat zuteil werden lassen, so weist sie doch zahlreiche Züge auf, die dem Bereich des Objektiven angehören und einzig aus künstlerischen Notwendigkeiten ihr bewußt einverleibt worden sind, Züge, die demnach nicht der Person des Verfassers zur Last gelegt werden sollten.

H. M.

Der Autor hatte seine Hauptgestalt ursprünglich Pierre Costa genannt; diesen Namen führt sie in den ersten Auflagen. Dadurch ist in einem Herrn Pierre Costa der Argwohn erwacht, es könnten sich mißverständliche Deutungen ergeben.

Obwohl diese Möglichkeit ausschied, da die Persönlichkeit des Herrn Pierre Costa in keiner Weise dem Helden des Romanes ähnelt, hat der Autor es sich angelegen sein lassen, seine Gestalt umzutaufen.

Das Buch

Liebeserlebnisse und Liebesentscheidungen des jungen erfolgreichen Schriftstellers Pierre Costals beschreibt Montherlant in diesem faszinierenden Roman. Die Spannung des Buches, die aus dem ständigen Kontrast von Sinnlichkeit und Geistigkeit, von glühender Leidenschaft und ironischer Skepsis entsteht, macht die Lektüre zu einem hohen Genuß. Hinzu kommt eine formale Raffinesse und stilistische Brillanz, mit der Montherlant, noch ganz in der großen Erzählertradition des 19. Jahrhunderts stehend, in Briefen, Tagebüchern und Kommentaren die geistvoll-amüsanten Liebesabenteuer erzählt. Romain Rolland schrieb: »Es ist mehr als ein Roman. Meiner Meinung nach enthält das Werk das Grausamste und Wahrste, was je über Mädchen geschrieben worden ist. Ich habe seit einem Menschenalter nichts Besseres über dieses Thema gelesen!«

Der Autor

Henry de Montherlant wurde am 21. April 1896 in Neuilly bei Paris geboren. Er entstammt einer alten französischen Adelsfamilie und genoß eine glänzende Erziehung. Am Ersten Weltkrieg nahm er als Freiwilliger teil und wurde mehrfach verwundet. Sieben Jahre lang lebte Montherlant auf Reisen, vorwiegend in Spanien und Afrika. Im Zweiten Weltkrieg war er Kriegskorrespondent. Am 21. September 1972 schied Montherlant, der zuletzt in Paris wohnte, freiwillig aus dem Leben. Er gilt als einer der größten Stilisten der französischen Sprache, läßt sich aber keiner literarischen Richtung einordnen. Sein Werk wurde mehrfach mit Preisen ausgezeichnet. Neben dem Zyklus ›Erbarmen mit den Frauen‹, zu dem auch der vorliegende Roman zählt, ist er in Deutschland vor allem durch seine Tagebücher und Aphorismen bekannt geworden.

Mademoiselle Thérèse Pantevin
La Vallée Maurienne, Post Avranches (Dép. Manche)
an
Monsieur Pierre Costals
Avenue Henri-Martin
Paris

Gel. s. † J.-Chr. 26. September 1926

Ich danke Ihnen, sehr geehrter Herr und Vielgeliebter, daß Sie keinen meiner Briefe beantwortet haben; sie waren meiner nicht würdig. Drei Briefe innerhalb dreier Jahre, und keine einzige Antwort! Doch jetzt ist die Stunde gekommen, Ihnen mein Geheimnis zu offenbaren.

Von meiner ersten Begegnung mit Ihren Büchern an habe ich Sie geliebt. Als ich Ihr Foto in einer Zeitung sah, ist meine Leidenschaft erwacht. Drei Monate lang, vom 11. November 1923 bis zum 2. Februar 1924, habe ich Ihnen tagtäglich geschrieben. Aber ich habe die Briefe nicht abgeschickt; ich habe mich geschämt. Nur einer ist an Sie abgegangen. Sie haben nicht geantwortet. Doch wenn ich in stillen Stunden Ihr Foto betrachtete, enthüllten Ihr Blick, Ihre ganze Physiognomie mir mein seliges Geschick: Sie liebten mich nicht, o nein, aber Sie hatten mir einen Platz in Ihren Gedanken eingeräumt.

Durch meinen Brief vom 15. August 1924 – dem Fest der Himmelfahrt der hochheiligen Jungfrau Maria – habe ich mich Ihnen abermals in Erinnerung gebracht. Und wenige Tage danach hat ein gewisser Reflex, der auf ebenjenem Foto über Ihr Gesicht huschte, mich wissen lassen, daß mein Brief Sie erreicht hatte.

Zum drittenmal habe ich Ihnen am 11. April dieses Jahres geschrieben. Aber meine Angst, Ihnen durch allzu große Vermessenheit zu mißfallen, war so groß, daß die Wendungen, in denen ich Ihnen schrieb, es Ihnen sicherlich nicht gestattet haben, klar zu erkennen, wie mir ums Herz war. Ich wagte nicht, Ihnen von meiner Liebe zu sagen, und eben das quälte mich zu Tode.

So schrieb ich Ihnen denn einen langen, sechs Seiten langen Bekenntnisbrief, den ich am letzten Samstag des

Rosenkranz-Monats begann und am Vorabend des Festes der Unbefleckten Empfängnis beendete. Doch auch ihn habe ich nicht abgeschickt. Ich denke an Sie, mir ist weh zumute, ich muß Ihnen alles sagen: ich liebe Sie. Ich will Ihnen nichts Böses zufügen.

Wie habe ich gelitten! Wenn Sie mich erst kennen, werden Sie es verstehen. Ich bin keine der Frauen, die sich selbst genug sind. Fern von Ihnen bin ich nichts gewesen, habe ich nichts vermocht. Ich habe gestöhnt, ich habe gebetet, ich habe meditiert, aber dieses innere Leben hat mein ganzes Leben ausgemacht. Warum hätte ich etwas aus mir herausholen sollen, solange es nicht dem Manne dargebracht werden konnte, für den ich geschaffen worden bin? Denn Gott schuf den Mann zu Seinem Ruhme, und die Frau zu des Mannes Ruhme. Ach, was alles könnten Sie für mich tun! Bringen Sie mich zum Leben, mein Freund, mich, die nicht gelebt hat, ehe sie bei Ihnen ist. Mir mangelt nichts, als geliebt zu werden, und ich verspüre in mir die Fähigkeit zu so viel Liebe.

Ich liebe Sie, und ich weiß, daß ich, indem ich es Ihnen sage, den Willen Gottes erfülle. Lieber Freund, haben Sie nie davon geträumt, was unsere Liebe in der Ewigkeit sein wird?

Bald ist es Oktober... Draußen auf den Feldern blühen die letzten Blumen. Ich wollte nicht, daß sie unnütz stürben. Ich habe sie gepflückt und mich dabei bekreuzigt. In Ihrem und in meinem Namen habe ich vier Stengel auf das Grab zweier Zwillingskätzchen gelegt, die nun schon zwei Jahre tot sind. Drei der Blümchen schicke ich Ihnen, und drei behalte ich hier und lege sie zu Füßen meiner Herz-Jesu-Statuette nieder.

Diesmal bitte ich Sie dringlich, mir zu antworten, damit ich meiner Zärtlichkeit freien Lauf lassen und, wenn Ihr Herz das gleiche fühlt wie mein Herz, mich an mein Glück gewöhnen kann.

Mein Freund, Gottes Reich neu zu errichten, das ist uns auferlegt. Verlangt es Sie nach diesem Reich und nach dem meines Herzens, so lassen Sie es mich wissen.

Ich küsse Ihre Feder und zeichne Marie Paradis

Denn »Thérèse Pantevin« gibt es nicht mehr.
(Schreiben Sie keinesfalls Ihren Namen als Absender auf den Briefumschlag.)

(Dieser Brief ist unbeantwortet geblieben.)

Mademoiselle Andrée Hacquebaut
Saint-Léonard (Dép. Loire)
an
Pierre Costals
Paris

3. Oktober 1926

Lieber, großer Costals,
den Sommer über bin ich fast stets draußen im Freien gewesen, und das Haus hat mir nicht das mindeste mehr bedeutet. Bei den ersten Frösten nun aber rüstet man es aus wie eine Arche, um auf der Sintflut des Winters dahinzutreiben, und jetzt zumal, in weit stärkerem Maße denn im Frühjahr, als meine Mutter starb, wird mir bewußt, was es heißt, in Saint-Léonard (Loiret) mit einem alten, stocktauben und innerlich stumpfen Onkel leben zu müssen, wenn man unverheiratet, arm, verwaist ist, keine Geschwister hat und zudem auf die Dreißig zusteuert.

Und dennoch wird diese trübe Stimmung sozusagen aufgesogen durch den festlichen Gedenktag, den die Wiederkehr des Oktobers mir bedeutet. Vor genau vier Jahren, auf den Tag, habe ich zum erstenmal eins Ihrer Bücher gelesen. Welche Macht besitzen Sie über Menschenwesen! Gestern abend habe ich geweint – richtige Tränen –, als ich *Zerbrechlichkeit* wieder las. (Habe ich Ihnen eigentlich geschrieben, daß ich das Buch köstlich und kostbar in grünes Maroquin habe binden lassen? Es ist das einzige Schöne in dem Ozean von Häßlichkeit und Durchschnitt, in dem ich lebe. Hat hundertfünfzig Francs gekostet. Die Hälfte meines monatlichen Taschengeldes ...) Es gibt Tage, da ich keine Zeitung aufschlagen kann, ohne auf Ihren Namen zu stoßen, da ich kein Gespräch führen kann, ohne Sie zu erwähnen (ich spreche Ihren Namen öfter aus als eine Frau den ihres Geliebten), da ich denken könnte, ohne das Gefühl zu haben, Ihr Denken vermische sich dem meinen: Sie sind für mich weniger ein Mensch als ein Element, in dem mein Leben badet, wie man in der Luft oder im Wasser badet. Niemand »erspürt« Sie so wie ich. Nein, niemand, ich will das nicht! Ich bin nicht eifersüchtig auf Leute, die Sie gern haben – nicht einmal auf »schöne Damen« –, wohl aber auf die, deren

Neigung Ihnen gilt. Wenigstens dieser einzige Platz in Ihrer Nähe muß mir vorbehalten bleiben, daß ich Ihr Werk mehr geliebt habe als irgend jemand sonst. Ich kann es fast auswendig, so gut, daß nur zu oft Sätze von Ihnen mir in den Mund kommen oder aus der Feder fließen, weil sie meine Gedanken weit besser ausdrücken, als ich es von mir aus hätte tun können: Sie sind es, der spricht, aber dabei höre ich mich. Sicherlich liegt das an Ihrer großen Begabung, die mich vom ersten Tage an bezwungen hat, aber auch an der Art Verwandtschaft, die man zwischen sich und gewissen Wesen feststellt, von denen einen dem Anschein nach Abgründe trennen. Diese geheimnisvolle Geschwisterschaft hat mich im Verlauf meines alles andere als heiteren, in manchen Stunden so qualvollen Lebens beschwingt und gestärkt. Wie bin ich gewachsen, indem ich Sie las! Sie haben Seelen umgegraben, wie man Erdreich umgräbt, Sie haben ihnen dabei die eigenen Kleinodien vor Augen geführt. Seit vier Jahren ist Ihr Werk mir, die ich keinerlei schriftstellerisches Talent besitze, zum Fürsprecher geworden, so wie Ihr Glück mich, die ich nicht glücklich bin, für vieles entschädigte. Da in mir das gleiche Verlangen wie in Ihnen lebt, alles Wirklichkeit werden zu lassen, da ich jedoch nichts kenne als Verzicht und Sehnsucht, in einem jämmerlichen, absurd paradoxen Dasein – denn schließlich habe ich mir eine Bildung angeeignet, die brach liegt, gehemmt durch Geldknappheit und Einsamkeit, wie ich es nun einmal bin –, habe ich irgendwie meine ganze innere Glut, meinen ganzen Lebenshunger auf Sie übertragen. Nichts liegt mir ferner, als Sie mißgünstig zu betrachten, wie so viele andere es tun; eher hegte ich, falls ich mich so ausdrücken darf, die Empfindungen von Eltern, die ihr Dasein verpfuscht haben und nun sehen, wie ihre Kinder vorankommen (jetzt sind Sie mit Ihren dreiunddreißig Jahren also mein Sohn geworden!). Ich bin sozusagen eingemauert, und da tat es mir wohl, daß jemand über Schranken und Hindernisse triumphierte. Dadurch wurde ich gerächt. Wenn Sie je aufgehört hätten, Sie selber, oder aufgehört hätten, glücklich zu sein, wären Sie wie ein ungetreuer Anwalt gewesen, hätten Sie mich verraten. Mich und viele andere, denn ich weiß, wir sind unser viele, die empfinden wie ich.

Ich bin stolz darauf, daß Sie schreiben, was Sie schreiben. Ich bin stolz darauf, daß Sie ein Dasein führen, wie Sie es führen. Daß ein Mann Ihrer Art einen Publikumserfolg hat (und zwar einen, der an ein Wunder grenzt), söhnt mich mit der Welt aus: es ist also noch nicht alles verloren. Ich könnte es nicht ertragen, wenn Sie nicht geschätzt würden, und bereits vor drei Jahren habe ich zu meiner besten Freundin gesagt: »Wenn Sie Costals (als Schriftsteller) nicht geliebt hätten, würde meine Freundschaft mit Ihnen kaum von Dauer gewesen sein.« Immerfort zittere ich bei dem Gedanken, Sie könnten einmal etwas schreiben, was nicht ganz und gar »das«, nicht »so und nicht anders« wäre. Sehe ich in der Zeitung einen Artikel von Ihnen, so läuft mir, wenn ich zu lesen anfange, der gleiche Schauer über den Rücken wie wohl meiner Mutter damals, als ich noch klein war und eine Nachbarin sie warnte: »Dédée spielt ganz dicht am Teich.« Aber was Sie schreiben, entspricht stets meinen Erwartungen, gerade wie Sie, als ich Sie kennenlernte, genauso waren, wie ich mir Sie vorgestellt hatte. Mein Gott, möge dieses Wunder niemals enden! Dieses von Hoffnung überströmende Vertrauen, das man in einen innerlich freien Mann setzt, wissen Sie, ist nämlich ein schönes Gefühl.

Als ich Sie kennenlernte! Wie könnte ich je Ihre Liebenswürdigkeit, Ihre Anständigkeit, Ihr Entgegenkommen vergessen! Und das war der unzugängliche Costals! Ein sehr großer, sehr berühmter Bruder, aber dennoch ein Bruder. Der ideale Kamerad, mit dem man auf gleicher Ebene steht; wenngleich man natürlich ein wenig zu ihm aufblicken muß. Ich hatte ein bißchen Angst gehabt, daß Sie mir etwa einen Empfang bereiteten, wie ein Schriftsteller, von dem es heißt, daß er ... zupacke, ihn immerhin einem Mädchen zuteil werden lassen konnte, das ihn bewundert und zu ihm in die Wohnung kommt; und was auch immer sich an körperlichem Begehren in Ihnen für mich oder in mir für Sie bekundet haben würde: es hätte mich gedemütigt. Auch heute noch gäbe ich Ihnen mein Leben, aber ich kann mir nicht vorstellen, daß ich Ihnen einen Kuß geben könnte. Obwohl die Religion keine Gewalt mehr über mich besitzt, ist in mir etwas von meiner sehr frommen und sehr gewissenszarten Kindheit verblieben (ich habe nie heimlich ein Buch gelesen und nie Verlangen danach gehabt). Ihre Zurückhaltung ist für mich eine köstliche Entdeckung gewesen: »Zurückhaltung« ist »Macht«, sowohl beim Mann als bei der Frau. Und überdies hat sie mir gezeigt, daß ich für Sie nicht war wie die andern. Und alles, was Sie für mich getan haben – Beratung bei meiner Lektüre, eine Stellung in Paris, die ich dann durch eigene Schuld verlor –, hat mir gezeigt, daß Sie gütig sind, was man aus Ihren Büchern nicht ohne weiteres hätte ersehen können. (Gütig, wenn Sie gerade dazu aufgelegt sind, wohlverstanden. Manches an Ihnen bereitet mir einiges Unbehagen, wie Sie nur zu gut wissen. Obwohl ich Ihnen Sonderrechte zugestehe.)

In einem Monat komme ich auf ein paar Tage nach Paris; es hängt mit den Erbschaftsangelegenheiten meiner Mutter zusammen. Schreiben Sie mir, ob Sie dann dort sind.

Ich drücke Ihnen die Hand, ganz ernst.

A. H.

Entschuldigen Sie, daß dieser Brief so lang geworden ist. Es ist eben stärker als ich. Aber ich verspreche Ihnen, daß ich Ihnen erst in vierzehn Tagen wieder schreiben werde.

(Dieser Brief ist unbeantwortet geblieben.)

2501. – Jg. Mädchen, blond, hübsch, 28 J., 20000 Frcs. Ersparn., kath., sucht Heirat m. Hrn. i. Lebensstellg.
2529. – Jg. Mädchen, 25 J., kastanienbraun, zierlich, sehr hübsch, hübsche Beine, ohne Vermögen, Stenotypistin in Prov.-Stadt, sucht Heir. m. H. in fester Stellg. Suche vor allem Zärtlichkeit.
2530. – Fräulein, 40 J., Aristokr., einz. Tocht., intellekt. Neigungen, auf Schloß leb., 200000 Frcs. Mitgift, s. sehr distinguierten kath. Herrn, auch ohne Vermögen, Adel bevorz.
2550. – Jg. Mädch., 21 J., Marineoffz.-Tochter, Waise, sehr niedlich, hellbraunes Haar, braune Augen, gute Figur, wohnhaft in Finistère, ohne Hoffng. auf Vermögen.
2554. – Witwe, 49jährig, heiteres Wesen, sehr sensibel, warmherzig, sehr reiches Innenleben, disting., tadell. Gesundh., ideale Hausfrau, überleg. i. j. Hins., Eink. 25000, Grundbesitz, wünscht Briefw. zw. Heir. m. absolut einwandfreiem Herrn in ähnlichen finanziellen Verhältnissen, der Ruhe und Sicherheit in gegens. Vertrauen und Zärtlichkeit gewährt. Ernsth. Gesuch. Genaue Adresse.
2563. – Jg. Mädchen, Künstlerin, guter Charakter, Kopf und Herz auf rechtem Fleck, unabhängig, frei und alleinstehend, wünscht Heirat mit sympathischem Junggesellen.
2565. – Marquise, hochgewachsen, Augen blaugrün schillernd, naturblondes Haar, gute Figur, hübsch, sehr eleg., Typ Weltdame, sehr disting., Juwelen, sucht Heirat mit gutauss. Herrn, amerikan. Typ.
2574. – Jg., anständiges Mädchen, gesund, bei s. Mutter a. d. Lande wohnend, wünscht Heirat.
2576a. – Beamtin, kast.-braun, 29jhrg., sanft, fügsam, gepflegt, 600 Frcs. Monatseink., leicht tuberkulös, aber heilbar, möchte Herrn bis 45 heiraten, der sie wahrhaft glücklich machen will. Vermögen Nebensache. Würde Provinz verlassen.

Auszug aus Der schönste Tag, *Monatsschrift für Eheanbahnung, Oktober 1926*

1899. – Junggeselle, Dreißiger, gut aussehend, 1,70 m, gebildet, alle Vorzüge, sucht Heir. mit jg. Mädchen mit ansehnlicher Mitgift.

1907. – Büroangestellter, 23, mittelgroß, Sportsmann, s. Heir. mit Frau, die ihm unabhängiges Leben ermöglicht.

1910. – Tierarzt, 24, wohlhabend, gut auss., groß, schöne Augen, Typ Ramon Novarro, sucht gemütvolle Ehepartnerin mit mindestens 600000 Mitgift.

1929. – Witwer, 63, elegant, gesund, Belgier, freier Beruf, Leopoldsorden, Eink. 4000, sucht Heir. mit Dame o. Fräulein v. gutem Aussehen, vollschlank, liebebedürftig, sparsam, Mindesteinkommen 20000. Habe Schweres durchgemacht.

1930. – Lehrer in Mayenne, 28, Beförderung bevorstehend, sucht Ehe mit freidenkender Kollegin mit solidem Vermögen.

1931. – Jg. Mann, 1,80 m, sehr schick, sehr guter Tänzer, Sportsmann, Rekordinhaber, möchte jg. blondes Mädchen zw. Heirat kennenlernen. Autofahrten.

1940. – Akademiker, Fünfziger, gut, feinfühlig und selbstlos, erträumt Zärtlichkeit, sucht zw. Heirat junges Mädchen mögl. unter dreiundzwanzig, aus gutem Hause, distinguiert, gut erzogen, gebildet, zartfühlend, anschmiegsam, tadellose Vergangenheit, sehr hübsch, gute Hausfrau, schlichte Erscheinung, aber wirklich verführerisch, mindestens 500000 Mitgift und möglichst Erbaussichten.

1945. – Feldwebel der Kolonialtruppe, ohne jedes Gebrechen, schlank, blondlockig, Augen blau, Adlernase, Gesicht oval, gefühlvoll, spielt Geige, Tunesische Wüste, sucht zw. Heir. jg. Mädchen 17–20 mit Mitgift, das strahlende Sonne, ewigblauen Himmel, Fata Morgana und unendliche Sandflächen liebt.

1947. – Mechaniker, Junggeselle, 28, sucht zw. Heir. Briefwechsel mit Dame, die ihm zur Übernahme eines Ladengeschäfts helfen könnte.

1950. – Hauptmann, 33 Jahre, Kriegsschule, demnächst Major, Offizier d. Ehrenlegion, gut aussehend, dunkelbraun, dinstinguiert, elegant, mäßig fröhlicher Charakter trotz überstandener seelischer Leiden, sehr frei und offen, wünscht jg. Mädchen auch mit Kind, glücklich zu machen:

groß, angenehm, reiches Gemüt, ideal gesonnen, tadellos erzogen, katholisch, zwecks Gründung eines glücklichen und dauerhaften Hausstands auf der Basis von tiefer Zuneigung und hohen moralischen Qualitäten. Vermögen Nebensache.
1958. – Jg. Mann, 21, sehr gut aussehend, bescheidene Verhältnisse, sucht vermögende Schwesterseele.
1962. – Vicomte, einziger Sohn, 27 Jahre, authentische adlige Ahnenreihe bis ins 15. Jahrhundert, augenblicklich ohne eigenes Vermögen, aber Aussicht auf große Erbschaft, vollkommen in jeder Beziehung, möchte Dame mit sehr großem Vermögen heiraten, Religion und Alter Nebensache, deren Eltern für Schwiegersohn Beschäftigung hätten.
1967. – Hilfsstraßenwärter, 29, unbemittelt, Umgebung Paris, hofft zwecks Ehe junge Frau zu finden.

»Der schönste Tag«, *Oktober 1926*

Ein Mann, der Heiratsgesuche liest, kann sich nach und nach in mehrere der Männer verwandeln, deren Anlagen er in sich trägt: den Mann, der lacht; den Mann, der begehrt; den Mann, der sich Gedanken macht: in dem »Mann, der sich Gedanken macht«, steckt zugleich ein Mann, der schluchzt.

Der Mann, der lacht. Ach, er muß sich den Bauch vor Lachen halten. Was für eine gute Meinung haben doch die meisten dieser armen Wesen von sich selbst! Wie hoch werden blondes Haar und Katholizismus bewertet! Die vorgeschriebene Körpergröße der Herren. Die »Hoffnungen« der Fräulein; aber Hoffnungen welcher Art? Man schreitet auf dem Burlesken wie auf einem Teppich.

Auf der zweiten Seite des Blattes »stellt sich die Redaktion ihren geschätzten Lesern für die zum glücklichen Gelingen ihres Vorhabens erforderliche Formulierung aller Anzeigen zur Verfügung, und ist notfalls *(sic)* sogar bereit, unmittelbar an die Abonnenten im gewünschten Sinne zu schreiben, Kosten 2 frs pro Brief«.

Auf der letzten Seite die Reklameanzeige einer »Detektivin und ihrer Ermittler; Beobachtungen usw.« Herrlich! Tritt man in die Ehe, so muß man eben an alles denken. (Aber wenn die Detektivin nun zugleich die Hauptschriftleiterin der Zeitung ist, eine Penelope, die nur allzu bereit wäre, aufzutrennen, was sie gewebt hat?) Ein Lob gebührt auch der Reklame für »Blitz-Kredite«: man weiß ja, wie kostspielig eine Frau ist.

Wenn der Mann, der lacht, sich tüchtig ausgelacht, verächtlich den Mund verzogen usw. hat und sich, sofern er zu einer gelinden Bitterkeit neigt, schließlich sagt: »Bloß möglichst schnell wieder einen netten kleinen Krieg, der mit diesem ganzen Geschmeiß aufräumt« (leider, fügt dieser schändliche Mensch hinzu, leider besteht einer der Schrekken des Krieges, auf den nie energisch genug hingewiesen wird, darin, daß die Frauen dabei immer davonkommen), wenn also der Mann, der lacht, sich tüchtig ausgelacht hat, dreht er den Knopf, und es erscheint der Mann, der begehrt.

Der Mann, der außerstande ist, zu lesen: »Junges Mädchen, 22 Jahre«, ohne daß er ein Prickeln spürt.

Hinter jeder dieser Anzeigen steht ein Gesicht, ein Körper, ein Etwas, das schließlich und endlich vielleicht sogar ein Herz ist. Hinter diesen fünf Druckseiten einhundertfünfzig lebendige, in diesem Augenblick lebende Frauen, von denen jede einen Mann haben möchte – warum also nicht mich? –, von denen jede, da sie nun einmal existiert, bereit zum Abenteuer ist, dem legalen oder illegalen, wobei das legale tausendmal schlimmer ist als das andere, bis sie zu einem Zustand des Entbehrens gelangt ist, der sie sich dem erstbesten anbieten läßt. Die Männer nun aber fordern »großes Vermögen«. Wir haben folgendes gelesen: »Herr wünscht zwecks Ehe Bekanntschaft mit jungem, hübschem Mädchen mit großem Vermögen.« Dieser eine Punkt, darauf kommt es an. Du, du mußt jung und hübsch sein und ein großes Vermögen haben. Ich ... naja, ich bin ein »Herr«: genügt dir das etwa nicht? Die meisten der weiblichen Heiratsversessenen drücken sich dennoch genauer aus: Sie suchen einen »Herrn mit Lebensstellung« – also Brot und ein Bett. Das Bett vor allem. Und gibt es denn etwas Natürlicheres, etwas Respektableres als dieses Verlangen? »Unter der Bettdecke spürt man das Elend nicht mehr«, hat uns unübertrefflich ein Marseiller Straßenmädchen gesagt. (Man spürt dort gelegentlich ein anderes Elend. Aber darum handelt es sich jetzt nicht.) Ein begehrlicher Mann, der solche Zeitungsseiten vor Augen hat, sieht sie wogen, wie das Meer wogt, sieht ein erregtes Gewimmel wie in einer römischen Arena, wenn die wilden Tiere hineingelassen wurden. Es sind zu viele, man verliert den Mut: so wie ein Sammler angesichts der zweitausend Gegenstände in einem Museum. Eine Frauenherde in einer geschlossenen Arena. Bösartig wie die Bestien der Arena, und dennoch, gleich diesen, halb unschuldig und wehrlos: samt und sonders Opfer, selbst die schlimmsten. Man braucht nur einen Pfeil in das Gewimmel zu schießen. Anrüchige, Rohlinge und Flegel, Hochstapler und Erpresser, sämtliche Bogenschützen sitzen dort oben und suchen sich ihre Beute aus. Welche Drohung ist über das Volk der Frauen verhängt! Der Gipfel der Reinheit und der Gipfel der Niedertracht, alle Enttäuschungen, alle sozialen Dramen und schließlich auch das Glück brodeln in diesem Hexenkessel, den eine Ehevermittlungs-Zeitung darstellt. Und dazu Groteskes und Leidvolles, wie in allem, was Leben ist, und dies hier ist das Leben an sich: ein Lebenskonzentrat.

Der Mann, der sich Gedanken macht, sieht in diesem kleinen Blatt für Eheanbahnung, das, unter einem bestimmten Gesichtswinkel betrachtet, so lächerlich wirkt, ein soziales Triebwerk ersten Ranges.

Wir haben eines Tages in einem Reklametext, der ein Hotel in einem Badeort anpries, die ködernde Formel »Vornehme Beziehungen« gelesen. Und häufig hört man den einen zum andern sagen: »Gehen Sie doch zu den Soundso. Da können Sie sich Beziehungen schaffen.« Jedem Menschen von guter Herkunft stößt es sauer auf. Und er vergegenwärtigt sich den Ausspruch jener alten adeligen Dame, die auf ihrem Sterbebett, als sie wohl durch unangenehme Besuche belästigt worden war, ihren Enkeln als der Weisheit letzten Schluß die Mahnung hinterließ: »Vor allem schafft euch keine Beziehungen.«

Doch nachdem man den ersten Widerwillen überwunden hat, wirkt es erschütternd, was alles der Mangel an Beziehungen zur Folge haben kann. Spricht man es aus, so mutet es banal an: in Wirklichkeit aber ist es weniger bekannt, weniger »realisiert«, als es den Anschein hat. Es wirkt erschütternd, welch eine Fülle von Glücksmöglichkeiten die Menschen sich entgehen lassen, nur weil sie, aus Mangel an Beziehungen, an Verbindungen nicht gewußt haben, an welche Tür sie hätten klopfen müssen. Und es liegt etwas Tragisches darin, daß jene Türen, die nichts anderes begehrten, als Paradiese zu erschließen, sich nicht auftaten, weil man daran vorübergegangen ist.

Die Wesen, die ihr Leben lang auf das für sie erschaffene Wesen warten – *es existiert stets* – und die sterben, ohne ihm je begegnet zu sein, – Männer, die keine Auswertungsmöglichkeiten für ihre Fähigkeiten finden und sich in untergeordneten Tätigkeiten verbrauchen, – Mädchen, die unverheiratet bleiben und dabei das Glück eines Mannes und ihr eigenes hätten machen können, – Menschen in Not, die immer tiefer hineinsinken, während es doch Wohltätigkeitsunternehmen gibt, die eigens um ihretwillen geschaffen zu sein scheinen; und all das einzig und allein, weil sie zufällig dieses und jenes Wesen nicht kennen oder diese und jene

Organisation oder diese und jene gerade freie Stelle: darin liegt ein Problem, das einem sehr zu schaffen machen kann.

Und das reicht vom Großen bis ins Kleine. Da ist das Buch, das einen in einer ganz bestimmten Stunde aufgerichtet hätte, von dem man indessen nichts wußte. Da ist die Landschaft, die ein Liebeserlebnis aufs schönste umrahmt, das Medikament, das einen gerettet, die Verknüpfung von Umständen, die einem Zeit erspart hätte. All das wartet auf einen, aber niemand hat uns darauf hingewiesen, weil man nicht genug Beziehungen und Verbindungen besaß. Das Land der Verheißung umgibt uns: wir wissen es nicht. So geht es der Wespe, die, um aus einem Zimmer herauszukommen, immerfort summend an eine Fensterscheibe stößt, während ein paar Zentimeter von ihr entfernt das Fenster halb offensteht. Ich werde mit gefesselten Handgelenken ins Wasser geworfen, ohne daß mir der Trick verraten würde, durch den ich mich befreien könnte, und dabei gibt es diesen Trick.

Angebote und Notrufe gleiten aneinander vorbei; sie sind wie Vögel, deren Flugbahnen einander im weiten Luftraum schneiden; schließlich finden sich einige und fliegen paarweise von dannen. Montaigne berichtet uns, sein Vater habe immer gewünscht, in jeder Stadt möge sich »eine bestimmte, genau bezeichnete Stätte finden, wohin Bedürftige jeder Art sich begeben könnten. Der eine sucht Gesellschaft für eine Reise nach Paris. Der andere ist auf der Suche nach einem so und so beschaffenen Diener. Der dritte sucht einen Lehrer, usw.« Und er führt als Beispiel zwei »höchst vortreffliche Persönlichkeiten« an, die im Elend verkamen, jedoch Hilfe erhalten haben würden, hätte man von ihren traurigen Verhältnissen gewußt. Ganz bestimmt verdiente der erste, der auf den Gedanken kam, eine Zeitung dem Zweck dienstbar zu machen, daß Menschenwesen finden, was sie suchen, ein Denkmal. Alles, was Begegnungen anbahnt, verdient Ermutigung, selbst wenn es sich um Begegnungen mit einem sentimentalen Ziel handelt, und trotz allem, was dabei an Ungereimtem und Durchschnittlichem unterläuft.

Die alte Dame, die ihren Angehörigen mit verkrampftem Hochmut empfahl: »Vor allem schafft euch keine Beziehungen!«, würde über diejenigen, die sie beim Wort genommen hätten, alle Tragödien des Unbefriedigtseins – der Seele wie des Leibes – haben hereinbrechen lassen, und die wilde, reuige Sehnsucht nach Gelegenheiten, die sich nur zu gern dem danach Verlangenden geboten hätten, ihm aber nicht zuteil geworden sind. Energisch sich in sich selber zurückzuziehen, taugt nur für eigenwüchsige, starke Naturen, und auch für diese nur im rechten Verhältnis und mit Unterbrechungen. Die andern müssen teuer dafür bezahlen. Man schließt sich nicht ungestraft in die eigenen vier Wände ein. Man lebt nicht ungestraft nur aus sich selbst. Man schickt seinesgleichen nicht ungestraft »ins Bett«. Und das ist gut so, da das Sichzurückziehen auf sich selber – sofern nicht hohe intellektuelle oder geistig-seelische Gründe es gebieten – nur zu häufig seine Ursache lediglich in der Faulheit, der Selbstsucht, der Impotenz, mit einem Wort: der »Lebensangst« hat, von der noch nicht zur Genüge gesagt worden ist, welchen Platz sie unter den Übeln einnimmt, die die Menschheit zur Verzweiflung treiben.

Thérèse Pantevin
La Vallée Maurienne
an
Pierre Costals
Paris

Gel. s. † J.-Chr. 6. Oktober 1926

Mein Geliebter, abermals haben Sie mir nicht geantwortet! Gott hat es nicht erlaubt; Sein Heiliger Name sei gepriesen.

Da ich überzeugt bin, daß in Ihrem Schweigen nur Großes sich vollzieht – sicherlich arbeiten Sie –, will ich jenes Schweigen achten. Ja, sogar bis Allerheiligen. An jenem Tage will ich Ihnen nochmals einen Seufzer senden.

Ich küsse Ihre rechte Hand, die schreibende.

Marie Paradis

(Schreiben Sie unter keinen Umständen Ihren Namen auf den Briefumschlag.)

(Dieser Brief ist unbeantwortet geblieben.)

Thérèse Pantevin
La Vallée Maurienne
an
Pierre Costals
Paris

Gel. s. † J.-Chr. Allerheiligen

Rasch, damit ich etwas in die Hände bekomme, was Ihr Atem gestreift hat! Wenn Sie die kennten, die um mich sind! Wenn Sie wüßten, wie grausig es ist, völlig abhängig von einer Macht zu sein, die einem nicht wohlwill! Nur Sie vermögen etwas über mein Leben. Spenden Sie mir das Leben, damit ich sicher bin, es in alle Ewigkeit zu besitzen.

Dies ist eine Beschwörung in letzter Not. Sie sind mein Atem: lassen Sie mich nicht verlöschen.

Marie.

Ich bin fotografiert worden, und ich schicke Ihnen das Bild. Sie sehen, ich bin jung, aber nicht hübsch. Und dabei schmeichelt das Foto noch.

(Schreiben Sie unter keinen Umständen Ihren Namen auf den Briefumschlag.)

Pierre Costals
Paris
an
Thérèse Pantevin
Vallée Maurienne

5. November 1926

Mademoiselle,
nie hätte ich es mir auch nur für einen Augenblick einfallen lassen, ich könne je eine Ihrer extravaganten Zuschriften beantworten. Aber leider sind die letzten mir nahegegangen; und so ist das Unheil jetzt geschehen. Sie schreiben mir, Ihr Leben liege in meiner Hand. Wir kennen das. Aber die Unterstellung, Sie glaubten es tatsächlich, gehört zu denen, die ich wohl oder übel hinnehmen muß. Dürfte ich somit Notrufe wie die Ihrigen ungehört verhallen lassen? Dazu fehlt mir der Mut. Lassen Sie uns also sehen, was ich für Sie tun könnte.

Es besteht nicht die mindeste Aussicht, daß das Gefühl, das Sie mir entgegenzubringen glauben, je in mir auch nur das leiseste Echo zu wecken vermöchte. Versteifen Sie sich nicht auf mich: Sie würden gegen eine verschlossene Tür anrennen; Sie würden dabei nutzlos Ihre Kräfte erschöpfen. Und überdies, selbst wenn Sie bis zu mir hingelangten, würden Sie nichts von mir haben, denn ich besitze nichts, was ich jemandem geben könnte. Lassen Sie sich das ein für allemal gesagt sein. Erträumen Sie sich nicht, ich könne, was das betrifft, je schwach werden.

Aber wenn dieser Weg Ihnen versperrt ist, so ist er ja nicht der einzige. Wahrscheinlich lebt in Ihnen eine gewisse Kraft; es wäre schade, wenn Sie sie um des erstbesten Gimpels willen vergeudeten, in den Sie sich vielleicht vernarren könnten, weil Sie keine Auswahl haben. Zieht man ab, was an Ihrer Verehrung nur »rosa Seidenband« ist und also mit Ihrem Geschlecht und Ihrem Alter zusammenhängt, so ist, was übrigbleibt, vielleicht nicht ganz und gar zu verwerfen; es wäre nicht übel, zu wissen, ob es Gott genehm ist. Ich weiß wirklich nicht, wie er es damit hält, da ich nicht den leisesten Anhauch von Glauben besitze. Doch in ihm oder in der Vorstellung, die Sie sich von ihm machen, sind

Sie sicherlich besser aufgehoben als an einem heimischen »Herd«. Denn die sind samt und sonders Infektionsherde. Wenn ich überhaupt etwas für Sie tun kann, so nur, daß ich Sie zur Suche danach antreibe und Ihnen aus der Ferne dabei mit freundlicher Anteilnahme folge, obgleich ich, ich sage es Ihnen nochmals, weder an die Göttlichkeit Jesu Christi noch überhaupt an einen Gott glaube. Aber die erhabenen Entrückungen des Unglaubens sind mir vertraut. Sie werden mein Gebet für Sie sein, wenn Sie es wollen. Denn das alles ist ein und dasselbe. Glücklicherweise.

Schreiben Sie mir nun bitte nicht alle drei Tage acht Seiten lange Briefe, wozu Sie sich zweifellos durch diesen hier ermächtigt glauben. Die Aufmerksamkeit, die ich Ihnen zolle, geht nur so weit, daß ich etwa alle drei Wochen einen Brief von Ihnen zu lesen vermöchte; nicht jedoch so weit, daß ich alle drei Tage lesen könnte, was Sie schreiben: ich erkläre Ihnen offen und ehrlich, daß ich es einfach nicht lesen würde. Bitte geben Sie nicht dem Gelüst nach, mir etwa nach einem inneren Kampf zu schreiben, den Sie sich womöglich hoch anrechnen würden. Und erwarten Sie, des weiteren, nicht, daß ich Ihnen antworte. Ich werde Ihnen immer nur antworten, wenn ich mich dazu gedrängt fühle, und daraus mögen Sie ersehen, daß Sie nur selten eine Antwort erhalten werden.

Im übrigen nehmen Sie, Mademoiselle, meine ergebenen Grüße.

Costals

Pierre Costals
Paris
an
Mademoiselle Rachel Guigui
Carqueiranne (Var).

6. November 1926

Liebe Guiguite,
bitte steck doch – und entschuldige, daß ich ihn Dir zugeklebt schicke – den anliegenden, an eine Dame im Loiret gerichteten Brief in Carqueiranne in den Kasten; die betreffende Dame bezeigt mir (vom Loiret aus) seit vier Jahren ihr Wohlwollen. Da sie mit dem besten Willen nichts zu tun hat, als an mich zu denken, kannst Du Dir wohl ausmalen, ob die Sache sich für sie lohnt. Sie ist häßlich, alles andere als begehrenswert, aber intelligent, gebildet, durchaus nicht wertlos: sie ist Waise (ihr Vater war ein kleiner, unbedeutender Provinzanwalt); sie hat ganz allein Latein gelernt usw., ist also alles in allem recht achtenswert. Ich empfinde für sie eine gewisse Sympathie, da ich grausam nachfühlen kann, was es heißen muß, als lediges, auf die Dreißig zugehendes, sozusagen überdurchschnittliches Mädchen in Saint-Léonard (Loiret) zu leben, und noch dazu ohne Vermögen. Es geht einem nahe, mit anzusehen, daß ein weibliches Wesen mit all diesen guten Eigenschaften dazu verdammt ist, entweder als alte Jungfer zu versauern oder einen Krämer im Loiret zu heiraten oder sich einen Liebhaber zuzulegen (was vielleicht für sie nicht eben leicht wäre, da sie von der Natur so stiefmütterlich behandelt worden ist) und zu verkommen. Ich bewahre ihr die Illusion meiner Freundschaft, weil ich weiß, daß ihr das einen Halt bietet. Sie kommt in ein paar Tagen nach Paris, und diesmal möchte ich sie nicht sehen. Eine Frau, die einen liebt und die man selber weder liebt noch begehrt – brieflich geht das gerade noch. Aber von Angesicht zu Angesicht, o weh! Ich gebe daheim strengste Weisungen, daß gesagt wird, ich sei im Süden.

Dann ist da noch eine andere Dame, und die wohnt oben am Ärmelkanal, der habe ich dieser Tage endlich mal geantwortet, nach drei oder vier unbeantwortet gebliebenen

Briefen, die sie mir im Lauf der letzten drei Jahre geschrieben hat. Neulich hat sie mir ihr Foto geschickt: ein waschechtes Bauernmädchen im schwarzen Waisenkittel; so reizlos wie nur möglich. Sie ist völlig verrückt (eine Art Mystikerin), und ohne ihre Verrücktheit, in der ihr ganzer Wert beruht, wäre nicht das mindeste an ihr. Durch einen ganz bestimmten Satz in einem ihrer Briefe ist sie in mich eingedrungen; dieser Satz hat, wenn auch nicht das Herz, so doch die verborgene Stelle in meinem Inneren aufgetan, wo Wohlwollen und Mitgefühl schlafen oder so tun, als schliefen sie: »Wenn Sie wüßten, wie grausig es ist, völlig abhängig von einer Macht zu sein, die einem nicht wohlwill!« Ich nehme an, daß es sich um ihre Familie handelt. Da man, wenn es um Frömmigkeit geht, kaum je die Grenzen zwischen Irrsinn und Erhabenheit abstecken kann, habe ich auf Erhabenheit gesetzt, und ich wollte, sie ginge mit sich zu Rate, ob sie nicht fürs Kloster geschaffen sei: alles wäre besser als solch ein Pachthof mit Kuhhirten und Stallmägden, die nichts als Hohn und Verachtung für eine kleine Erleuchtete übrig haben. Du, liebe Guiguite, die Du die geniale Menschlichkeit Israels besitzt, hättest mir, wie ich glaube, recht gegeben, daß ich ihr endlich geantwortet habe. Ich weiß, daß dergleichen unvorsichtig ist: Gutes, das man einer Frau erweist, ist stets eine Unvorsichtigkeit. Aber ich mag nun einmal den Menschen nicht das bißchen Glück verweigern, um das sie einen bitten, wenn sie auf Erden an uns vorübergleiten.

Sonst habe ich Dir weiter nichts zu sagen, abgesehen von dem Dank für die Freude, die Du mir seit so vielen Monaten schon getreulich spendest. Da Du gegenwärtig in Carqueiranne weilst (hoffentlich hast Du eine angenehme Reise gehabt), siehst Du wohl Fischernetze, die durch Korkstücke an der Wasseroberfläche gehalten werden. Die Nächte mit Dir sind solche Korkstücke, die mich an der Oberfläche des Lebens halten. Wären diese Nächte nicht, und nicht die mit meinen übrigen kleinen Freundinnen verbrachten, so glaube ich, ich ginge unter inmitten meiner stumpfsinnigen Familie, meiner niederträchtigen Kollegen und des Zeitverlustes, den meine Freunde mich kosten. Ich hoffe, daß der jüngste Deiner Nutznießer gut aussieht und ein anständiger

Kerl ist. Sei, wenn Du Ende dieses Monats wiederkommst, gut in Form. Ich glaube nicht, daß es mich ärgern würde, wenn ich Dich verlöre: es würde mir Spaß machen, wenn ich eine Lücke auszufüllen hätte. Aber dennoch wäre es mir ganz lieb, wenn ich Dich behielte.

Liebe Guiguite, ich liebe die Lust, die ich durch Dich habe, ich liebe die Lust, die ich Dir schenke, denn schließlich bist Du achtzehn und gefällst mir. Leb wohl, Liebes, ich habe die Ehre!

C.

Pierre Costals
Paris
an
Andrée Hacquebaut
Saint-Léonard

(In Carqueiranne abgestempelter Brief, der dem vorstehenden Brief beigelegt war.)

7. November 1926

Liebes Fräulein Hacquebaut,
wie ärgerlich! Ich sitze hier in diesem Kaff und muß die ganze Zeit hier bleiben, die Sie in Paris sind. Wäre ich näher bei Paris, so wäre ich nur zu gern auf einen Sprung dorthin gekommen, um Ihnen diese Enttäuschung zu ersparen. Aber von hier aus...! Wenn Sie für Paris irgendeiner Hilfe bedürfen, ein paar Empfehlungszeilen oder dergleichen, so schreiben Sie mir doch bitte sofort nach Carqueiranne, p. Adr. Mlle. Rachel Guigui, 14, rue de la Plage. Mademoiselle Guigui ist eine alte, siebzigjährige Jüdin, bei der ich mich für ein paar Tage eingemietet habe. Ungezogen, wie ich nun einmal bin, sinke ich ihr ganz sicher schließlich in die Arme, immer vorausgesetzt, daß man sich überhaupt für jemanden namens Guigui entflammen kann, was ich, offen gestanden, nicht recht glaube.

Während ich Ihnen schreibe, blicke ich von meinem Fenster aus auf das tanzende methylblaue Meer, über dem sich das Leuchten des Zenits in schillernden Facetten vervielfacht. Dabei male ich mir aus, was es heißen muß, jährlich elf Monate in Saint-Léonard (Loiret) zu verbringen... Und dann kommt mir die Schönheit des Meeres, die mich so unschuldig dünkte, nicht mehr ganz so vor. Herzlichst der Ihrige C.

Ach, Unsinn! Eben habe ich Ihnen was vorgeflunkert. Ich sehe in diesem Augenblick gar nicht das Meer, und zwar aus dem einfachen Grunde, daß ich Ihnen in einem Café in Carqueiranne schreibe, von dem aus man es nicht sehen kann. Aber selbst diese harmlose Lüge Ihnen gegenüber würde mich bedrücken. Tatsächlich, und obwohl es nicht den Anschein hat, geschieht es mir dann und wann, daß ich etwas tue, was mich bedrückt. Selten, aber manchmal doch.

Andrée Hacquebaut
Hotel des Beaux-Arts
Paris
an
Pierre Costals
Carqueiranne

11. November 1926

Costals, lieber Costals, ist Ihr Brief aus Carqueiranne wirklich eine Enttäuschung für mich gewesen? Ja und nein. Ja, weil es zu dumm ist, nach Paris zu kommen und Sie zu verfehlen. Nein, weil ein Briefchen wie das Ihre ein paar Augenblicke des Beieinanders mit Ihnen wohl aufwiegt. Wie nett Sie doch sind! Und so ist es nun schon seit Jahren! Wären Sie also nicht so weit weg gewesen, so wären Sie tatsächlich »auf einen Sprung« nach Paris gekommen, einzig und allein, um mich zu sehen? Und Ihre reizende Nachschrift, diese »Gewissensbisse«, die ich in Ihnen wittere, bloß weil Sie mir etwas vorgeflunkert haben! Wie könnte man Sie da nicht liebhaben, trotz Ihrer Sprunghaftigkeit, Ihrem wochenlangen Schweigen, Ihren Seitenhieben, trotz allem, was Ihnen an Spielerischem und ein wenig Beunruhigendem innewohnt, trotz der grausamen Lausbüberei, die nur zu oft wettgemacht und ausgelöscht wird durch Ihre Güte und Ihr Zartgefühl, die wahrhaft *göttlich* sind. Mir sind durch Sie nur Freuden zuteil geworden.

Ich sitze allein in diesem Zimmer eines kleinen Hotels. Der Ofen bullert, drunten tummelt Paris sich im Regen. Ihr Brief liegt vor mir auf dem Tisch. Er soll mir helfen, diese paar Tage in Paris ohne Sie zu überstehen. Er soll mir helfen, Ihnen alles zu sagen, was ich Ihnen zu sagen habe. Denn dies wird ein sehr ernster Brief.

Während des Sommers kommen mir in Saint-Léonard die Lebensaussichten, vor denen mich im Winter das Grauen packt, ganz erträglich vor. Um zu rudern, gemeinsam zu baden, gemeinsam spazieren zu schlendern, gibt es sogar in Saint-Léonard ganz nette junge Leute, mit denen ich mich begnüge. All das endet mit den ersten Frösten, mit der Lampe und den Büchern. Die Kälte erweckt in mir das Verlangen nach geistiger Gemeinschaft. Dann lockt mich Paris.

Und ein paar Stunden Paris – gestern Beethoven in der Salle Gaveau; heute morgen die Fragonards in der Galerie Charpentier – und ich sage mir: Nein! Es ist unmöglich! Ich bin nicht stolz darauf, daß ich bin, wie ich bin, aber feststellen darf ich es wohl. Und das, was ich nun einmal bin, weigert sich, einen Durchschnittsmenschen zu heiraten. Immer ist in mir die fest verankerte Vorstellung, die Liebe einer Frau dürfe keine Herablassung sein, nur weil sie im Geschlechtsakt die Unterlegene ist.

Als kleine Provinzlerin ohne Vermögen und Beziehungen kann ich schwerlich die »gute Partie« machen, durch die ich zu Geld und Geltung käme, beispielsweise nach Paris heiraten, in ein wohlhabendes, kultiviertes Milieu (um einen kultivierten Gatten zu finden, müßte ich die Hälfte des Jahres frei und unabhängig in Paris leben, und dazu fehlen mir die Mittel). Da die »gute Partie« ausscheidet, möchte ich nur eine Ehe eingehen, die es mir auch am hellichten Tage ermöglicht, eine liebende Frau zu sein. Soll ich genauso einsam, genauso mittellos wie jetzt bleiben und mich überdies lebenslang an einen Mann ketten, der mich langweilt und den ich dennoch gerade genug liebe, daß ich mir verbiete, es ihn spüren zu lassen – das und alle Möglichkeiten, die mich gegenwärtig belasten, wo ich doch wenigstens meine Freiheit habe, und hinzu kämen noch zahllose neue Sorgen –: wozu sollte das nütze sein? Nur eine große Liebe und das Bewußtsein einer wahrhaft fruchtbaren Aufgabe würden mir den Verzicht auf meine Freiheit erträglich machen.

Es gibt hier bei uns einige junge Leute, die, wie ich glaube, mich ganz gern heirateten. Sie sind mir nicht gerade unangenehm. Jung, nett, überaus wohlerzogen und anständig. Zumindest bei dem einen »brauchte ich es nur darauf anzulegen«, dann gelangte ich vielleicht sogar dazu, ihn wirklich gernzuhaben. Aber in welch einer Spießerumwelt lebt er – es ist eine Kaufmannsfamilie, und noch dazu eine in der Provinz –, ohne jeden Sinn für Literatur, für alles, was tief oder fein und kompliziert ist oder nichts mit Geldverdienen zu tun hat! Ein verheirateter Mann kann sich vielleicht von seiner Umwelt frei machen. Aber eine verheiratete Frau? Sie kann sich weder von ihrem Mann oder der Familie ihres Mannes absondern noch es auch nur darauf ankommen lassen, sie vor den Kopf zu stoßen. Können Sie wohl nachempfinden, welche Tragik darin liegt, wenn man ein nur ein klein wenig höher geartetes weibliches Wesen ist? Das nämlich ist meine Tragödie. Das Glück, sich aus dem Durchschnitt nichts zu machen, muß teuer bezahlt werden... Und sich aus dem Durchschnitt etwas zu machen, muß mit dem Durchschnittsglück bezahlt werden, das einem dadurch zuteil wird. Ach, wie wohl würde mir sein, wenn ich die Frau eines Künstlers wäre! Denn um eine Künstlerfrau zu sein, muß man den Künstler noch tiefer lieben als den Mann, man muß darauf bedacht sein, daß der erstere groß, daß der letztere glücklich ist. Und dann ganz füreinander dazusein, einander unausgesprochen zu verstehen, wie beruhigend müßte das sein!

Mir graut vor alten Jungfern. Unglücklich Verheiratete tun mir leid. Die außereheliche Liebe ekelt mich an. Also...? Dabei werde ich im April dreißig! Dreißig Jahre, der Toresschluß... Mir dreht sich's im Kopf. Ich habe gräßliche Angst, mir alles zu verderben. O Costals, was soll ich mit meinem Leben anfangen? Nur eins hält mich: daß es Sie gibt. Sie allein gewähren mir meine frauliche Ausgewogenheit. Ich brauche nur für eine Minute die Augen zu schließen und mir zu sagen, *daß Sie existieren*, und schon bin ich beruhigt. Ach, man muß dankbar sein, daß es Menschen wie Sie gibt, daß sie einfach da sind! Büßt das Feuer an Wert ein, nur weil es sich an irgend etwas entzünden muß? Ich liebe Sie wie eine Fackel, an der ich mich entzünde. Und es kommt noch etwas hinzu: nämlich daß durch Sie mir alle Männer fade geworden sind für mein ganzes Leben, und daß alle Schicksale mir als durchschnittlich erscheinen. Ich kann kein normales Glück mehr ins Auge fassen – ich verstehe darunter: irgendeine Ehe –, ohne daß mein ganzes Wesen die Flucht ergreift, heraus aus dieser Schalheit, weil ich nie den Mut aufbrächte, mein Leben einem Mann zu weihen, den ich kaum zu lieben vermöchte. Denken Sie sich in eine Sterbliche hinein, die Zeus geliebt hat, danach keinen anderen Mann mehr lieben mag und sich dennoch verzweifelt danach sehnt, einen lieben zu können.

Wie gern wäre ich imstande, etwas für Sie, für Ihr Werk

zu tun! Und dabei bin ich zu nichts, zu gar nichts fähig! Könnte ich schreiben, so schriebe ich Aufsätze über Sie, ein Buch. Ich wollte, Sie wären arm, krank, unverstanden. Ich wollte, ich wüßte Sie auf irrender Suche nach Ihrer Aufgabe als Mann, wie ich auf der Suche nach meiner Aufgabe als Frau bin. Ihre Schwachheit wäre dann meine Stütze und mein Halt. Ach, Unfug, Sie sind sich selbst genug, Ihre Einsamkeit paßt Ihnen wie angegossen, und was Ihnen den Haß der andern einträgt, das beklage ich: daß Sie so selbstsicher sind. Für mich besteht nicht die mindeste Hoffnung, daß ich je das Band, das einzige Band, zwischen Ihnen und mir spüren kann: Ihre Überzeugung, daß Sie mir absolut vertrauen können. Aber sagen Sie mir wenigstens, daß Sie einer solchen Hingabe nie bedürften! Wenn Sie sie eines Tages dennoch nötig hätten, und ich könnte Ihnen an jenem Tage nicht auf Ihren Ruf antworten, weil eine jämmerliche Pflicht mich hinderte, die ich mir ausgesucht hätte, weil ich daran verzweifelte, etwas Besseres mit mir anfangen zu können!

Eines Tages, als ich Ihnen schrieb, ist mir folgender Satz in die Feder gekommen: »Ich liebe Sie von ganzer Seele.« Ich habe es nicht gewagt, ihn hinzuschreiben, weil ich Angst hatte, Sie könnten es mißverstehen. Jetzt, da Sie mich kennen, da Sie genau wissen, daß ich nicht in Sie verliebt bin und es nie sein werde, schreibe ich es voller Vertrauen, schreibe ich es rückhaltlos und ohne Zögern hin: Ich liebe Sie von ganzer Seele.

Sie brauchen mir nicht zu antworten, Sie müssen diesen Brief vergessen oder, wenn es sein kann, sich nur den Eindruck einer milden Beglückung dadurch bewahren. Vor allem lassen Sie ihn mich nicht entgelten, indem Sie Ihre Einstellung mir gegenüber ändern.

A. H.

P. S. – Ich lasse mir ein altrotes Kleid machen, ganz samtig, ganz leicht, für diesen Winter. Und ich habe mir einen grauen Mantel gekauft, schick – oh, todschick – von dem man meinen könnte, er stamme von einem ersten Schneider (er ist übrigens eine Kopie). Ich will mir auch ein kleines Barett aus grauen Federn kaufen, weil einem so etwas das Gesicht so weich macht... Da können Sie sehen, daß ich, trotz Ihnen, noch anderes im Kopf habe.

Elegant sein, vielleicht gar hübsch... Und warum das alles? Für wen? Für die in Saint-Léonard...

Bonsoir, Monsieur.

Pierre Costals
Paris
an
Andrée Hacquebaut
Saint-Léonard

26. November 1926

Liebes Fräulein Hacquebaut,
ich beantworte Ihr Geehrtes vom 11. ds. mit der vorgeschriebenen vierzehntägigen Verspätung. Eine volle Woche lang habe ich Ihren Brief nicht aufgemacht: das ist eine kleine Quarantäne, der ich alle Frauenbriefe unterziehe, da sie danach wahrscheinlich nicht mehr ansteckend wirken. Und während der zweiten Woche habe ich die Antwort täglich auf den folgenden Tag verschoben, weil jene Antwort zu Papier zu bringen mich einigermaßen verlegen machte. Ich bitte um Nachsicht, aber ich kann seit geraumer Zeit nicht mehr ganz ernst bleiben, wenn mir gesagt wird, man liebe mich.

Ihr Brief hat mich nämlich tatsächlich nicht gerade angenehm berührt. Warum sollen wir die freundschaftliche Ebene verlassen, auf der wir so gut miteinander auskamen, und uns in die Vulgarität und die fruchtlose Plackerei der »Gefühle« begeben? Sie lassen sich im Augenblick auf so erhabenen Gipfeln häuslich nieder, daß ich bezweifle, ob ich Ihnen dorthin folgen kann. Ich habe Sie, so könnte man sagen, als eine intelligente, mit natürlichem Innenleben begabte Kameradin behandelt. Jetzt bleibt mir nichts übrig, als mich gehörig aufzuplustern. Jetzt muß ich tun, als hätte ich Ihnen gegenüber Pflichten: die Pflicht, mich als einer so hochherzigen Selbstpreisgabe würdig zu zeigen, die Pflicht, Sie unendlich schonend zu behandeln (wovon Sie bereits in diesem Brief eine kleine Probe erblicken mögen), die Pflicht, Ihnen mit einer Gegengabe aufzuwarten, die halbwegs der entsprechen müßte, die mir darzubringen Sie mir die Ehre erweisen. Was für ein Rattenschwanz von Pflichten! Und wenn es um Pflichten ging, habe ich leider stets schlecht abgeschnitten. Ich fürchte, Sie sind recht ungeschickt und unvernünftig gewesen. Sie hätten das alles lieber für sich behalten sollen, so daß ich auch weiterhin hätte tun können, als hätte ich nichts begriffen. Reden wir von etwas anderem. Eines Tages habe ich mich über Sie gewundert, nämlich als Sie mir gestanden, Sie hätten keine Ahnung von englischer Literatur. Ich habe unlängst die Bibliothek eines alten Fräuleins geerbt, das, wie ich vermute, für mich Gefühle hegte, die Sie sich auf Grund eines Analogieschlusses leicht vorstellen können. Wäre es Ihnen recht, wenn ich Ihnen ein Kistchen englischer Literatur schickte, natürlich in Übersetzungen? Ich besitze jene Bücher schon in der Originalsprache. Und mir ist der Gedanke peinlich, daß ein Mädchen wie Sie sein Leben lang ohne Fühlung mit dem Geistesleben Englands bleiben könnte.

Herzlichen Gruß, liebes Fräulein Hacquebaut. Aber bitte, bitte: nehmen Sie die Zügel kurz.

C.

Andrée Hacquebaut
Saint-Léonard
an
Pierre Costals
Paris

November 1926

Was für ein komischer Mensch Sie doch sind! Haben Sie im Ernst geglaubt, ich wollte Sie mit Beschlag belegen? Und da haben Sie natürlich in Ihrem ungebärdigen Unabhängigkeitsdrang sofort zu zittern angefangen.

Alles in allem: was ist nun eigentlich los? Ich habe es Ihnen gesagt: Sie sind für mich wie ein Gott. Und ist ein Gott nicht mehr oder minder ein Spiegel, in dem man sich betrachtet und sich dann als ein besserer Mensch vorkommt? Schafft man ihn sich nicht nach seinem Bilde, nur erhabener? Eben das sind Sie, mein geläutertes Double, mein stärkeres, stolzeres, besseres Ich. Ich hege also für Sie eine stille, kühle Leidenschaft. Und daneben besteht meine Freundschaft. Sie sind für mich gleichzeitig ein Gott und ein Kamerad, ist das nicht köstlich?

Welche Pflichten erwachsen Ihnen daraus? Geben Sie mir auch weiterhin, was Sie mir bislang gegeben haben; mehr verlange ich nicht. Ich werde in Ihrem Leben niemals schwerer wiegen als eine Feder. Wie möchte man sich klein machen, damit man bei dem Mann bleiben darf, den man liebt! Solange ich Ihnen schreiben kann, werde ich nie wahrhaft unglücklich sein. Und was macht es mir aus, wenn Sie meiner überdrüssig werden, da ich Ihrer nicht überdrüssig werden kann und da Ihr Werk mir ja bliebe? Selbst wenn ich das Schlimmste annähme, wenn Sie mir lediglich gäben, was Sie allen geben, so wäre es noch immer eine königliche Gabe. Darum bin ich in meiner Verbundenheit mit Ihnen so voller Ruhe.

Mir ist, als hätte Madame de Beaumont, die Chateaubriand mehr geliebt hat als er sie, ihm so schreiben können, wie ich Ihnen schreibe.

Wie die Idee von der obligatorischen Wechselwirkung doch in allen Wesen verankert ist! Wieder und wieder sagt man jemandem: »Merken Sie sich das eine – Ihret- und meinetwegen: Ich liebe Sie nicht und werde Sie nicht lieben. Ich bringe Ihnen eine leidenschaftliche Freundschaft entgegen, weil ich daran Freude habe, weil ich es will, weil es mich glücklich macht, weil es angenehm ist, an ein menschliches Wesen zu denken, sich mit ihm zu beschäftigen, es zu erfreuen. Ich will nichts von Ihnen. Sie sind mir nichts schuldig. Ich liebe Sie ›auf eigene Rechnung und Gefahr‹.« Und dabei bildet der Partner sich ein, man liebe ihn mit einer unwiderstehlichen Liebe, die noch dazu unglücklich ist, weil sie nicht zurückerstattet wird. Aber ganz und gar nicht!

Sie sind mir nicht böse, nein, Sie können mir nicht böse sein dieses melancholischen Angebots wegen, das von feinerer Qualität war als die Angebote anderer Frauen. Entziehen Sie mir Ihre Achtung nicht. Und bitte, schreiben Sie mir dann und wann. Wenn Sie sich gar zu lange in völliges Schweigen hüllen, verkümmere ich, verfalle ich in eine Art geistiger und moralischer Erschlaffung. Alle Einsichten werden mir gleichgültig, wenn ich Sie an den Früchten dessen, was ich mir erobert habe, nicht teilnehmen lassen kann.

Hier meine Hand! A. H.

Ihr Anerbieten, mir englische Bücher zu schicken, nehme ich dankbar an, obwohl es mir lieber gewesen wäre, Ihnen in diesem Augenblick nicht verpflichtet zu sein.

Pierre Costals
Paris
an
Andrée Hacquebaut
Saint-Léonard

30. November 1926

Ich gebe zu, liebes Fräulein Hacquebaut, es ist eine unangenehme Sache, mich zu lieben. Sobald ich merke, daß jemand sich an mich klammert, gerate ich aus der Fassung und ärgere mich; meine zweite Regung ist dann, Abwehrmaßnahmen zu ergreifen. Ich habe in meinem Leben drei oder vier Menschen gegenüber tiefe Zuneigung empfunden, und zwar waren das stets Wesen, von denen ich nicht hätte beschwören können, daß sie auch nur Sympathie für mich hegten. Ich glaube, wenn sie mich geliebt hätten, würde ich versucht haben, mich von ihnen zu lösen.

Mehr geliebt zu werden als selber zu lieben, das ist eins der Kreuze, die das Leben uns auferlegt. Weil wir dadurch gezwungen werden, entweder ein gleiches Gefühl zu heucheln, das wir durchaus nicht empfinden, oder durch Kälte und fortwährendes Zurückstoßen Leiden zu verursachen. Es bringt also auf alle Fälle einen Zwang mit sich (und ein Mensch wie ich darf keinen Zwang empfinden, weil er sonst bösartig wird), und auf alle Fälle Leiden. Bossuet hat ausdrücklich geschrieben: »Dem Menschen, den man allzusehr liebt, fügt man ein unsühnbares Unrecht zu.« Das läuft fast auf das gleiche hinaus, was ich selber geschrieben habe: »Lieben wollen ohne geliebt zu werden, heißt mehr Übles als Gutes tun.« Die Folgerung daraus steht bei La Rochefoucauld: »Wir finden uns eher geneigt, die zu lieben, die uns hassen, denn die, die uns mehr lieben, als wir es wollen.« Und Ihr ergebener Diener schließt daraus: Man sollte niemals jemandem sagen, man liebe ihn, ohne ihn zugleich deswegen um Verzeihung zu bitten.

Wen ich liebe, der nimmt mir einen Teil meiner Freiheit; doch in diesem Fall habe ich es selber gewollt; und es ist solch eine Lust, zu lieben, daß man deswegen von Herzen gern etwas opfert. Wer mich liebt, der nimmt mir die Freiheit ganz und gar. Wer mich bewundert (als Schriftsteller), der riskiert es, sie mir zu nehmen. Ich bin sogar auf der Hut vor denen, die mich verstehen, und deshalb verbringe ich meine Zeit damit, meine Spuren zu verwischen: sowohl in meinem Privatleben als auch in der Persönlichkeit, der ich durch meine Bücher Ausdruck gebe. Was mich bezaubert haben würde, wenn ich Gott geliebt hätte, ist der Gedanke, daß Gott mir nichts zurückerstattet.

Ebenso – muß ich das betonen? – scheue ich vor einem körperlichen Verlangen zurück, das mir entgegengebracht würde, ohne daß ich mit gleicher Münze heimzahlen könnte. Lieber halte ich eine gefühllose Frau in den Armen, ein Stück Holz, als eine Frau, die durch die Vereinigung mit mir größere Lust empfindet als ich durch die mit ihr. Ich muß dabei an gewisse *Höllennächte* denken ... Sicherlich gibt es in der Hölle weibliche Dämonen, die uns begehren, ohne daß wir sie begehren. Es ist ausgeschlossen, daß ein Gott, der auf Quälereien versessen ist, nicht auf diesen Gedanken gekommen sein sollte.

Ich weiß so genau, wie hart es ist, mehr geliebt zu werden als man selber liebt, daß ich mich immer sehr in acht genommen habe, wenn ich merkte, daß ich mehr liebte als ich geliebt wurde. Das ist mir, weiß Gott, ein paarmal widerfahren, und auch, daß ich merkte, daß meinem Verlangen nur aus Gefälligkeit stattgegeben wurde: man hatte Bedenken, oder man war kalt. Wie war ich dann bemüht, daß meine Anwesenheit möglichst schwerelos sei, wie sehr näherte ich mich auf Katzenpfötchen, wie aufmerksam lugte ich nach dem ersten Anzeichen von Überdruß aus, um den Rückwärtsgang einzuschalten und die Begegnungen einzuschränken ...! Muß gesagt werden, ob ich dabei gelitten habe? Aber ich wußte, daß es gerade darauf bei meinem Unterfangen hinausliefe, daß ich bei dem Versuch, mich aufzudrängen, alles verlieren würde, und daß letztlich ich im Unrecht sei, weil ich allzusehr liebte.

Ich kenne die Liebe nur zu gut; sie ist ein Gefühl, für das ich keinerlei Achtung hege. Übrigens: in der Natur existiert sie gar nicht; sie ist eine Erfindung der Frauen. Ich verpfände meinen Kopf, daß ich mich als gehetztes Tier im Busch sicherer fühlen würde als bei einer Frau, die mich mit aller Leidenschaft liebte. Doch es gibt so etwas wie Zuneigung. Und es gibt eine Zuneigung, in die sich Begehren mischt, das ist etwas Großes. In *jedem* der von mir veröffentlichten Bücher finden Sie in dieser oder jener Form die Versicherung: »Nur eins steht für mich über allem: zu lieben.« Aber es handelt sich niemals um die Liebe. Es handelt sich um ein Gemisch von Zuneigung und Begehren, und das hat nichts mit Liebe zu tun. »Ein Gemisch von Zuneigung und Begehren, was sonst wäre denn das, wenn nicht Liebe?« Nein, das hat wirklich nichts mit Liebe zu tun. »Das müssen Sie mir erklären ...« Dazu habe ich keine Lust. Davon verstehen die Frauen nichts, aber auch gar nichts.

Und schließlich und endlich mag ich es nicht, daß man meiner unbedingt bedarf, geistig, »seelisch« oder fleischlich. Das unerklärliche Lustgefühl, das manche Wesen in meiner Gegenwart verspüren, setzt sie in meinen Augen herab. Was soll es mir Ihrer Meinung nach bedeuten, im Universum der anderen etwas zu gelten?

Ich schicke Ihnen hier einen Zeitungsartikel über all das, den ich vor einer ganzen Reihe von Jahren veröffentlicht habe. Heute würde ich ihn anders schreiben. Er ist übersteigert und hat keine Nuancen. Aber was das Grundsätzliche betrifft, so denke ich noch genauso.

Noch etwas. Sie erwähnten Pauline de Beaumont. Ich glaube, Chateaubriand hätte nicht so viel für sie getan, wenn sie nicht todsterbenskrank gewesen wäre. Er hat gewußt, die Sache würde nicht lange dauern.

Tausend Komplimente, liebes Fräulein Hacquebaut.

C.

Costals Artikel

(Fragment)

Ideal der Liebe: zu lieben,
ohne wiedergeliebt zu werden.

... Für jenen Widerwillen, geliebt zu werden, wie manche Männer ihn zeigen, sehe ich mehrere Gründe, die, wie recht und billig, einander widersprechen, da Inkohärenz ein männlicher Wesenszug ist.

Hochmut. – Verlangen, die Initiative zu behalten. In der Liebe, die uns entgegengebracht wird, ist etwas, was sich uns entzieht, was dazu neigt, uns zu überraschen, vielleicht sogar, uns zu überflügeln, was einen Anschlag gegen uns plant, was uns gängeln will. Selbst im Liebesakt, selbst wenn man zu zweit ist, will man nicht zu zweit sein, sondern man will allein bleiben.

Demut, oder, wenn dieser Ausdruck als zu stark scheint, Nichtvorhandensein des Dünkels. – Die Demut eines hellsichtigen Mannes, der genau weiß, daß er nicht gerade schön und nicht gerade wertvoll ist, und erkennt, daß allem etwas *Lächerliches* anhaftet, was seine geringsten Gesten, Worte, Stummheiten usw. an Glück oder Unglück entstehen lassen. Welch ungerechte Macht wird ihm gegeben! Ich mache mir nicht viel aus jemandem, der laut und ungeniert zu denken wagt: »Sie liebt mich«, und nicht wenigstens versucht, die Sache dadurch abzuschwächen, daß er sagt: »Sie hat einen Narren an mir gefressen.« Wodurch er zweifellos die Frau herabsetzt, was er indessen lediglich tut, weil er zunächst sich selber herabgesetzt hat.

Dieses Gefühl vergleiche ich beispielsweise mit dem eines Schriftstellers, dem es *lächerlich* vorkäme, »Schüler« zu haben, weil er weiß, woraus seine Persönlichkeit besteht und was bei »Sendungen« herauskommt. Ein dieser Bezeichnung würdiger Mann verachtet den Einfluß, den er ausübt, wie auch immer jener Einfluß sich auswirken möge, und leidet darunter, daß er Einfluß ausüben muß, als Buße für sein leidenschaftliches Verlangen, zu schreiben. Wir wollen nicht abhängig sein. Und da sollen wir Seelen achten, die sich in Abhängigkeit von uns begeben? Aus einer hohen Vorstellung von der Menschennatur heraus widerstrebt es einem, Führer zu sein.

Würde. – Scheu und Scham vor der *passiven* Rolle, die ein Mann spielen muß, der geliebt wird. Geliebt zu werden, so denkt er, ist ein Zustand, der nur Frauen, Tieren und Kindern gemäß ist. Sich küssen, streicheln, sich die Hand drücken, sich mit feuchten Augen anblicken zu lassen: alles in einem Mann sträubt sich dagegen. (Sogar die meisten Kinder, so feminin sie in Frankreich auch sein mögen, lieben es durchaus nicht, wenn man sie abküßt. Sie lassen es aus Wohlerzogenheit über sich ergehen, weil es nun einmal sein muß und weil die Erwachsenen stärkere Muskeln als sie haben. Ihre Abneigung gegen diese Abküsserei spürt nur der Küssende nicht, der glaubt, sie seien darüber entzückt.)

Verlangen, frei zu bleiben, sich zu bewahren. – Ein Mann, der geliebt wird, ist ein Gefangener. Das ist allzu bekannt; lassen wir es auf sich beruhen.

Thérèse Pantevin
La Vallée Maurienne
an
Pierre Costals
Paris

Gel. s. † J.-Chr. 3. Dezember 1926

Sie haben mir geantwortet! Sie haben mir geschrieben, Sie seien bereit, alle drei Wochen einen Brief von mir zu lesen! Das habe ich gelesen, und ich habe die Worte geküßt. Lassen Sie mich nicht verschmachten. Wenn Sie sähen, wie blaß ich bin! Rasch, schreiben Sie mir nochmals Worte, die ich küssen könnte.

Ich habe Ihren Brief an meine Brust gedrückt, an meine Medaillen, bis es mir weh tat, und je weher es mir tat, desto wohliger wurde mir ebendeswegen zumute. Alles, was mir weh tut, tut mir wohl! Ich träume, Sie träten in mein Kämmerchen, aber wenn Sie wirklich kämen, würde ich vielleicht zu schluchzen anfangen.

Wenn ich könnte, verließe ich den »Infektionsherd« mit tausend Freuden. Aber wohin soll ich mich wenden? Man müßte, wie Abraham, einfach immer geradeaus gehen, ohne zu wissen, wohin, in der heiligen Freiheit der Gotteskinder. Denn zu Ihnen zu gehen wage ich nicht, ich verstünde nicht, mit Ihnen zu sprechen. Sie brächten kein Wort aus mir heraus ... und dabei warte ich nur darauf, daß Sie mir einen Wink geben, trotz meiner entsetzlichen Angst, Sie zu enttäuschen. Aber ich hocke nicht immer im Hause, ich bin oft auf dem Felde. Drei- oder viermal im Jahr fahre ich in die Kreisstadt. Letzte Woche sind wir zum Jahrmarkt in N. gewesen, und da hat es mir recht gut gefallen. Sie sehen, ich bin nicht würdig, Nonne zu werden, falls Sie mir das etwa hatten nahelegen wollen.

Aber Sie dürfen nicht glauben, ich sei leichtsinnig. Tag für Tag ruhe ich in der Eucharistie, wie ich in der Stille jeder Nacht mit Leib und Seele bei Ihnen ruhe, und alles, was da lebt und webt, ruht dann in mir. Und ich bete für meinen armen Vater, der nicht an den lieben Gott glaubt und der so grob mit mir umspringt. Wissen Sie, was er vorhin beim

Abendessen wieder gesagt hat? »Lieber Schweine aufziehen, als Mädchen.« Und dabei hat er mich angesehen.

Leben Sie wohl, lieber Freund. Das Herz ist mir schwer von allem, was ich Ihnen schenken muß. Lieben Sie mich nur mit einem winzigen Bruchteil meiner Liebe zu Ihnen, und die Ewigkeit wird uns in die Arme schließen.

Marie Paradis

Pierre Costals
Paris
an
Thérèse Pantevin
La Vallée Maurienne

9. Dezember 1926

Mademoiselle,
wenn Sie Jesus Christus angehören, dann dürfen Sie ihm nicht auf verworrene Weise angehören. Immer vorausgesetzt, daß Gott existiert, so hat er den Geschöpfen die Liebe nur gegeben, daß sie sie ihm wieder zuteil werden lassen, und zwar einzig ihm. Muß ich Sie an den heiligen Augustinus erinnern: »Die Seele kann nur zu Gott gelangen, wenn sie ihm ohne kreatürlichen Mittler naht«, oder an den Mystiker (Meister Eckhart), der so weit geht zu sagen: »Wißt ihr, warum Gott Gott ist? Weil er aller Kreatur ledig ist.« Sie schänden Gott, indem Sie ihn mit mir vermengen. Solch schmutziges Gemisch macht einem übel. Wenn ich sehe, daß Jesus Christus und die Kreatur vermengt werden (vermengt, nicht nebeneinandergestellt; denn das Nebeneinanderstellen kann in jedem von uns geschehen), so muß ich immer an den Schuljungen denken, von dem die Prinzessin von der Pfalz erzählt: Er hatte sich Heiligenbilder auf den Hintern malen lassen, damit er nicht mehr geprügelt würde.

Sie schreiben mir, Sie seien nicht »würdig«, ins Kloster zu gehen. Sagen Sie lieber: »Ich bin nicht dazu bestimmt«, oder »Ich bin dazu nicht auserkoren«. Das ist durchaus möglich. Aber sprechen Sie nicht von »Würdigkeit«. So wie in der Liebe von Mensch zu Mensch der Empfangende jener Liebe nicht würdig zu sein braucht, genauso bedeutet die Gnade, die Gott einem weiblichen Wesen erweist, indem er es sich ihm weihen läßt, einen Vorzug vor einer Unzahl würdiger Mädchen, ohne daß die Betreffende dessen würdig zu sein oder es sich verdient zu haben brauchte. Ich füge sogar noch hinzu, daß ich, wäre ich Gott, an einem Menschen gerade meine Gnade lieben würde, also die Bevorzugung. So betrachtet, haben Sie recht, keinen Glauben an sich zu haben. Es ist oft ein bedeutsames Kennzeichen, daß ein Werk nicht für Gott und durch seinen Geist unternommen worden ist, wenn allzu eifrig darauf gepocht wird, er billige es, so wie es oft das Kennzeichen für die Minderwertigkeit eines Menschenwerks ist, wenn es allzu selbstsicher behauptet, es werde Beifall finden.

Vielleicht sind in Ihnen Kräfte vorhanden, die geweiht, die dargebracht werden könnten. Ich weiß nicht, was Sie aufgeben müßten, aber ich weiß, daß es darauf nicht ankommt. Es dürfte ein Kirchenvater gewesen sein, der die Redewendung geprägt hat: Wer verliert, gewinnt. Es schmerzt mich, daß ich die Empfindung habe, Sie seien völlig in Torheit (in weltlicher) befangen. Sie gehen auf den Jahrmarkt, Sie fahren in die Kreisstadt, und anstatt daß alles, was Sie dort zu sehen bekommen, Sie mit Ekel erfüllt, haben Sie Freude daran. Wenn Sie gläubig sind, was geht dann die Welt, was das Weltliche Sie an? Es gibt in der Welt nichts Unschuldiges und Harmloses, sobald man gläubig ist. Ein Glas Wasser, das Ihrem Munde angenehm ist, bedeutet eine Ohrfeige für Jesus Christus. Es gibt nichts in der Welt, was sich auch nur rechtfertigen ließe. Wie bedeutungslos Ihr Tun auch sein möge, es ist lächerlich; ich wollte, ich könnte erleben, wie alles Tun, eins nach dem andern, in Ihnen erlöschte wie um Mitternacht die Lichter einer Stadt erlöschen. Als einer meiner Kollegen von der »Tugend des Verachtens« geschrieben hat, da hat ein Geistlicher in einer Zeitschrift einen wahren Indianertanz von Spott und Hohn aufgeführt: »Die Tugend des Verachtens ...! Ein schönes Christentum ist mir das ...!« Aber das Evangelium strotzt von Jesu Christi Weltverachtung; und übrigens gerade heute morgen habe ich gelesen: »Welch ein Glück ist es, zu wissen, in welchem Maße die Welt verächtlich ist! Wie schwach ist man, wenn man sie nicht nach Gebühr verachtet!« Wer hat das geschrieben? Der »milde« Fénelon, der »Schwan« (*Meditationen*, V.). Aber es gibt noch Besseres, und damit sei es genug. Der sterbende Jesus Christus bittet für seine Henker, aber er weigert sich, für die Welt zu bitten. *Non pro mundo rogo*. »Ich bitte nicht für die Welt.« (Ev. Joh. XVII, 9.) Solch ein Donnerton macht mir größeren Eindruck als das Donnergrollen bei seinem Verscheiden. Er bittet für seine Henker, denn darin liegt eine seines Genius würdige Überschwenglichkeit, aber er lehnt es ab, für die alberne, verderbte Menge zu bitten, die er im Evangelium verflucht hat. »Ich bitte nicht für die Welt, sondern für die, die du mir gegeben hast.« Ein grimmiges, herrliches Wort, das mir wohltut! Jetzt, Mademoiselle, sollen Sie sich denen zugesellen, für die Jesus nicht bittet.

Die Sünde, dem Heiligen Geist zu widerstreben, geht mir unendlich nahe. Es gibt in dieser Stunde vielleicht ein Ordenshaus, das nur zu gern möchte, daß Sie mit Herz und Fleisch darin aufgingen, wie ich mit Herz und Fleisch in dem aufgehe, was ich schreibe; es wartet Ihrer, wie die Erde des Morgentaus wartet. Daß Sie ein lebendiger Mensch sind, das glaube ich. Aber sind Sie lebendig aus geistlichem Leben heraus? Ich verfüge über keinerlei Mittel, um feststellen zu können, was in Ihnen ist; vielleicht gar nichts. Es liegt Ihnen nichts Dringlicheres zu tun ob, als sich darüber klarzuwerden, was Ihre inneren Regungen wert sind. Nur ein Priester könnte da Rat schaffen. Ein guter Seelsorger ist das Fundament des Gebäudes, das Sie errichten sollen. Suchen Sie also Pater M. in L., im Kloster der ... auf. Ich kenne Pater M.; er hat die Ehre, der größte Sünder der Welt gewesen zu sein; damit will ich sagen, daß er Ihre Sünden besser verstehen wird, weil er weiß, was Sünde ist. Er dürfte Sie in einen solchen Zustand der Zerknirschung versetzen, daß das Beichten jener Sünden Ihnen genauso angenehm sein wird wie die Flammen den Märtyrern. Er wird der Gnade in Ihnen nie vorgreifen, vorausgesetzt, daß Gnade in Ihnen ist, sondern er wird ihr demütig und stark folgen, nachdem er sie mit äußerster Behutsamkeit erprobt hat. Obwohl man heute nicht mehr aus Ahnungslosigkeit ins Kloster eintritt, wie es früher geschah (und wie man nach wie vor in die Ehe tritt), kann die Kirche bei einer Berufung sich nicht umsichtig genug verhalten, um sicherzugehen. Nicht durch Menschen darf man zur Nonne gemacht werden, sondern nur durch Gott.

Sie beten für Ihren Vater? Sie sollten lieber für sich selbst beten. Haben Sie vergessen, mit wie starken Worten sich das Evangelium darüber äußert? Und Sie täten auch besser, das Evangelium zu lesen und es zu verstehen, als so oft in die Messe zu gehen, zu kommunizieren usw. Mißbrauch ist bisweilen schlimmer als Irrtum, weil man dabei weniger Obacht gibt. Frömmigkeit soll auf große Gebärden verzichten wie der Schmerz, und ich möchte fast sagen: Sie soll auch stumm sein. Welch ein Aufschrei ist doch Moses' Verstummen vor Gott!

Vergessen Sie nie, was ich Ihnen auch schreiben möge, daß ich nicht dem christlichen Glauben anhänge. Glaube ist Finsternis, dieser Ausdruck findet sich häufig, wenn Fromme zur Feder greifen; und ich bin ganz und gar harte Klarheit und Helligkeit. Vergegenwärtigen Sie sich stets, daß ich keinen Glauben habe, daß ich ihn nicht entbehre, daß ich ihn meiner Meinung nach nie besitzen werde, daß ich mir nicht wünsche, ihn je zu besitzen. »Es gibt einen Weg, der, obwohl er bisweilen gut zu sein scheint, stracks in die Hölle führt.« Vielleicht bin ich dieser Weg. Durch meine Phantasie und meine Hoffnungen habe ich mir tausendmal Verdammnis erwirkt. Durch mein Tun – durch die volle und absolute Befriedigung meiner Triebe – habe ich mir weitere tausendmal Verdammnis erwirkt. Und durch Erinnerungen und bedauernde Sehnsucht habe ich mir überdies tausendmal Verdammnis erwirkt. Und das gereicht mir zum Ruhm, darauf beruht ein Teil meiner Berühmtheit. Und ich habe genug Frauen zur Verdammnis verholfen, um einmal einer beim Bestehen eines ganz gewöhnlichen Abenteuers zu helfen. Denn ich bin eine begnadete Seele, und begnadete Seelen teilen sich mit wie die Gnade selber, die alle Gestalten annimmt. Und ich bin – meinem Wesen nach – *der, der alle Gestalten annimmt.*

Ich spreche zu Ihnen in einer Sprache, die Ihnen zum guten Teil unverständlich sein muß. Picken Sie sich heraus, was Sie können. Das ist besser, als wenn ich zu Ihnen hinabstiege.

Verzeihen Sie meine rückhaltlose Offenheit.

Costals

Andrée Hacquebaut
Saint-Léonard
an
Pierre Costals
Paris

24. Dezember 1926

Über drei Wochen haben Sie mir nicht geschrieben. Dann endlich überbringt mir die armselige Postkarte mit zehn Worten, keinem mehr, Ihre Festwünsche und fragt an, wie es mir gehe. Wie es mir geht? Ich kann Ihnen nicht immer und ewig wiederholen, daß ich mich unglücklich fühle. Dabei müßte ich aus diesem Krisenzustand heraus; er bringt mich um. An dem vielleicht nicht mehr fernen Tage, da es mir endgültig bewiesen sein wird, daß jeder Zugang zur Liebe mir verwehrt ist, gebe ich den Widerstand auf. Das Gräßliche ist, daß man sich dennoch daran klammert. Es bleibt nur der freiwillige Verzicht, das stolze, reine Leben. Ich gehöre der geopferten Generation an, bin eins jener Mädchen, deren Liebesmöglichkeiten durch den Krieg verringert worden sind, den Krieg, der die jungen Männer mordete: auch wir sind Witwen. Was das Wildern, das Freibeutertum anlangt, so bin ich dafür noch nicht reif.

Mir scheint, ein solcher Verzicht könne mir weite Bereiche erschließen. »Ich bin besiegt, ich bin am Ende, alles ist aus. Also ist alles, was jetzt noch kommt, ein Geschenk. Da ich nicht mehr suche, habe ich vielleicht gefunden.« Diesen Umschwung habe ich bisweilen in mir beobachtet, wenn ich zum Paroxysmus irgendeiner Heimsuchung gelange; eine Anwandlung von wütendem Stolz, eine Art Abstumpfung, Gleichgültigkeit, eine plötzliche Bitterkeit gegenüber dem Schicksal: »Jetzt komme, was will. Ich selber bleibe mir ja.«

Selbstverständlich bleiben auch Sie mir. In meiner Zerrüttung und meiner Verzweiflung überkommt mich eine Art Friede: »Er kann, er will nicht mein Glück sein. Aber er ist meine Wahrheit. Er will nicht, daß ich ihn liebe; er würde mich nicht mögen, und darüber ginge ich zugrunde. Aber letztlich gibt es in meinem verpfuschten Dasein doch einen höchsten Frieden; während so viele Frauen nie den

Mann finden, der ihnen das Herz höherschlagen läßt, oder Gott weiß wen lieben, einfach aus Liebesverlangen – ist mein höchster Friede, endlich die Gewißheit erlangt zu haben: Es gibt auf der Welt einen Mann, der mich erfüllt, den ich mit meinem ganzen Sein hätte lieben können. Ich brauche nicht mehr zu suchen oder zu warten, was das zermürbende Schicksal einsamer Frauen ist.« Ja, mir das vorzuhalten, beschwichtigt mich. Das Gefühl, *erlangt*, *gehabt* zu haben, endlich der verworrenen, ungewissen Qual zu entrinnen, dem zuchtlosen Hunger nach Liebe – solch ein Verzicht auf einen bestimmten Wert und nicht auf zahllose, ungekannte Möglichkeiten –, das heißt beinahe schon: besitzen.

Weihnachten! Ein Abgrund von Langeweile und Vulgarität bei denen, mit denen ich das Fest verleben muß. Ein Regentag, ein Tag der Sehnsüchte und Ängste. Warum steht an bestimmten Tagen alles Feindliche, das sich zu anderen Zeiten harmlos duckt, plötzlich wider einen auf und fällt einen von allen Seiten her an? Es ist grausig, solchem Ansturm standhalten zu müssen. Und ich male mir das Weihnachtsfest Liebender aus, das köstliche Weihnachtsfest im *Werther*. Wie schade, daß ich nicht mehr meine Schuhe in den Kamin stellen kann! Ich hätte zwei Paar hineingestellt, weil ich viererlei brennend gern hätte: einen Gatten (aus Liebe), ein Grammophon, ein Buch über Cosima Wagner und ein Hütchen mit Reiherschmuck, ein Hütchen, das ich Ihnen lieber nicht beschreiben will, weil Sie mich sonst womöglich auslachten.

Alle guten Wünsche für 1927! Ich habe Sie sehr lieb, Costals; Sie wissen es. Und wenn das Glück sich verschenken ließe, wie ein Diamant, so würde es schnell von meiner Hand in die Ihre gleiten. Ich wiederhole Ihnen die Zusicherung meiner Ergebenheit, die allen Proben standhält. Aber wann, wann endlich bedienen Sie sich Ihrer?

A. H.

(Dieser Brief ist unbeantwortet geblieben.)

Saint-Léonard. Januar. 7 Grad Kälte. Trotz Ofen gefriert nachts das Wasser im Hause Hacquebaut.

Was einem in Andrées Zimmer besonders auffällt, wenn man hineinkommt, ist ein Geruch, den man aus Höflichkeit als »Stickluft« bezeichnet, obwohl die geschlossenen Fenster nur zum Teil daran schuld sind. Wenn ganz junge Mädchen aus begüterten Familien, die doch daheim sämtlich Badezimmer haben, im Gymnasium ärztlich untersucht werden, riecht der Raum, in dem sie sich ausziehen, nach Löwenkäfig. In Andrées Zimmer ist alles, Möbel, Stoffe und was herumsteht und herumliegt, mindestens zwanzig Jahre alt und trägt Gebrauchsspuren: seit zwanzig Jahren ist nichts, oder fast nichts, hinzugekauft worden. Das einzig Schöne sind ein paar Reproduktionen berühmter Gemälde in Glas und Rahmen; die Auswahl zeugt von Geschmack, und zwar von ein wenig weiblichem Geschmack (einem Geschmack, in dem sich ein Hang zum Dekorativen bekundet).

Hupentöne draußen. Wie oft hat ihr beim Quäken dieser Hupe das Herz geklopft! Trotz der Kälte öffnet sie spaltbreit das Fenster. Die gewaltige Laterne am Fahrrade des Briefträgers beleuchtet die Tür des Nachbarhauses. Dann setzt sie sich in Bewegung, kommt heran. Wie bei einer Sternschnuppe spricht Andrée, während die Laterne näher gleitet, ein Stoßgebet: »Lieber Gott, laß sie bei uns anhalten!« Aber die Laterne entschwindet. Und weit in der Ferne ist auch der Mann, dem ihr Rufen gilt und der weitergeht, ohne stehenzubleiben.

Obwohl Andrée schon einsam genug inmitten der Menschenwelt lebt, isoliert der Frost sie noch mehr. Die Schneeluft hemmt jeden Laut. Alles lebt wie unter der Zeitlupe und kauert sich zusammen. Die Schnellzüge verkehren nicht mehr. Die Post langt um einen Tag verspätet an. Aber was hat das schon zu sagen? Nie ein Brief von Costals. Glücklicherweise weiß sie, daß sie im Februar für einen Monat nach Paris reist.

Von je hatte sie darunter gelitten, daß sie nicht spürte, es sei jemand am anderen Ende der Leitung, daß sie nicht wußte, welchem Menschen, welcher Sache sie sich hätte weihen können. Bereits als Kind hatte sie Symptome jener Krankheit gezeigt, die Costals in einem nach Medizinstudenten riechenden Wortwitz als Andrées »Briefitis« bezeichnet hatte. Zu jener Zeit schrieb sie an sich selber Briefe, etwa wie jener englische Dichter im letzten Kriege, der auf der Fahrt zu den Dardanellen in jedem Zwischenhafen einen Jungen dafür bezahlte, daß er beim Auslaufen des Dampfers sein Taschentuch schwenkte (Costals behauptet, ein solcher Charakterzug sei schlechthin *widerlich*, und man könne einem Mann mit so sentimentalen Neigungen nicht die Hand reichen). Später hatte sie den Briefkastenteil von Modezeitungen mit Zuschriften bedacht, was für Mädchen genauso ein Männerersatz ist wie für Frauen das Hündchen ein Kinderersatz. Diese Korrespondenz hatte aufgehört, als sie angefangen hatte, an Costals zu schreiben.

Sie bekritzelte für ihn Seiten um Seiten, stundenlang, und hielt nur manchmal inne, wenn sie einen Schreibkrampf bekam. Oh, sie war nicht geartet wie die Mädchen, die am Federhalter kauen müssen! Es strömte nur so aus ihr heraus. Wie bei den meisten Frauen war, was sie in Gestalt von Briefen abschickte, ihr Tagebuch. Riesige Blätter, bis zum Rand beschrieben, mit ausradierten oder durchstrichenen Wörtern, mit überall dazwischengeschriebenen Zeilen, selbst solchen, die mitten durch die andern hindurchgingen. Erhielt Costals solch einen Brief, so wog er ihn zunächst seufzend in der Hand und schätzte ab, wieviel Blätter er wohl enthalten werde: für jemanden wie ihn, der, wie die meisten Männer, lange Briefe nicht lesen konnte, war das jedesmal ein harter Schlag. Es geschah nur selten, daß der Briefumschlag, damit er ob seines gewichtigen Inhalts nicht platze, nicht auch noch mittels des gummierten Papiers verstärkt war, wie es den Marken in Briefmarkenheftchen anhaftet. Innen fand Costals dann häufig ein Foto von ihr, das er wütend, ohne es nur eines Blickes zu würdigen, kurz und klein riß und in den Papierkorb warf. Ach, hätte sie ihn dabei einmal beobachtet! Welch ein Dolchstoß wäre das gewesen! Aber dann hätte sie innerhalb einer Sekunde endlich begriffen, wie die Dinge standen. Sofern sie nicht, als unheilbar, gedacht hätte: »So in Wut gerät man nur, wenn man liebt. Was hat er heute nur gegen mich?« Manchmal parfümierte sie ihre Briefe mit einem so penetranten und ordinären Parfüm, daß er sie eine Nacht im Freien lassen mußte, mit Klammern an der Wäscheleine aufgehängt, und nicht einmal das genügte: acht Tage lang verpesteten sie ihm sein Schreibtischschubfach. Wenn er sich deswegen bei ihr beschwerte, wartete sie mit Gegenklagen auf: Konnten dergleichen Nebensächlichkeiten eine Freundschaft beeinträchtigen? Sie brachte es mit aller Gewalt nicht fertig, einzusehen: 1. daß es sich um gar keine Freundschaft handelte; 2. daß selbst eine Freundschaft dadurch beeinträchtigt worden wäre; denn wenn es um den inneren Wert eines Menschen geht, gibt es keine Nebensächlichkeiten. Genauso war es um ihr Briefpapier bestellt; es hatte ein »unmögliches« Format. Da Costals seine Briefe aufzubewahren pflegte, hatte er ihr angedeutet, wie lästig sie in seinen Briefbündeln seien, deren Ebenmaß sie durch ihr Hinausragen zunichte machten. Verlorene Mühe. So daß er dahin gelangte, ihre Briefe wegzuwerfen, einfach aus Ärger darüber, es mit ansehen zu müssen, daß ihre Ränder in seinen Mappen zerfransten.

Auf jene Briefe hin spendete Costals von Zeit zu Zeit das Almosen einer Antwort. Nahezu unleserliche Briefchen, so schnell schrieb er, um die Sache möglichst bald hinter sich zu haben. Briefchen, in denen er niederschrieb, was ihm gerade durch den Kopf ging – irgend etwas, wie es eben kam. Briefchen, in denen er sie stets ein bißchen neckte, weil das zu seinem Charakter gehörte, aus Spieltrieb also. Sie nun aber meinte, man necke nur, was man liebe. In Stunden der Hellsicht kam es ihr vor, als seien diese Briefchen in ihrer Gutwilligkeit rührend, und das waren sie ja auch.

Anfangs hatte sie ihm auch kleine Geschenke geschickt. Körbchen mit Blumen, mit Obst, die er zunächst aus Schwäche, Faulheit und Mitleid angenommen hatte. »Ich würde ihr sehr weh tun, wenn ich sie ablehnte.« Als sie ihm eine recht hübsche Zigarettenspitze schickte, sandte er sie mit einem reizenden Brief zurück. Ein Jahr lang hörte sie mit der Schenkerei auf, dann fing es von neuem an: Eau de Cologne, Lavendel-Sachets. Er schrieb ihr: »Liebes Fräulein Hacquebaut, künftig schicke ich Ihnen Ihre kleinen Geschenke nicht zurück. Jedes einzelne schenke ich automatisch einer meiner Geliebten« (was er auch tatsächlich tat). Das band ihr die Hände. Fortan war es aus mit den kleinen Geschenken.

Das andere Heilmittel für Andrées Unbeschäftigtsein war das Lesen. Geliehene Bücher, Bücher, die ihr eine Leihbibliothek schickte, sogar gekaufte Bücher (Wahnsinn: Bücher, die dreißig Francs kosteten) las sie, bis die Augen sie schmerzten. Fast durchweg wertvolle Bücher. Und fast durchweg war in den Bemerkungen, die sie auf die leeren Seiten kritzelte, etwas Interessantes.

Briefschreiben, Lesen, was sonst noch? Sie ließ sich Prospekte von Reisebüros kommen, Kataloge mit Angeboten von seltenen Büchern, von Autographen, von Schallplatten, auch Kataloge der großen Kaufhäuser; die blätterte sie immerfort durch und kreuzte an, was sie gern gehabt hätte, fast ohne Bitterkeit. Daß Millionen von Halbidioten oder Halbidiotinnen dank gestohlenem Gelde Schätze des Geistes, der Kunst, des Luxus genießen konnten, die ihr versagt waren – dagegen empörte sie sich nicht. Sie hatte zu »schreiben« versucht, hatte aber bald erkannt, daß sie kein schriftstellerisches Talent besaß. Bisweilen, wenn sie es nicht mehr aushalten konnte, ging sie hinaus und unternahm ziellose Gänge über Land, obwohl sie sich aus der Natur nichts machte, wenigstens nicht aus der Natur rings um Saint-Léonard. Sie hätte die Natur übrigens nur als einen Hintergrund für lebendige Wesen geliebt.

Zu gewissen Stunden kam ihr dieses Dasein durchaus erträglich vor: zwar fühlte sie sich nicht glücklich, aber sie war auch nicht gerade unglücklich. Wenn sie ein schönes Buch las, sagte sie sich: »Wenn man denkt, daß es Frauen gibt, die täglich acht Stunden im Büro sitzen!« Zu andern Stunden langweilte sie sich unendlich. Es machte sie fast irrsinnig, einen Haufen Zeit zu haben und nicht zu wissen, was sie damit anfangen sollte. Dabei drückte sie sich dennoch vor jeder praktischen Arbeit, da sie einen überscharfen Sinn für den Wert der Zeit besaß. Bei Lebzeiten ihrer Mutter hatte sie sich nie dazu herbeigelassen, ihr bei der Hausarbeit, beim Ausbessern, beim Nähen ihrer Kleider zur Hand zu gehen. »Obst einmachen, wenn ich währenddessen mich bilden, einen großen Schriftsteller, den ich noch nicht gelesen habe, entdecken, irgend etwas lernen könnte, und wenn ich nur im Larousse herumblätterte!« Es versetzte ihr einen Stich ins Herz, sich in eine Arbeit zu schicken, bei der sie die Hände rühren mußte. Daher machte sie sich in Minuten, da sie sich völlig erledigt fühlte, daran, ihre Strümpfe zu stopfen. Es war für sie förmlich zu einer Gleichung geworden: große innere Qual = Strümpfestopfen. So daß das karminrote »Stopfei«, dessen sie sich zu diesem Behuf bediente, ihr eiskalte Schauer über den Rücken jagte, wenn sie es in heiteren Augenblicken erspähte. Seit dem Tode der Mutter hatte sie sich wohl oder übel zu untergeordneten Arbeiten bequemen müssen. Aber nie ohne Ausbrüche heftiger Ungeduld. Solche Arbeiten hatten etwas an sich, was sie nicht in Kauf nahm.

Eines Tages hatte Costals ihr geschrieben:

»Wenn mir je das Unglück widerführe, eine Tochter zu bekommen, so säße ich wie auf Nadeln, bis sie unter der Haube wäre, vor allem, wenn sie kein Vermögen hätte. Eltern werfen sich in die Brust, wenn sie eine Karte ins Spiel gemogelt haben, und trompeten es in alle Winde, aber wenn es sich danach um eine leidlich vernünftige Erziehung handelt, dann ist es aus. Und ich sehe völlig ein, daß es für anständige Leute schrecklich sein muß, alles zu tun, was nötig ist, um eine Tochter unterzubringen (Ränke spinnen, ein offenes Haus usw.), da ja doch alles, was mit dem Heiraten zusammenhängt, unbestreitbar zum Albernsten im menschlichen Leben gehört. Aber dann hätte man sich eben nicht in diese Verlegenheit versetzen sollen! Kinder in die Welt setzen und dann nicht wissen, was man mit ihnen machen soll. Soviel Sorgfalt, Gewissenhaftigkeit, soviel heiliger Ernst bei einer Entbindung, und soviel Leichtfertigkeit, Blindheit und Dummheit bei einer Erziehung. Und damit gelangen wir zu den Eltern, die, da sie kein Vermögen besitzen, ihre Tochter nicht verheiraten, die warten und warten, worauf eigentlich, das ahnt keiner, warten, bis sie alt und grau ist und keine großen Ansprüche mehr stellen kann. Ich kenne wahre Verbrecher von Eltern, deren Tochter wie geschaffen für die Ehe war und die ihr die Ehelosigkeit aufgezwungen haben, nur um sie bei sich zu behalten. All das soll Ihnen sagen, daß Ihnen nur eins zu tun übrigbleibt: nämlich in Paris ein möglichst wenig anstrengendes *business* zu übernehmen, das Ihren Lebensunterhalt sichert, und dann unter Hintanstellung alles übrigen sich mit nichts zu befassen als *unter die Leute zu gehen*, das heißt: sich einen Mann zu suchen. Für den Augenblick muß es Ihre einzige Sorge sein, sich Beziehungen zu verschaffen.«

Mademoiselle hatte diese Worte übel aufgenommen. Sie war wie die vorgeblichen Künstler, die über die Spießbürger zetern und spießbürgerlicher als sonst jemand sind. »Sich Beziehungen zu verschaffen«, war das ein Rat, den man einem feinsinnigen, hochgebildeten Mädchen geben konnte?

»Sie, der Sie die Gesellschaft verachten, Sie, der Sie sich an der Einsamkeit berauschen, Sie gerade sagen mir das! Beziehungen – das ist gut genug für mich.«

»Ich lebe in der Einsamkeit, weil ich das Recht dazu erobert und bezahlt habe. Als ich fünfundzwanzig war, bin auch ich ›unter die Leute gegangen‹: weil ich damals Dinge getan habe, die mich ärgerten und langweilten, nur deshalb kann ich heute tun, was mir Freude macht. Es kommt nicht darauf an, herauszubekommen, ob es amüsant ist, unter die Leute zu gehen. Es kommt darauf an, herauszubekommen, ob Sie als lediges Mädchen ohne einen roten Heller in Saint-Léonard (Loiret) bleiben wollen. Wollen Sie das nicht, so müssen Sie sehen, daß Sie sich passend verheiraten, und passend verheiraten können Sie sich nur, wenn Sie passende Herren in hellen Haufen an sich vorbeidefilieren lassen, wie man im Tattersall die Hengste an sich vorbeiführen läßt. Was Sie lediglich in Paris können. Suchen Sie sich eine Stellung. Wenn Sie wollen, kann ich Ihnen dabei behilflich sein.«

»Und da habe ich sie dann die ganze Zeit auf dem Halse«, hatte Costals gedacht. Dennoch hatte er ihr gelegentlich jener unseligen Anwandlung von Altruismus nicht nur geschrieben: »Ich werde Ihnen bei der Stellungsuche behilflich sein.« Er hatte sich zu noch mehr verpflichtet: »Ich will Sie mit allen möglichen Leuten bekannt machen.« Sie erklärte sich einverstanden.

Hätte sie ihn nicht geliebt, würde er sie vielleicht als Sekretärin angestellt haben: die seine hatte ihm gerade gekündigt. Aber als Sekretärin eine Frau nehmen, die einen liebt ...! Costals hatte einen Freund: Monsieur Armand Pailhès; das war ein tadelloser Mensch, prächtiger Familienvater und Generalsekretär eines Großunternehmens für organisierten Diebstahl (einer Gesellschaft für den Wiederaufbau der im Kriege besetzt gewesenen Norddepartements). Bei ihm war eine Stellung als Stenotypistin frei, und Andrée machte sich auf den Weg nach Paris.

Doch als Andrée eine Arbeit tun mußte, durch die ihr Innenleben Schaden erlitt, empörte sie sich: es ging eben mit ihr durch. Sie arbeitete keine halbe Stunde hintereinander, ohne Seufzer auszustoßen, die ihren Abteilungschef zur Verzweiflung brachten. Sie blieb zwanzig Minuten auf der Toilette und las Nietzsche. Sie kam zu spät ins Büro und ging zu früh weg. Vom vierten Tage an lag ein Band Valéry offen in ihrem halb aufgezogenen Schubfach, und sie versenkte sich in abstrakte Lyrik, sobald ihr Chef hinausgegangen war: ihr ungebärdiges Zustoßen des Schubfachs bei seiner Rückkehr führte zur Entdeckung. Obwohl sie glaubte, ihre Zurückhaltung grenze an Heroismus, bedachte sie Costals zu allem Überfluß im Dreitagerhythmus mit Rohrpostbriefen (»Wollen Sie am Sonntag nicht mit ins Konzert kommen? Spanische Musik ...« – »Ich gehe am Samstag in die Kupferstich-Ausstellung in der Bibliothèque Nationale! Wenn Sie zufällig nichts anderes vorhätten ...«), die den Schriftsteller rasend machten: er entschuldigte sich ein paarmal, ließ die nächsten Briefe unbeantwortet und zerriß sie schließlich, ohne sie aufzumachen. Und es läßt sich nicht verheimlichen: Er unternahm nicht das mindeste, sie »mit allen möglichen Leuten bekannt zu machen«. Auch er kam sich heroisch vor, daß er sie in Paris untergebracht hatte, und mit seinem Heroismus war es nur mäßig bestellt; Andrée auf gesellschaftliche Veranstaltungen zu führen – lieber sterben. Sie dünkten sich somit beide heroisch, und das nimmt stets ein schlimmes Ende. Als gegen Monatsende der über die junge Dame aufgeklärte Monsieur Pailhès einen Vorwand fand, sie ihrer geliebten Freiheit zurückzugeben, waren alle Beteiligten nur zu froh, und Andrée ebenfalls. In Paris zu leben, doch eingekerkert zu sein in diesem stupiden Büro, alles, was sie gern hatte, in greifbarer Nähe zu haben, aber es nicht genießen zu können – da war ihr denn doch ihre Provinz lieber, wo sie wenigstens, wenn sie schon leiden mußte, ungestört leiden konnte. Beinahe erleichtert stieg sie wieder in den Zug nach Saint-Léonard.

Im Warteraum des Centre de Réforme, wo sie auf die ärztliche Untersuchung warteten, saßen und standen zweihundert Durchschnittsfranzosen, Kriegsteilnehmer, weder Bürger noch Volk, sondern der Zwischenschicht angehörend, aus der Frankreich eigentlich besteht, mit der französischen Begabung, sich ausgesprochen unansehnlich anzuziehen, und ihren blassen, nicht gerade ansprechenden Pariser Gesichtern.

Allgemeine Unruhe, Kommen und Gehen; die Leute suchen in der Masse unterzutauchen wie Stiere in der Herde, wenn sie das Nahen des Menschen wittern; vor allem die Einbeinigen versteifen sich darauf, daß sie lieber stehen wollen. Dieser zuckt bei jedem aufgerufenen Namen zusammen; jener fragt, wo die Toiletten sind: der Gedanke, sein Gesuch um nochmalige Überprüfung seiner Rentenansprüche könne abgelehnt worden sein, ist ihm auf den Magen geschlagen. Es gibt aber auch alte Papas, die sich nicht abweisen lassen und immer wieder kommen, die ruhig dasitzen und die Zeitung lesen. Einer bringt den herrlichen Mut auf, mitten in der Masse die *Action Française*, das Royalistenblatt, zu entfalten. (Wenn man ihm nicht seinen Prozentsatz von Invalidität herabsetzt, dann nur, weil wir keine Regierung mehr haben.) Und die Schmerzensmienen der Schwerversehrten, die mit ihrer »Frau« gekommen sind. Und ein Bourgeois mit rotem Bändchen, der sich nicht zu dem gemeinen Volk auf eine der Bänke gesetzt hat, sondern etwas abseits auf den einzigen Stuhl im Raum, um darzutun, daß trotz dieser schweren Prüfung seine Respektabilität intakt geblieben ist. (Beim Hereinkommen hat Costals seine Handschuhe in die Tasche gesteckt, um nicht der einzige zu sein, der hier Handschuhe trägt.)

Costals stellte sich alle diese Männer im Soldatenmantel vor, und dann hatte er sie gern, während er beim Anblick ihrer Zivilkleidung eher die sehr nach besitzender Klasse tendierende Neigung verspürte, sie als Schwindler zu betrachten. »Der Dicke da beispielsweise ... Kann man gleichzeitig«, so fragte sich unser berufsmäßiger Psychologe,

»krank und dick sein? Und der da, der mit dem tückischen Blick, klar, daß dem nichts fehlt, aber auch nicht das mindeste.« Im gleichen Augenblick dreht der Mann mit dem tückischen Blick sich um, und der berufsmäßige Psychologe gewahrt einen leeren Jackenärmel.

Die hohe Woge von Respekt, Hoffnung, Furcht, der jähe Hohn in jedem Blick, wenn ein Arzt vorbeigeht. Hohn? Aber gleichzeitig auch Unterwürfigkeit. Manche grüßen ihn, damit er sich ihrer, die er nie im Leben gesehen hat, erinnert. Er jedoch geht vorüber, die Zigarette stolz im Munde, nicht etwa, daß er Raucher wäre, denn das ist er ganz und gar nicht, sondern weil es ein Zeichen seiner Macht ist, denn hier ist das Rauchen verboten. Ein paar armen Teufeln, besonders eifrigen Grüßern, gibt er, *überläßt* er die Hand, ohne stehenzubleiben, ohne auch nur recht hinzusehen. Im Weitergehen schiebt der Mächtige die Männer ein wenig beiseite, indem er sie mit verbindlicher Überlegenheit leicht am Oberarm berührt, wie man Schafe am Rücken berührt, wenn man sich den Weg durch eine Herde bahnen will. Wenn sie noch nicht wissen, wer sie von rückwärts am Arm faßt, fahren die Männer zunächst zusammen; aber sobald sie es gemerkt haben, strahlen sie: der Mächtige hat sie, die Unwürdigen, *berührt!* Oh, ihre Sache ist in guten Händen.

Wenn der Arzt stehenbleibt, um mit einem von ihnen zu sprechen, werden es plötzlich drei oder vier, dann sechs, dann zehn, die ungeniert einen Kreis bilden und zuhören, die versuchen, ganz beiläufig etwas aufzuschnappen, durch das sie womöglich etwas erreichen oder auch nur eher an die Reihe kommen könnten. Sie sind mit einemmal so geduckt, so närrisch und unverbesserlich kriecherisch vor den »Oberen«, mit einemmal so bereit, sich alles gefallen zu lassen, daß einem übel wird.

Ein Anschlag verkündet: »Es ist den Assistenzärzten strengstens untersagt, in den Räumlichkeiten des Centre de Réforme irgendwelche Honorare entgegenzunehmen.« Warum, o hohe Behörde, willst du uns einflüstern, bei diesen Honoraren könne etwas nicht mit rechten Dingen zugehen? Wir wissen doch genau, daß alles, was mit Rentenwesen zusammenhängt, lauter wie Kristall ist.

Was für ein köstliches Mienenspiel vollführt der eine, der

da in der Nähe des Ausgangs steht, wenn einer der Ärzte den Raum verläßt. Er kämpft gegen seine Hemmungen an, wird ihrer endlich Herr und will durch die Ausgangstür dem Arzt nach, an den er sich dann draußen heranmachen wird; und er schlägt dabei die Augen nieder, er tut gleichgültig, damit die andern nicht kapieren, was er vorhat, ihm nicht nachlaufen und sich gleichzeitig mit ihm an den Arzt heranmachen.

Manche gehen weg, aber es kommen auch welche. So daß man sich sagt (im tiefsten überzeugt, man selber werde der letzte sein, der drankommt), man werde nie das Ende erleben. Und das erinnert sehr an den Krieg.

An den Türen der Ordinationsräume erscheint von Zeit zu Zeit ein Beamter und ruft die Namen der Männer auf, die hereinkommen dürfen. Diejenigen, deren Militärzeit und Zivilleben von der gleichen Dürftigkeit sind, die ewigen »Gemeinen«, antworten mit einem schneidigen »Hier!«, wie blutjunge Rekruten. Einer der Beamten brüllt die Namen mit Stentorstimme, und da lachen einige, worauf andere, die dadurch erst merken, daß das komisch ist, ebenfalls zu lachen anfangen. Eine breite Woge von Heiterkeit schwillt auf. Plötzlich ist es ganz wie an der Front.

Ein paar Männer machen beim Betreten des Untersuchungsraums krumme Rücken, um kränker zu wirken. Andere dagegen tun munter und spielen die Liebenswürdigen, weil sie meinen, diese Art von Haltung sichere ihnen am ehesten *Wohlwollen*. Der Raum für »Atmungsorgane und Kreislauf« hat stets den stärksten Zulauf, weil man dort am leichtesten simulieren kann. Durch die offene Tür erscheint der Untersuchungsraum in einem grünen, klaren Licht wie dem eines Aquariums oder einer Orientnacht. Man bekommt einen flüchtigen Eindruck von dem, was da drinnen vor sich geht. Einer versucht zu entziffern, was der Arzt über ihn notiert, und spricht dabei weiter, lügt ins Blaue hinein, während der Arzt aufsteht und ihm lässig den Rücken zukehrt. Einer atmet schwer und angestrengt. Einer kommt herein und zieht sich dabei die Hosen hoch, und man sieht auf seiner Unterhose den Preiszettel, der nicht entfernt worden ist: er hat sich die Unterhose erst gestern gekauft, weil seine Wäsche nicht mehr vorzeigbar war. Sein

Blick von unten herauf läßt nur zu deutlich erkennen, daß er den Arzt angeschmiert hat oder angeschmiert zu haben glaubt, und er schleicht mit gesenkten Lidern einher, wie einer, der zum heiligen Abendmahl geht, um das Triumphgefunkel in seinen Augen zu verbergen, das ihn verraten könnte. Andere kommen mit offenem Kragen und aufgebundenem Schlips heraus, was die militärgesetzliche Seite der Örtlichkeit noch mehr hervorhebt (auf der Herfahrt hat Costals den Taxifahrer zur Eile angetrieben, in der Meinung, wenn er auch nur um fünf Minuten zu spät komme, müsse er vors Kriegsgericht). Manche der Herauskommenden besprechen hinter vorgehaltener Mütze, wie sie das Ding gedreht haben; ihre Pariser Gesichter zeugen von Tuberkulose und sozialen Forderungen. Aber es sind friedfertige Revoluzzer, eben Franzosen. Ein Schluck Weißwein bringt alles in Ordnung. Oder es braucht nur ein anderer Arzt durch den Raum zu gehen, und schon ist in ihrem Blick wieder das schauerliche Glimmen der Unterwürfigkeit. Sie erwarten irgend etwas von ihm, und also verzichten sie auf das Empörergetue. Man empört sich nur gegen das, von dem man nichts erwartet.

Während so die Stunden hingingen, fing die Müdigkeit an, sich bemerkbar zu machen. Sogar die Einbeinigen hatten es aufgegeben, stehen zu bleiben. Der Herde bemächtigte sich Stumpfsinn. Wenn man sich bewußt machte, daß sie es sich gefallen ließen, wie man selber es sich gefallen ließ, auf halb neun bestellt worden zu sein, und erst zehn Minuten vor zwölf dranzukommen, dann begriff man, wieso der Krieg viereinhalb Jahre hatte dauern können.

Ein Blinder kam aus einem der Untersuchungszimmer, geleitet von einem jungen Mädchen – und die Militärgesetze sanken für Costals auf der Stelle in sich zusammen wie ein geplatzter Kinderballon. Sie hatte schmale, nicht sehr intelligente bläuliche Augen unter schwarzem Haar, wie man es in Andalusien antrifft und was genauso verwirrend ist wie schwarze Augen bei Blonden. Die Stirn niedrig (ach, wäre sie doch recht dumm!), Nackenlöckchen; und obwohl er stets behauptet hatte, er möge nur ausrasierte Nacken, machte es ihm jetzt so viel Spaß, sich selbst zu widersprechen (frei sein wie Gott), daß er von jenen Löckchen hingerissen war. Ihre Haut war so straff, daß sie wie Marmor wirkte, und dabei matt, aber ihre Nase glänzte ein bißchen, wie Marmorstatuen an der Stelle glatt werden, wo sie oft geküßt worden sind. Sie trug den Kopf ein wenig zur Seite geneigt, wie um auf das Fleckchen am Hals hinzudeuten, wo der Kuß hingehörte. Er war bezaubert, als sie über ihr Haar strich und es in Ordnung brachte: die gleiche Handbewegung wie bei kleinen Verkäuferinnen; er hatte eine Schwäche für gewisse Gesten, die den meisten Frauen gemeinsam sind. Ihr Körper war füllig und dennoch zierlich: so etwas bezeichnet man als *morbidezza*, nicht wahr?

Sie ging an Costals vorbei, und er witterte den Duft ihrer Spur, wie es mit zitternder Nase die Hunde tun. Die beiden gingen hinaus. Unverzüglich folgte Costals ihnen: dem Chef des Centre de Réforme würde er schon eine hübsche kleine Lüge schreiben. Er hatte sich vorgenommen, den beiden anzubieten, er wolle ihnen ein Taxi holen. Doch kaum waren sie auf der Straße, als schon ein Auto heranfuhr. Und der verehrte Meister blieb auf dem Gehsteig stehen und hatte das Nachsehen.

Er war deswegen hoch erfreut. »Auf diese Weise«, sagte er sich, »kann ich wenigstens in Ruhe arbeiten.«

Gleich am Tage ihrer Ankunft in Paris war Andrée ins Konzert gegangen. Wie bedeutsam waren ehedem die der Musik geweihten Stunden in diesem Leben ohne Liebe gewesen! Sie hatten ihr jede Art von Rausch ersetzt. Tausende von Liebhabern schlossen sie in die Arme. Welch ein Absturz hernach aus dem siebenten Himmel mitten hinein in das Pariser Straßenleben! Dann fühlte sie stets nur zu sehr, daß sie niemals einen Durchschnittsmenschen heiraten könne. Doch diesmal langweilte sie sich im Konzert: Schlaffheit und Gleichgültigkeit. Die Musik, die sie früher voller Verzweiflung geliebt hatte, da es nichts anderes gab, was sie hätte lieben können, erschien ihr jetzt als fade, wenn sie bedachte, daß Costals sich in unmittelbarer Nähe befand! Costals nahm ihr an allem den Geschmack, er löschte alles um sie her aus, alles, woran sie bisher immer Halt gefunden hatte, er schuf eine Leere rings um sie, als wolle er, daß sie einzig ihn liebe. Es ging ihr nicht mehr um Beethoven, es ging ihr um ihn, um seine »Untergangsmusik«. Diese Pastoral-Symphonie mit ihren nachgeahmten Vogelstimmen dünkte sie jetzt kindisch. Die Töne drangen durch eine dicke Schicht von Geistesabwesenheit und Langeweile zu ihr. In Wahrheit hörte sie überhaupt nicht zu, konnte sie gar nicht zuhören. Irgendeine minderwertige leichte Musik hätte sie genauso in Träumereien eingewiegt.

Für den nächsten Abend hatte Costals sie zum Essen eingeladen. Es war ein kleines Weinrestaurant, das Gedeck kostete zwanzig Francs. Sie redeten nur über Literatur. Da rechts und links von ihr, im Abstand von nur einem Meter, andere Gäste saßen, hätte sie es nicht gewagt, von dem zu sprechen, was sie auf dem Herzen hatte. Es muß übrigens gesagt werden, daß es sie auch kaum danach verlangte. Sie war für einen ganzen Monat in Paris: sie hatte Zeit. Und zudem empfand sie, nun sie bei ihm saß, nur noch einen tiefen Einklang, der sie zu Geschwistern machte, so schien es ihr. (Immer wieder kam sie auf den Ausdruck »Geschwister« zurück; dabei dachte sie gegenwärtig: »Byron und Augusta«, was der Sache eine neue Nuance lieh.) Dieser Friede, dieses Wohlgefühl, diese Sicherheit, dieses Sichpreisgeben. Dieses Bewußtsein der Überflüssigkeit aller Worte, und daß man sich so wunderbar allein fühlen konnte, fast noch losgelöster, als wenn man mit sich selber allein war ... Es wunderte sie, daß sie gänzlich frei von Anfechtungen war. Sie dachte, das komme von dem tiefen geistigen Einverständnis, das stärker als die Liebe und ihr überlegen war. Und auch, weil sie es sich seit Costals' Scheltbrief angelegen sein ließ, die Tonart einer Männerfreundschaft beizubehalten, wie er es von ihr wünschte, und alle Anfechtungen zu verscheuchen. Sie empfand, wenn sie bei ihm war, nicht einmal das Verlangen nach einer der scheuen Liebkosungen, an denen Mädchen so viel gelegen ist, abgesehen davon, daß sie ihm dann und wann gern die Hand geküßt hätte. Doch auch das erschien ihr nicht als eine Geste der Liebe, sondern eher als ein Überquellen ihrer Dankbarkeit, als finde sie keine Worte oder wage oder wisse nicht, sie auszusprechen.

Er indessen saß an der anderen Tischseite und ließ kein einziges Mal den Blick auf ihr ruhen; er sah über ihren Kopf hinweg; aber das merkte sie nicht. Übrigens sah er nie jemanden an, außer Mädchen, die er begehrte; immer darüber hinweg.

Doch einmal blieben seine Augen auf den nackten Unterarmen des Mädchens haften – und konnten sich nicht mehr davon trennen. Die Arme waren schmutzig. Vergebens suchte er sich zu dem Glauben zu überreden, ihr etwas grauer Ton sei die natürliche Hautfarbe; es gab keine Täuschung. Längere Zeit hindurch starrte er die Arme an, ohne daß er noch ein Wort hätte hervorbringen können. Hätte er sie begehrt, so würde er sie deswegen vielleicht noch mehr begehrt haben (ein schlichtes Vielleicht). Da er sie nicht begehrte, erstarrte er darob zu Eis. Die Atmosphäre scherzhaften Geplauders, die der Schriftsteller geschaffen – und die sich danach schnell wieder eingestellt hatte –, wurde von ihm gegen Ende des Essens noch gesteigert. Andrée schob das auf die Liköre, wenn nicht gar auf ihre Gegenwart. Nun aber war die Aufgeräumtheit ganz unvermittelt in Costals in dem Augenblick ausgebrochen, da er beschlossen hatte, das abendliche Beisammensein abzukürzen unter dem Vorwand, er müsse beizeiten heimgehen: es war die Munterkeit des Pferdes, das den Stall wittert.

Sie nahm sein Sich-Verabschieden wohlgelaunt hin und

ging zu Fuß nach Hause. Die gleiche milde Ruhe empfand sie bei jeder ihrer Begegnungen. Nach den Angstzuständen, in die Costals' langes Schweigen sie jedesmal versetzt hatte, so daß sie dann stets irgend etwas Katastrophales herbeisehnte, was sie von ihrer Liebe zu heilen vermöchte – sie wäre in jenen Schweigewochen zu jeder Tollheit fähig gewesen –, wurde bei jedem Wiedersehen mit ihm alles einfach und friedlich, alles vollzog sich im gleichen natürlichen, unbeschwerten Rhythmus, so daß sie sich ihm gegenüber beinahe kühl vorkam.

Beim Abschied hatte Costals ihr gesagt: »Ich lasse in zwei oder drei Tagen von mir hören.« Nachdem eine Woche hingegangen war, schrieb sie ihm. Costals verzog mürrisch das Gesicht, hielt es aber für grausam, sie während dieses armseligen einen Monats in Paris, von dem sie sich so viel erhofft hatte, noch länger eines erneuten Beisammenseins zu berauben. Er hatte in ihrem Viertel, dem der Avenue Marceau, am übernächsten Tage zu tun, um vier Uhr und dann noch einmal um acht Uhr. In der Zwischenzeit war er frei. Also verabredete er sich mit ihr um halb sechs auf der Rue Quentin-Bauchart, auf dem Bürgersteig gegenüber der Nummer 5. Um diese Zeit werde er nach einem Besuch bei Freunden aus jenem Hause herauskommen.

Fünf Minuten vor halb sechs stand Andrée auf dem Gehsteig der Rue Quentin-Bauchart und machte bereits innerlich Costals Vorwürfe über sein Zuspätkommen. Er habe die Verabredung vergessen, er sei zu früh gekommen und dann einfach weggegangen. Die Verabredung auf der Straße, in der Dunkelheit an diesem besonders kalten und zugigen Tage Anfang Februar hatte sie ein bißchen befremdet. »Ob er solch eine Verabredung auch mit einer Frau träfe, die er wirklich liebte oder auf die er auch nur einigen Wert legte?« Aber da kommt er ja aus dem Hause, es überläuft sie ein Zittern, und nun gehen sie Seite an Seite die dunkle Straße mit den weißen und roten Lichtern entlang.

»Ich habe schlechte Laune«, verkündete Costals von vornherein. »Neulich sehe ich in einer Kunsthandlung eine kleine Jadefigur, die mich lockt: tausend Francs. Ich beschließe, sie abends zu kaufen, wenn ich wieder an dem Laden vorbeikomme. Unterwegs begegnet mir eine alte Frau, die vor ein paar Jahren einen Blumenstand hatte, wo ich immer Veilchen für meine Freundinnen kaufte. Sie ist Witwe; sie redet mir was von ihren beiden Kindern vor, beide sind sie krank; wie gemein ihr Bruder sich gegen sie benimmt; wie schlecht sie dran ist. Bums! Ich fliege aus dem Sattel; ich schäme mich, die Jadefigur zu kaufen; ich stecke ihr den Tausendfrancsschein in die Hand. Ja, und darüber bin ich noch nicht hinweg.«

»Wie meinen Sie das?«

»Ich bin noch nicht hinweg über den Ärger, daß ich ihr die tausend Francs geschenkt habe, statt mir die Jadefigur zu kaufen.«

»Wer hindert Sie denn daran, die Jadefigur trotzdem zu kaufen?«

»Ach, ich habe sie mir selbstverständlich gekauft, aber das war nicht mehr dasselbe. Es ärgert mich, daß ich aus purem Mitleid tausend Francs verschenkt habe. Die ganze Woche hat mir das vergällt.«

»Ja, aber, das Befriedigende ... nein, ich will nicht sagen ›erfüllter Pflicht‹, das klänge zu geschraubt ... Aber dennoch, empfinden Sie nicht eine gewisse Genugtuung darüber, daß Sie der Frau, die Ihnen leid tat, eine Freude gemacht haben?«

»Nein. Ich ...«

»Sprechen Sie es ruhig aus: Sie bedauern es.«

»Ja, ich bedaure es. Ich schäme mich. Und gleichzeitig ärgert mich noch etwas anderes. Nämlich der Gedanke: tausend Francs, was sind schon tausend Francs? Mich vergiftet der Wunsch, ihr noch mehr zu schenken.«

»Was für ein komplizierter Mensch Sie sind, lieber Freund!«

»Das sagen Sie, weil Sie keine Ahnung haben, was es mit dem Mitleid auf sich hat. Das ist ein Gefühl, das ein Menschenleben völlig zu ruinieren vermag. Glücklicherweise gehe ich dagegen an. Ich habe mir ein sehr exaktes System des Egoismus anerzogen. Ohne Egoismus brächte ich kein Werk zustande; ich habe mich entscheiden müssen. Auch Sie werden eines Tages Ihre Erfahrungen mit diesem Egoismus machen, so Gott will ...«

»Was er für mich getan hat, hat er das bloß aus Mitleid getan?« überlegte sie. Sie glaubte, er liebe sie, aber sie konnte sich nicht klar darüber werden, auf welche Weise er sie liebe. Vielleicht wäre er zu einem Freunde genauso gütig, genauso teilnahmsvoll gewesen. Manchmal jedoch sagte sie sich, aus bloßer Güte könne man nicht so hilfsbereit und zartfühlend sein. Hätte sie nicht Angst gehabt, sein Mißfallen zu erregen, so würde sie ihn rundheraus gefragt haben: habe er aus reiner Kameradschaftlichkeit so gehandelt – aus einem besonders fein ausgeprägten Sinn für Kameradschaftlichkeit – oder sei nicht in alledem ein bißchen Liebe? Mit einem Wort, wie sollte sie sich ausdrücken ... möge er sie?

Da jedoch sah Costals ein Schild, hier sei eine Wohnung zu vermieten, und nach einem prüfenden Blick auf das Haus sagte er: »Seit undenklicher Zeit spukt in mir die fixe Idee, ich müsse umziehen. Wäre es Ihnen sehr lästig, wenn Sie mich bei der Besichtigung der Wohnung hier begleiten? Ich bin auf den ersten Blick in das Haus verliebt.«

Unmittelbar danach führte der Concierge sie durch die Wohnung. Welch seltsam erregendes Geschehnis für Andrée! Als seien sie ein junges Ehepaar oder Verlobte. Geradezu geblendet kam man sich vor ... Die Sache wurde noch ungewöhnlicher, als der Concierge zu ihr sagte:

»Alles funktioniert aufs beste. Wenn Madame sich überzeugen wollen ... das Warmwasser ...«

»Madame ... « Und hier im Badezimmer ... War es möglich, war es möglich, daß Costals sich gar nicht bewußt wurde, wie heikel es war, einem Mädchen und noch dazu einem, von dem er wußte, daß es ihn liebte, seine vielleicht in Aussicht genommene Wohnung zu zeigen? War es möglich, daß er dabei keinerlei Hintergedanken hatte? Und sie war also doch nicht allzu schlecht angezogen, da sie ja für seine Frau gehalten wurde? Und zu allem Überfluß fragte er sie um Rat: Sollte man das Fenster da nicht lieber zumauern lassen? Die Wand da einreißen? Mechanisch antwortete sie als Hausherrin, aber ihre Seele war anderswo, hinweggeweht wie von einem Sturmwind in so unerwartete und unwahrscheinliche Bereiche, daß es geradezu erschreckend war.

Nur um etwas zu sagen, sagte sie:

»Sechs Zimmer ... Ist das nicht ein bißchen groß?«

»Ach was. Wohnzimmer, Eßzimmer, mein Arbeitszimmer, mein Schlafzimmer, das ›Grab der Unbekannten‹ ... «

»Das ›Grab‹? Sind Sie etwa Ritter Blaubart?«

»Nein, ›Grab‹ in einem anderen Sinn. Einem Doppelsinn. Grab der Tugend. Und Grab der Illusionen.«

War es möglich, war es möglich, die Taktlosigkeit so weit zu treiben, falls er ...? Ihr war, als träume sie, als sei sie in einem Abgrund. Als sie die Treppe wieder hinuntergingen, hatte sie Angst, das Gleichgewicht zu verlieren.

Draußen schlug ihr die Kälte entgegen. Es fröstelte sie. Jetzt ging er neben ihr; sein sehr langer, in der Taille enger Mantel schlug ihm an die Beine wie ein Frauenrock (sie dachte: wie ein deutscher Offiziersmantel), und zwar im Rhythmus seiner Schritte, die mit einer Macht und einer Majestät hallten, daß sie ganz hingerissen war. Die behandschuhten Hände hielt er auf dem Bauch gefaltet, und so blieben sie fast während dieses ganzen Beieinanders auch liegen; in Andrées Augen hatte das etwas Hieratisches. Sie hatte das Gefühl, an der Seite eines der Könige der Ilias zu schreiten.

Er sagte:

»Eine Schinderei, diese Wohnungswechsel! Meine Familie liegt mir in einem fort in den Ohren: ›Du mußt heiraten, damit du eine Frau hast, die für deinen Haushalt sorgt.‹

Überaus moralisch, nicht wahr, diese Art, einen in die Ehe zu hetzen! Aus gesellschaftlichen, aus familiären Gründen heiraten, heiraten, um ein junges Frauenwesen glücklich zu machen – nein. Es geht einzig und allein darum, jemanden zu haben, der dafür sorgt, daß man nicht übers Ohr gehauen wird, wenn man Plüschstoff kauft. Unter solcherlei Bedingungen heiraten! Da braucht man doch nur eine Haushälterin zu engagieren; die kann man wenigstens vor die Tür setzen, wenn sie ihren Kram nicht richtig macht. Während eine Frau ...«

Daß ein Schriftsteller, wenn er heiratet, etwas Grundfalsches tut – ein echter Schriftsteller, der seine Kunst ernst nimmt –, davon war Costals fest überzeugt. Das war für ihn ein unerschöpfliches Thema. Fünf Minuten lang, in einem Atem, wußte er über Schriftstellerehen zu schimpfen, maßlos, und, es muß gesagt werden, geschmacklos. Wahrheiten, Halbwahrheiten und Sophismen drängten sich auf seinen Lippen, untermischt mit bissigen Sarkasmen. Sie sprudelten nur so hervor. Er war wie ein bis zum Rande volles Gefäß, das immerfort überläuft wie marokkanische Brunnenschalen.

»Da können Sie sehen, welches Vertrauen ich Ihnen entgegenbringe«, sagte er abschließend. »Ich spreche mit Ihnen wie mit einem Manne.« Dabei hatten fast alle seine Worte die neben ihm durch die breiten, finsteren Straßen gehende Frau tief gekränkt; sie war bemüht, mit ihm Schritt zu halten, die Kälte drang ihr bis ins Mark. Hatte er sie nur darum bis zum siebenten Himmel emporgehoben, um sie in diesen Abgrund zurückzustoßen? Anfangs hatte sie etwas zugunsten von Schriftstellerehen zu sagen gewagt. Sie war von der Stichhaltigkeit dessen, was sie vorbrachte, überzeugt gewesen, aber sie war sich dabei so linkisch vorgekommen, daß sie jetzt nichts mehr herausbrachte, daß sie nichts zu sagen wußte, wie ein armer Schuljunge, den ein sadistischer Examinator quält, und dabei weiß der Junge die Antwort ganz genau, doch da gähnt ein schwarzes Loch, die Aufregung lähmt ihn, und er steht da wie ein Sack. Dennoch konnte sie sich nicht von der Vorstellung frei machen, daß die Besichtigung der Wohnung nicht ohne eine geheime Absicht geschehen sei, und so verfiel sie auf den Gedanken, er sage das alles nur, um sie zu Gegenargumenten anzustacheln und sie aus ihrem Munde zu vernehmen. Sie überließ sich dieser Bezauberung, dieser Art Narrheit, dieser unsinnigen Einbildung ... Sie hielt es für geschickt, daß sie jetzt nicht mehr das Lob der Ehefrau sang, sondern das des Kindes.

»Ja, aber die Kinder! Wie kann ein Mann wie Sie, Costals, der Sie doch eine Art Fruchtbarkeitsgott sind, keine Kinder haben? Erlauben Sie, daß ich es Ihnen offen sage: Das hat mich immer gewundert. Das fehlt Ihrer Persönlichkeit. Und wäre es nur im Hinblick auf Ihr Werk – welcher Bereicherung berauben Sie sich!«

Auf alles, was sie zuvor gesagt, hatte der Fruchtbarkeitsgott mit einem raschen Gegenstoß erwidert: mit wütenden Florettausfällen, und jedesmal hatte der Stich gesessen. Jetzt gab er zum erstenmal keine Antwort. Sie glaubte, ihn an einer geheimen, empfindlichen Stelle getroffen zu haben. Sie sah zu ihm hin, sah sein erhobenes Antlitz, seine Nase, seine klaren, hellen Augen, und ihr war, als schimmere in jenen Augen ein Anflug von Trauer, der bei diesem allzu selbstsicheren Mann geradezu rührend wirkte. Oh, wie vergötterte sie ihn, wenn sie eine Schwäche an ihm gewahrte!

»Ihr Sohn, Costals! Seine kleinen Arme um Ihren Hals... Wie nötig er Sie hätte ... Alle Botschaften und Verkündigungen, die Sie ins Leere schicken, für eine Schar Gleichgültiger, konzentrierten sich dann auf ein Wesen, das Fleisch von Ihrem Fleisch wäre und das Sie liebten ... Nein, Sie sind nicht völlig Mann, da das Ihnen unbekannt ist. Aber ich fühle nur zu gut, daß Sie sich danach sehnen, daß Sie es bedauern. Nein! Streiten Sie es nicht ab! Sie können es mir jetzt nicht mehr verheimlichen, Frauen haben manchmal Intuitionen, wie Sie wissen ...«

Er war wie ein angeschlagener Boxer, der sich passiv verhält; und nach wie vor blickten seine Augen ins Leere, seine Augen, in denen Andrée etwas wie ein kleines Unterlegensein zu lesen vermeinte. Sie glaubte, sie gewinne an Boden, und leitete behutsam von dem Kinde auf sich selber über. Die Dunkelheit machte ihr Mut; sie brauchte ihn nicht anzusehen. Sie sah nur ihre beiden Schatten, einen neben dem andern, die erschienen, sich kreisend wandten, hinschwanden, wieder da waren, wie das Spiel der Straßenlaternen es fügte. Und das fand sie köstlich, inmitten der Vorübergehenden, die nichts wußten, nichts ahnten. Denn noch immer gaukelte sie sich vor, es gebe etwas zu »wissen«.

»Manchmal meine ich, was Sie auch sagen mögen, Sie trügen ein Verlangen danach, geliebt zu werden. Sie haßten es gar nicht, geliebt zu werden, trotz allen Ihren Lästerreden gegen die Liebe. Aber etwas sagt mir, daß Sie vielleicht gar nicht so unbarmherzig sind. Ohne es zu wissen, Costals, haben Sie sich verraten. Ihr sehnsüchtiger, trauriger Blick ist mir nicht entgangen, als ich von dem Sohn sprach, den Sie nicht haben, und von der Unfruchtbarkeit Ihrer Liebeserlebnisse. Etwas sagt mir, daß Sie sich nach andersgearteter Zärtlichkeit sehnen. Ich sehe ein, daß es beschämend ist, auf eine falsche, eine schlechte Art geliebt zu werden. Aber nehmen Sie einmal mich – liebe ich Sie denn falsch oder schlecht? Könnte meine tiefe Zuneigung für Sie denn nicht eine Beglückung und kein Hemmnis sein? Verstehen Sie denn nicht, daß gerade die glühende und leidenschaftlichste Liebe am besten zu verzichten und sich zu opfern weiß? Erlauben Sie mir, daß ich Sie liebe. Daß ich nicht immer nur an mich halten muß, aus Angst, Ihnen zu mißfallen; daß ich nicht immer nur von ›Zuneigung‹ sprechen muß, wenn ich ›Liebe‹ meine. Was will ich denn? Mehr Wärme, mehr Leben, mehr Betätigung. Ach, etwas für Sie tun, für Sie leisten können! Nicht wieder in drei Wochen weggehen müssen mit einem so grausam lächerlichen Erinnerungsschatz ... Denn wenn ich erst wieder weg bin, wird, womit ich mich hier begnüge ... Ich möchte zum Beispiel, ach, was weiß ich, daß Sie mich mit Vornamen anredeten, oder wenigstens ›liebe Freundin‹ zu mir sagten. – Seit vier Jahren nichts als ›Fräulein Hacquebaut‹! Das ist, als sprächen Sie mit Ihrer Klavierlehrerin. Daß Sie mir häufiger schrieben, ein paar Zeilen alle vierzehn Tage (und um was ich Sie da bitte, kommt mir so geringfügig vor!). Daß Sie mich als kleines Mädchen behandeln, meinetwegen als dummes, maulendes kleines Mädchen. Daß ich an anregenderen, Ihnen gemäßeren Orten mit Ihnen zusammenkäme, in Parks, in der Landschaft, in Museen ... Ich bin mir nicht ganz klar darüber, was ich eigentlich möchte ... Ich will nicht mehr als das, was gewesen ist, das, was ist, was so ist, wie Sie es gewollt haben. Ich verlange keine Dauer, aber ich möchte, solange es dauert, mehr von Ihnen haben, Ihnen näher sein. Und dann hätte ich gern eine Antwort auf diese Fragen: Hat die Zärtlichkeit, die ich Ihnen entgegengebracht habe, Sie ein ganz klein wenig glücklich gemacht? Habe ich das Recht, anzunehmen, ich sei Ihnen ein ganz klein wenig nötig? Haben Sie sich weniger einsam gefühlt in der Gewißheit, die ich Ihnen gegeben habe, daß Sie leidenschaftlich verstanden und geliebt werden, geliebt in allem, was Sie zu dem macht, der Sie sind, in Ihrem tiefsten Wesen wie in Ihren winzigsten Besonderheiten, in Ihrer Ironie, Ihrer Jungenhaftigkeit, sogar in Ihren Bosheiten, du lieber Gott? Wenn Sie mir keine so gräßliche Antwort geben wie Satan der Eloa, so bin ich schon glücklich.«*

»In was für Phantasmen lebt sie!« dachte Costals. »Die Zärtlichkeit Andrée Hacquebauts soll mich glücklich machen ...? Dies Versessensein, Tatbestände einfach zu leugnen. Und dies echt weibliche Versessensein, ich solle mit aller Gewalt unglücklich sein, damit sie mich trösten könne. Und gerade sie möchte mich in meinem angeblichen Unglück trösten, wo doch vor allem sie und ihresgleichen, Frauen, die einem mit einer Liebe kommen, um die man nicht gebeten hat, mir zum guten Teil mein Glück vergällen! Nein, all das ist gar zu grotesk. Und gleichzeitig ist es hoch anzuerkennen und kläglich. Wie soll ich mich da herauswinden, ohne ihr weh zu tun?« Der Gedanke, er könne ihr weh tun, indem er ihr unumwunden – in einem einzigen Satz – sagte, *wie die Dinge stünden*, lähmte ihn wie einen Erwachsenen, der zum Spaß mit einem kleinen Jungen boxt und sich gewissermaßen nicht zu rühren wagt, aus Angst, ihn zu verletzen. »Oh, wie lästig, schwierig und langweilig ist dies Mädchen! Was habe ich mir durch diese Verabredung eingebrockt!«

Nach wie vor machte er lange Schritte und zog sie mit. Seit zwanzig Minuten gingen sie durch eine düstere, fast

* Andrée spielt hier auf eine Stelle bei dem Romantiker Alfred de Vigny (1797–1863) an; Eloa, ein Himmelswesen, fragt den unbekannten dämonischen Geliebten: »Bist du jetzt fröhlicher, nach dem, was ich getan habe?« – »Nein, trauriger denn je.« – »Wer bist du?« – »Satan.« (Anm. d. Verf.)

menschenleere Straße nach der andern (die Rue Christophe-Colomb, die Rue Georges-Bizet, die Rue Magellan usw.). In diesen aus Mietshäusern und Villen bestehenden Straßen befanden sich nur sehr wenige Läden, und so waren sie nahezu dunkel. Nur selten begegneten sie jemandem, und der ging dann vor Kälte in sich zusammengekrümmt; längs des Gehsteigs parkten Privatautos. Andrée überlegte, warum Costals sie nicht in eine Teestube oder ein Café führe, wie jeder beliebige Mann es in dieser Situation getan hätte. Nein, immer weiter, immer weiter! (Costals hatte natürlich daran gedacht, daß er mit ihr in ein Café gehen könne. Aber neulich im Restaurant hatte Andrée sich in der Drehtür verhaspelt, und da sie weder vor noch zurück konnte, hatten die Kellner gegrinst; und überdies war sie so unvorteilhaft, so geschmacklos angezogen; offen gesagt, er schämte sich ihrer ein bißchen. Und es war ihm lieber, daß sie sich eine Lungenentzündung holte, als daß um ihretwillen seine Eitelkeit einen Stich bekam). Jede Straße, in die sie einbogen, kam dem jungen Mädchen noch düsterer und trostloser als die bisherigen vor, und obwohl sie sich zunächst gegen das Stückchen Himmel zwischen dem Gewölk sperrte, das ihr Inneres erfüllte, glaubte sie schließlich, Costals suche bei dieser Wanderung, die wie die des Ewigen Juden war, nur eine geeignete Stelle, wo er sie küssen könne; wenn der Marsch immer weiterging, so nur, weil er es sich nicht getraute, und das war ein Beweis, daß er sie wirklich liebte. Als sie in die besonders dunkle und menschenverlassene Rue Keppler einbogen, war sie überzeugt, dort würde ihr Schicksal sich erfüllen. Gewisse Einzelheiten wird sie nie vergessen; den Affenpinscher, der neben dem Chauffeur in einer haltenden Limousine sitzt und sie so eindringlich mustert wie ein Mensch ... die Laterne auf einem Haufen Pflastersteinen, die rührend wirkt wie eine Ewige Lampe ... Aber sie verließen die verfängliche Straße, ohne daß etwas geschehen wäre. Danach sagte Costals:

»Ich habe Ihnen mit großer Anteilnahme zugehört. Ihre Worte gehen mir sehr nahe. Aber ich habe Ihnen bereits geantwortet. Unsere Freundschaft war etwas überaus Gesundes. Doch das Herz infiziert alles. Im Bereich der Freundschaft oder im Bereich der Sinnlichkeit ist alles gesund, und wenn es dabei Wunden setzt, so sind sie sauber. Sobald das Herz sich einmischt, entzündet sich die Wunde, und alles wird in Mitleidenschaft gezogen. Wie oft habe ich das festgestellt!«

»Was Sie da sagen, ist absurd. Durch das Herz wird nichts infiziert; im Gegenteil, durch das Herz wird alles gereinigt. Es ist doch im Grunde zu idiotisch! Und nun soll gar noch ›der Rausch der Sinnlichkeit‹ rein sein? Brächte ich Ihnen also eine große körperliche Leidenschaft entgegen, so würden Sie sie mir nicht übelnehmen. Wäre ich draufgängerisch, gäbe ich Ihnen zu verstehen, ich wäre nur auf Lust aus, so würden Sie mich vielleicht verachten, doch Sie würden einverstanden sein. Aber wenn Ihnen Liebe dargebracht wird, dann beschämt, ärgert und langweilt es Sie! Wenn man Sie doch nur mit der Liebe verschonte! Daß ich Ihnen meine Liebe als das höchste Abenteuer meines Lebens anbiete, des Lebens eines unberührten Mädchens, eines (ich kann nichts dafür) etwas höhergearteten Mädchens, wie fade und lächerlich ist das! Sie legen keinen Wert auf meine Liebe. Sie wollen nicht alles, Sie wollen nur ein bißchen von mir. Und ich kann Ihnen nicht lediglich ›ein bißchen‹ geben. Sie haben mich als Schwester behandelt. Wie ein Sultan seine Favoritin oder seinen Wesir aus der Masse heraushebt, haben Sie mir einen Vorzugsplatz an Ihrer Seite eingeräumt, und nun wollen Sie, daß ich dort artig sitzenbleibe, keinen Ton sage und mich mit dem begnüge, was Sie mir in anbetungswürdiger Großherzigkeit gewähren, womit ich mich jetzt jedoch nicht mehr begnügen kann. Kein Recht zu haben als das auf Freundschaft und was dazugehört! Eine schöne, sogar eine wundervolle Freundschaft – denn es ist ja Ihre –, eine milde, tröstliche, rührende, brüderliche – aber dennoch, dennoch ist sie unzulänglich! In einer freundschaftlichen Bindung neben Ihnen herleben, das könnte ich nicht, und ich lege nicht einmal Wert darauf. In mir schwillt etwas auf, das allzusehr über das alles hinaus will. Ach, und in welchem Maße! Soviel Kräfte, die zu nichts, die niemandem dienen ... Das Verlangen, zu geben, zu schenken, fließt in mir über. Ich verlange alles, und unter ›alles‹ verstehe ich nicht unbedingt, daß Sie die Teilnahmslosigkeit, die Uneigennützigkeit aufgeben, auf die Sie sich so gut verstehen.« (»Aha«, dachte er, »ein Nadelstich der Bitterkeit! Wieder einmal ein Mäuschen, das nichts möchte, als gefressen werden. Auch das war zu erwarten.«) »Nein, ich bin völlig aufrichtig, wenn ich Ihnen wiederhole – ich habe es Ihnen schon oft gesagt –, daß Sie niemals in mir an den Quell geheimer Erregung gerührt, oder daß Sie nur ganz flüchtig daran gerührt haben, in den Stunden, da Sie freundlich und sanft zu mir waren. Ich bitte Sie um das Recht, Sie zu lieben, Sie mit all meiner Kraft, all meiner Begeisterungsfähigkeit zu lieben. Ihre Kälte hat das immer zurückgedämmt. Ich kann Sie nicht lieben, wenn Sie es nicht wollen.«

»Soll ich es leichtfertig zulassen, daß Sie mir eine Liebe schenken, von der ich nicht weiß, wie ich sie erwidern soll? Ob Sie es glauben oder nicht, meine Gefühlskräfte sind verbraucht. Ich habe sie alle in einer ersten Liebe verschwendet, als Sechzehnjähriger. Von meinem siebzehnten Jahr an hätte ich Ihnen geantwortet, was ich Ihnen heute antworte: ›Freundschaft, ja. Liebe, Überschwang, den ganzen Klimbim: zu spät.‹«

»Zu spät! Immer dieselben Worte, die für mich wie eine Hinrichtung sind: zu spät! Nun also, dann ist mein Leben eben verpfuscht.‹«

Sie tat ihm leid. Ernst sagte er:

»Als ich achtzehn war und anfing, mich in der Gesellschaft umzutun, habe ich sofort sehr viel geflirtet, und ich weiß noch, daß meine Mutter mir daraufhin gesagt hat: ›Man darf junge Mädchen nicht entflammen, wenn man keine ernsthaften Absichten hat. Das gehört sich nicht.‹ Ich frage mich gerade, ob ich mir Ihnen gegenüber nichts vorzuwerfen habe.«

»Sie haben sich mir gegenüber nicht das mindeste vorzuwerfen, du großer Gott, wenigstens nichts, was Sie absichtlich getan hätten. Sie sind der anständigste, ehrlichste Mensch von der Welt...«

»Ich, und ehrlich ...! Ich lüge in einem fort.«

Er zwinkerte. Warum war ihm dieser Ausruf entschlüpft? Er spürte, wie er heftig errötete, und senkte den Kopf.

»Natürlich, manchmal flunkern Sie, wie alle es tun. Das hindert nicht, daß Sie dennoch der anständigste, ehrlichste, der nobelste Mensch unter der Sonne sind.«

»Immer meine Noblesse, mein Seelenadel! Sie bringen es noch dahin, daß mir eines schönen Tages vor mir selbst graust, weil ich es mit anhören muß, daß Sie von meiner Noblesse reden, und es wäre doch recht töricht, wenn es mir vor mir selbst grauste. Ich will Ihnen dasselbe sagen wie dem italienischen Diener, der bei irgendeinem Fürsten angestellt gewesen war und, als er zu mir kam, mich in der ersten Zeit alle Augenblicke mit ›Euer Ehren‹ betitelte: ›Wenn Euer Ehren geruhen ... Ich glaube, Euer Ehren täten besser ...‹ Schließlich ist mir der Geduldsfaden gerissen, und ich habe ihm gesagt: ›Reden Sie mir doch nicht immerzu etwas von meiner Ehre vor. Sonst lege ich mir womöglich eine zu.‹ «

»Wie unausstehlich Sie sind! Immer machen Sie im ernstesten Augenblick Witze ... Also, ob Sie es nun wollen oder nicht: Sie sind ein durch und durch anständiger Mensch. Aber in bezug auf mich haben Sie sich einer gewissen Unbedachtheit schuldig gemacht. Sie hätten es mit mir nicht so weit kommen lassen dürfen, daß ich dorthin gelangte, wo ich jetzt bin.«

Er hatte schon die Antwort auf den Lippen: »Habe ich Ihnen nicht genug Beweise meiner Gleichgültigkeit gegeben!«, aber er brachte nicht den Mut dazu auf. Er sagte:

»Kann es also keine Freundschaft zwischen einem jungen Mann und einem jungen Mädchen geben?«

»Doch, die Art Impotenz, wie eine solche Freundschaft sie darstellt, dürfte in gewissen Fällen möglich sein. Zum Beispiel, mit einem sehr jungen Mädchen. Mit achtzehn hätte ich mir nichts weiter gewünscht, als das was jetzt ist; eine Freundschaft mit einem Mann, und noch dazu mit Ihnen, das wäre für mich ein Traum gewesen. Aber wie hätte eine Frau wie ich, deren Alter, deren Einsamkeit, deren Wirrnisse, deren Herzensängste, deren Liebesverlangen Sie nur zu gut kennen, und die noch dazu in Ihnen einen so herrlichen Freund besitzt – wie hätte eine solche Frau nicht dahin gelangen sollen, ihren Freund zu lieben? Ich habe Ihnen meine Liebe dargeboten. Sie haben sie zurückgewiesen. Aber als ich Ihnen dann schrieb, ich werde nach Paris kommen, da haben Sie alles andere getan als mir anzudeuten, Sie wollten mich nicht wiedersehen, wie Sie es von Rechts wegen hätten tun müssen« (»Das habe ich nun davon!« dachte Costals), »Sie haben mich vielmehr zum Abendessen eingeladen. Sie haben mich darin bestärkt, an Sie zu denken; Sie haben mir deutlich gezeigt, daß ich Ihnen nicht unangenehm bin.« (»Donnerwetter, legt die sich ins Zeug!«) »Sie haben alles getan, was man nur tun konnte, damit ich mich mit allen Herzensfasern an Sie band. Denn gerade dadurch, daß Sie sich versagen, bieten Sie sich an, cher Monsieur. Und eben das wollen Sie nicht einsehen. Sich lieben lassen heißt bereits lieben. Sie irren sich, wenn Sie glauben, man könne sich nur durch Versprechungen und Zärtlichkeiten anbieten. Sie haben sich ohne Versprechungen und Zärtlichkeiten angeboten, aber genauso unmißverständlich, und zwar durch Ihre gutgläubige Leichtherzigkeit ... Wissen Sie, worin Ihr Unrecht besteht, lieber Freund? Darin, daß Sie nicht gemein und häßlich zu mir sein können.«

»Oha! Jetzt werden wir tiefgründig! Also mit einem Wort, die Sache ist die, daß ich ›zu nett‹ bin?«

»Ja, Sie sind ›zu nett‹. Seien Sie künftig, wenn Sie mit Frauen zu tun haben, nicht ›zu nett‹, Costals. Aus Mitleid mit ihnen. Und dann prägen Sie sich fest das Axiom ein: ›Keine Freundschaft mit Mädchen.‹ Weil jede einzelne glauben muß, Sie bevorzugen sie. Und weil Sie, ohne es zu wissen, in jeder den Eindruck erwecken, Sie bevorzugten sie. Selbst wenn Sie nicht zu verführen trachten, verhalten Sie sich wie ein Verführer. Ohne daß Sie, wenn das Unglück geschehen ist, erstaunt und wütend wären, ist dann für Sie ein verwunderlicher Mangel an Selbstgefälligkeit bezeichnend! Und gerade das ist es vielleicht, was alle Verwirrung schafft.«

»Und dennoch kann ich mich nicht über die Tatsache hinwegsetzen, daß es Tausende von Männern gibt, die genauso intelligent wie ich sind und sehr viel besser aussehen. Gehen Sie auf die Suche; sicherlich finden Sie jemanden, der Ihnen zurückerstattet, was Sie ihm darbringen, und zwar im gleichen Maße.«

»Es ist zum Verzweifeln mit Ihnen! Man möchte Sie am Kragen packen und schütteln. Wo ich mir doch die größte Mühe gebe, Ihnen immer wieder zu sagen, daß eine Frau nur einmal zu lieben vermag, und daß Sie für mich dieses eine Mal sind; daß es für mich keinen Ersatz für Sie gibt. Sie wollen die Dinge nicht sehen, wie sie sind: daß mein eigentliches Leben in meiner Liebe zu Ihnen besteht.«

»Ich weiß nicht recht, wer von uns beiden die Dinge nicht sehen will, wie sie sind«, sagte er ruhig und freundlich.

»Und dann Ihre liebenswürdige Antwort: ›Halten Sie doch anderswo Umschau‹, und das einer Frau, die Ihnen beteuert: ›Ich liebe Sie mehr als mein Leben. Oder vielmehr: Sie sind mein eigentliches Leben‹; das ist doch ganz einfach.«

»Sie sind glücklich dran, daß Ihnen das ganz einfach vorkommt. Ich finde vielmehr: Wir stecken bis zum Halse in der Suppe, und es ist ein rechter Katzenfraß.«

»Sie sprechen von der Liebe wie ein Gassenbube. Sie sollten sich schämen, mit so etwas Ihre Kindereien zu treiben.«

»Ein Mann ohne Kindereien ist ein Scheusal.«

»Und Sie sind ein Scheusal durch ein Übermaß an Kindereien.«

Ihre Stimme klang tränenerstickt. Costals fuhr freundlicher fort: »Von Ihnen, Sie armes Kind, ist es albern, daß Sie mir die Macht einräumen, Ihnen weh zu tun. Wissen Sie, wie ich möchte, daß Sie wären? So, daß ich Ihnen das Grausamste und Verletzendste sagen könnte, ohne daß Sie deswegen auch nur den leisesten Schmerz empfänden.«

Ihre Antwort bestand in einem Achselzucken. Doch dann sagte sie noch:

»›Sie armes Kind.‹ Vorsicht! Fangen Sie nicht wieder an, ›zu nett‹ zu sein.«

»Hören Sie, jetzt habe ich aber allmählich genug! Wenn ich grob bin, ist es nicht recht. Wenn ich nett bin, ist es auch nicht recht. Allmählich bekomme ich die Nase voll von diesem Unfug, der doch nur für die Katz ist. Was habe ich schließlich und endlich hier zu suchen?«

Das sentimentale Geplänkel, in das die Frauen jeden Mann, der sich ihnen nähert, zu verstricken trachten, hatte bei Costals nie verfangen, nicht einmal, wenn es von Frauen ausging, die er liebte. Bei dieser nun aber, die ihm gleichgültig war, hätte es ihm gerade noch gefehlt ... !

Aber das war denn doch zuviel für Andrée gewesen. Ihr schossen die Tränen in die Augen.

»Aber, aber, liebes Kind! Beruhigen Sie sich doch! Wenn die Frauen wüßten, was alles sie sich durch ihr Geheul verderben! Der Mann muß schon ein Heiliger sein, um, wenn er Wunden in Frauenherzen sieht, nicht Lust zu bekommen, sie noch tiefer zu verletzen. Aber ich bin nun einmal ein solcher Heiliger. Obgleich ... Eine Frau muß immerfort aufgeklärt werden (ich will damit sagen: man muß jeden Augenblick darauf gefaßt sein, ihr etwas erklären zu müssen), aufgeklärt, geschont, getröstet, gehätschelt, beschwichtigt. Nun jedoch habe ich, offen gesagt, keinerlei Begabung zum Krankenpfleger oder zum Verwalter eines Lagers von Porzellankisten. Ich erledige Herzensangelegenheiten lieber ein bißchen ›über die Daumen‹, ich mag es nicht, wenn sie ausgewalzt werden; schließlich gibt es doch noch andere Dinge im Leben. Ich glaube, je mehr man wahrhaft liebt, desto weniger spricht man es aus. – Verdammtes Frauenzimmer, wollen Sie sich etwa totfahren lassen ...?« (Er hatte sie am Arm zurückgerissen. Bei einer Straßenüberquerung hatte sie sich in ihrer Verwirrung auf recht bedrohliche Weise von einem Auto streifen lassen.) »Na, Sie können von Glück sagen, daß ich Sie nicht druntergestoßen habe. Das ist nämlich eine Art Reflexbewegung bei mir, Frauen, wenn ein Auto uns streift, kurzerhand drunterzustoßen. Vor allem die, die ich liebe. Aber bislang habe ich dem noch immer widerstehen können. Und bei Ihnen, beachten Sie das bitte, war die Reflexbewegung sogar, Sie zu schützen. Und da jammern Sie noch!«

»Ach, Unsinn, Costals, ich jammere gar nicht. Ich weiß, daß Sie mich ganz gern haben. Manchmal ist mir, als seien Sie ein guter väterlicher Genius, und wie gut es wäre, von Ihnen geschaffen, ganz neu geschaffen worden zu sein. Habe ich Ihnen Vorwürfe gemacht? Wenn ja, dann vergessen Sie sie. Ich weiß nicht, welche Dummheiten ich möglicherweise gesagt habe ... Ich bin heute nicht ich selber ... Ich will nicht, daß Sie sich mir gegenüber festlegen. Selbst wenn ein Schicksalswunder mir eines Tages Rechte an Ihnen einräumen sollte, möchte ich, daß zwischen uns kein anderes Band bestünde als Ihre Zärtlichkeit, nie jedoch Ihr Mitleid und Ihre Mildtätigkeit, wie bei der Blumenverkäuferin ...«

»Sie will gerade das einzige nicht, was ich ihr geben könnte«, dachte Costals. »Und was soll das eigentlich mit dem ›Schicksalswunder‹, das ihr Recht an mir einräumen sollte? Welche neue Chimäre hat sie da aufgegabelt?«

Sie waren jetzt vielleicht zum dritten- oder viertenmal um den Square des États-Unis herumgegangen, dessen Kennzeichen die leichten Schritte von Gräfinnen sind, auf dem sich Denkmäler von Befreiern, Denkmäler von Wohltätern und Denkmäler von Enthusiasten erheben. Die Nadeln der Eiben glänzten im Dunkel der Nacht, als putzten die Diener jeden Morgen die Bäumchen gegenüber den Häusern ihrer hochvornehmen Herrschaft blank. Die Fenster mit den geschlossenen Läden erinnerten an von außen betrachtete Safefächer im Kellergewölbe einer Bank. Ein paar arme Teufel wirkten in dieser großbürgerlichen Umgebung wie Kriegsgefangene, die für den Feind arbeiten müssen: Kohlenträger, pechschwarz, die dafür bezahlt werden, daß man sie so verunstalten darf; ein kleiner Metzgerbursche, der Fleisch für die Gräfinnen gebracht hatte und durch eine winzige, tiefgelegene Lieferantentür geschlüpft war wie eine Katze durchs Katzenloch. Nur Costals sah das alles, weil sein Kopf unbelastet war. Andrée sah nichts von alledem. Von je haben die Romanautoren viel Worte über die Umwelt gemacht, in der ihre Liebesleute einander begegnen; aber einzig die Romanautoren nehmen die Einzelheiten eben jener Umwelt wahr; die Liebesleute sehen nichts davon; sie stecken bis zum Hals in der Suppe, die für die Katz ist.

Andrée gewahrte vom Square des États-Unis einzig das Dunkel in den Bogenlauben, die einsamen Wege, die sich darein verloren, diesen nahezu verdächtigen Zufluchtswinkel mit seinen Bänken (unmittelbar hinter dem Denkmal des Enthusiasten), und wiederum stiegen verrückte Gedanken in ihr auf: inmitten dieser Gebüsche zu sein, tief in der Nacht, mit diesem Manne, und ob er sie nun küßte oder nicht, darauf kam es nicht an: keinesfalls aber hatte er sie absichtslos hierher geführt. Und er hatte »liebes Kind« zu ihr gesagt. Sagte man »liebes Kind« zu jemandem, der einem gleichgültig war, zu einer Frau, mit der man nicht bis zu einem gewissen Grade auf vertrautem Fuß stand? Vielleicht schließlich doch (wenn man in Saint-Léonard wohnt, weiß man zuletzt gar nicht mehr, was üblich ist und was nicht). Und er hatte sie am Arm gepackt: »Verdammtes Frauenzimmer!« Zum erstenmal hatte er sie *berührt.* (Sie hatte in jenem Augenblick aufgeschaut und nach dem Schild mit dem Straßennamen gesucht, damit ihr in ihrem sauren Leben diese Erinnerung mit einem bestimmten Ort verbunden sei.) Sie redete sich ein, er habe ihren Arm lange festgehalten und ihn bedeutungsvoll gedrückt, und man sagte ja auch nicht »Verdammtes Frauenzimmer!«, ohne einige Zärtlichkeit hineinzulegen. Ihre ganze Hellsicht von vorhin – »Sie erwecken in jeder den Eindruck, Sie bevorzugten sie« – verdunkelte sich wie ein Himmel, der sich jäh mit Wolken bezieht. Leidenschaftlich wünschte sie sich, er möge ihren Arm nehmen, oder sie bringe den Mut auf, den seinen zunehmen. Aber sie ließen den Platz mit den dunklen Gebüschen hinter sich, und ihre Hoffnung zerfiel in nichts. Wohin mochte er sie jetzt noch schleppen? Sollte der schreckliche Eilmarsch durch Straßen, in denen es nur Apotheken und Blumengeschäfte (vielleicht ein Symbol der herrschenden Klasse. Anm. d. Verf.) gab, von neuem beginnen? Zwar hatte sie einmal geklagt, es sei so kalt, aber er hatte mit liebenswürdiger Miene geantwortet: »Ein bißchen trockener Frost ... Das ist sehr gesund!«

»Wir müßten dennoch«, sagte er, »die Frage der Freundschaft zwischen Mann und Frau klären.«

»Ach nein, es hat keinen Zweck, es lohnt sich nicht ...«

»Stellen wir uns also ein junges, intelligentes Mädchen vor, feinfühlig – feinfühlig, wenn es ihr gerade paßt –, gebildet, und zwar ganz aus sich selbst, ein Mädchen, das mein Werk besser kennt als ich selber, und es auf eine intelligente Weise kennt; mit einem Wort: ein Mädchen, das wertvoll ist, dieses Wort im umfassenden Sinn verstanden. Sie vegetiert in Saint-Léonard (Loiret), das heißt in einem weltverlorenen Nest ...«

»Verzeihung«, sagte sie lächelnd. »Saint-Léonard (Loiret) hat 3180 Einwohner. Bedeutende Spinnereien. Geburtsort des großen Agronomen Léveilley ...«

Sie versuchte jetzt, auf seinen Ton einzugehen, es kam ihr lächerlich vor, eine Frau zu sein, sie meinte, er habe vollauf recht, zu sein wie er war, nämlich ein großer, gesunder, verspielter Junge, geschaffen für Kameradschaftlichkeit, wie sie unter Unverheirateten üblich ist, oder für leichte Abenteuer, und sein einziges Unrecht bestehe darin, daß er alles zu leicht nehme und nicht genug *an sich glaube*.

»Diesem interessanten Mädchen bringe ich eine Sympathie entgegen, die sie verdient. Sie scheint darüber sehr glücklich zu sein. Sie wiederholt mir Jahre hindurch in allen Tonarten, ich hätte sie gerettet, ›ich hätte ihr nichts als Freuden geschenkt‹. Sie sehen, auch ich kann Ihre Briefe auswendig«, schaltete er ein und verfiel damit abermals seinem Dämon der Unvorsichtigkeit. »Eines schönen Tages merke ich, daß sie anfängt, mich zu lieben, und daß ich ihre Liebe nicht in dem gebührenden Maß erwidern kann, weil ich kein Mensch bin, der liebt, sondern einer, der Lust sucht. (Ja, da können Sie sagen, was Sie wollen, ich lege nun einmal großen Wert auf die Lust. Und befinde mich überaus wohl dabei.) Also ergreife ich meine schönste Feder und schreibe ihr: ›Liebes Fräulein Hacquebaut, zu meinem großen Bedauern habe ich gemerkt, daß Sie anfangen, mich zu lieben. Widersprechen Sie nicht: ich habe es mit meinen Luchsaugen erspäht; bin ich ›unser hervorragender Psychologe‹ oder bin ich es nicht? Daher, ab heute, Ihr gehorsamster Diener. Ich schreibe Ihnen fortan nicht mehr. Ich schicke Ihnen Ihre Briefe ungeöffnet zurück. Falls Sie nach Paris kommen, heißt es: ›Monsieur Costals ist nicht zu Hause.‹ Ich habe Ihnen die Pforte zum Licht aufgemacht; ich mache sie wieder zu. Ich habe Sie aus dem Geburtsort des großen Agronomen Léveilley herausgeholt; ich lasse Sie wieder darin verschwinden. Leben Sie wohl, liebes Fräulein Hacquebaut. Lassen Sie es sich gut gehen.‹ Bitte denken Sie mal ein bißchen in aller Ruhe darüber nach, was Sie gedacht haben würden, wenn Sie diesen Brief bekommen hätten. Sie antworten mir nicht? Nun, Sie würden gedacht haben: ›Der Kerl ist ein Schwein. Das war eine schöne Freundschaft, wenn er sie mir nichts, dir nichts zerbrechen kann! Und wie eingebildet er ist! Er glaubt, alle Frauen wollten sich ihm an den Hals werfen. Das sieht den Männern so richtig ähnlich. Man spricht zu ihnen von Freundschaft: sie verstehen Geschlecht. Und dann werfen sie uns vor, wir hätten nur das im Kopf.‹ Was Ihnen heute das Herz schwer macht, das hätten Sie damals durchlitten, und zwar aus gutem Grunde. Warum habe ich Ihnen jenen Brief nicht geschrieben? Weil mir daran lag, Ihre Freundschaft nicht einzubüßen, weil ich wußte, daß die meine Ihnen Halt gab, und weil es mir gräßlich gewesen wäre, Ihnen einen solchen Dolchstoß zu versetzen. Habe ich also schlecht gehandelt, indem ich nicht mit Ihnen gebrochen habe?«

»Nein, nein, ich weiß ja, daß Sie gut sind.«

»Jedesmal, wenn Sie mir etwas von meiner Güte erzählen, müssen Sie ein Pfand geben.«

»Ach, Sie sind zu gemein!« sagte sie mit einem halben Lachen.

Es stimmt, sie wußte nicht mehr, ob er gütig oder gemein sei. Jetzt war ihr eher, als sei sie selber im Unrecht. Aber sie war sich über nichts mehr richtig klar, alles ging ihr im Kopf durcheinander; am liebsten wäre sie jetzt allein im Hotel gewesen, ganz für sich, um alles Glück und allen Schmerz ausströmen zu lassen, die er in sie hineingeschüttet hatte, um zu sehen, was oben schwämme, Schmerz oder Glück. Vor allem aber wäre sie gern der Kälte entronnen. Dabei würde es sie im Hotel ebenfalls frieren. Sie mußte an einen Ausspruch Costals' denken: »Die Kälte ist eine Krankheit unseres Planeten«, aber vor allem an ein Wort der heiligen Therese von Lisieux, ein hausbacken anmutendes, in Wahrheit jedoch erschütterndes Wort: »Ihr wißt nicht, was es heißt, sieben Jahre lang frieren zu müssen.« Sie war völlig erschöpft (seit zwei Stunden liefen sie herum), und die Müdigkeit trübte ihr Gehirn, die Lider schmerzten sie, sie verspürte die Anzeichen einer Migräne und sagte sich: »Was das bloß heute abend werden soll!« Aber dieses Beisammensein, nach dem sie sich in Saint-Léonard Monat um Monat gesehnt hatte, nein, das sollte keinesfalls durch sie ein Ende finden. Lieber wollte sie auf dem Gehsteig zusammenbrechen, gänzlich erledigt, als das Zeichen geben zu seinem: »Auf Wiedersehen, Fräulein Hacquebaut. Ich lasse dieser Tage von mir hören.«

In die Avenue Marceau fegte der Nordwind mit stupidem Nachdruck aus jeder Querstraße. Von der höchsten Stelle der Avenue Pierre-Ier aus gesehen, bildeten die Champs-Elysées in der Tiefe ein Lichtertal. Sie wünschte sich sehnlichst, er möge auf den Gedanken kommen, hinunterzugehen. Dann könnte sie sich an jenen Lichtern wärmen, an den Menschen dort, dem Lärm, dem Verkehr, dem Luxus; sie könnten in ein Café gehen und Musik hören; sie könnte ihm ein Geschäft zeigen, wo es »Complets« für 390 Francs gab, unglaublich schöne, man sollte meinen, sie stammten von einem erstklassigen Schneider ... ach, Unsinn, unmöglich, das sähe dann womöglich nach einer versteckten Bitte aus ... Plötzlich, zum erstenmal, wurde sie sich bewußt, daß er nicht daran gedacht hatte, ihr in einem der vielen Blumengeschäfte, an denen sie vorübergekommen waren, einen Strauß für ein paar Francs zu kaufen, obwohl sie vor dem Schaufenster des einen verweilt hatten. Nein, nicht einmal einen Veilchenstrauß, und dabei hatte er ihr so überaus taktvoll erzählt, Veilchen habe er immer »für seine kleinen Freundinnen« gekauft. Übrigens hatte er ihr nie auch nur das geringste geschenkt, außer Büchern – oh, mit Büchern war er freigebig. (»Na ja, ich bin eben eine Intellektuelle ... ! Also ... !«) Sie kämpfte gegen die Bitterkeit an, die deswegen in ihr aufstieg und die sie für naiv und vulgär hielt. Aber Costals kehrte den Champs-Elysées, dem Land der Verheißung, den Rücken und bog abermals in eine der trostlosen Straßen ein, als mache ihm das Hinundhergelaufe Spaß, das wie das eines Tiers im Käfig war, diese katholische, alptraumhafte Flucht, der vor einer legendären Verdammnis vergleichbar. Fast gedankenlos, mit Schenkeln, die vor Müdigkeit schmerzten, sich ein Tröpfchen von der Nase wischend (»Ganz sicher ist sie rot«), sich auf die Lippen beißend, von denen sie meinte, daß Kälte und Kummer sie wahrscheinlich blutlos gemacht hätten, und zu allem Überfluß noch mit dem dringlichen Verlangen, ein kleines Bedürfnis zu erledigen, hörte sie ihn hochtrabend (ja, »hochtrabend« war das Wort, das ihr einfiel, so müde war sie seiner) reden:

»Nach Ihrer Theorie wäre also das herrliche Königreich der Freundschaft zwischen Mann und Frau verbotenes Land! Die Frau bliebe eingepfercht in dem Bezirk ›Herz und Sinne‹, außerstande zum Aufstieg in eine edlere, subtilere Welt. Und schließlich dürfte der Mann aus Furcht, sie zu enttäuschen, keinerlei gesellschaftliche Beziehungen zu denjenigen unter den jungen Frauen unterhalten, die er nicht, legitim oder illegitim, für sein Bett auserkoren hat, was also letztlich bedeutet, mit der überwältigenden Mehrzahl der Frauen. Er müßte mit niedergeschlagenen Augen, wie ein Priesterzögling, an ihnen vorbeilaufen: ›*Noli me tangere*, meine Damen! Denn Sie könnten sonst vielleicht glauben, ich liebte Sie. Und das liegt mir tausend Meilen fern, ohne daß ich Sie damit kränken möchte.‹ Oder wie die jungen Kabylen. Ein Kabyle hat mir erzählt, wenn die jungen Burschen in seinem Dorfe fünfzehn wären und nicht verheiratet seien, würden sie von ihren Eltern nach Algier geschickt, damit sie nicht durch ihr bloßes Vorhandensein unter den jungen Mädchen des Dorfes Verwirrung stifteten. Und kämen sie dann für ein paar Tage wieder ins Dorf (zu einem Begräbnis, einer Hochzeit oder dem Aid-Fest), so müßten sie, wo auch immer sie gingen und ständen, laut vor sich hinsagen: ›Trec-trec-trec‹, damit die Mädchen es hörten und sich versteckten. Eine solche Versuchung stelle für sie ein junger Mann dar. In Zukunft werde auch ich ›Trec-trec-trec‹ sagen, damit die Mädchen auf der Hut sind. Oder ich schaffe mir lieber noch eine Klapper an, wie die Aussätzigen ...«

Er äußerte noch etwas recht Peinliches und Schmerzliches: »Die jungen Mädchen sind wie die herrenlosen Hunde, denen man keinen freundlichen Blick zuwerfen darf, ohne daß sie glauben, man habe sie gerufen, man wolle sie mitnehmen, und dann kommen sie wedelnd an und legen einem die Vorderpfoten auf die Hose.«

An diesem Thema häkelte er weiter. Wie stets, wenn er mit ihm gleichgültigen Menschen beisammen war oder wenn er ihnen schrieb, sagte er so ungefähr alles, was ihm gerade durch den Kopf ging (dieser Eigentümlichkeit war sich Andrée im Verlauf ihrer Beziehungen nie bewußt geworden). So wie für die Matadore nichts existiert, was ihnen in anderen Plazas als denen Spaniens widerfährt, Erfolge wie Fehlschläge, so schenkte Costals als zum Schriftsteller geboren nur einem seiner Ausdrucksmittel volle Aufmerksamkeit: nämlich dem Buch. Gespräche, Briefwechsel, darin ließ er sich gehen, das waren seine Entspannungen; da sagt er irgend etwas Beliebiges; das hatte in seinen Augen keinerlei Bedeutung.

Plötzlich hielt er jäh inne.

»Verstehen Sie eigentlich, was ich Ihnen sage?«

»Gewiß!«

»Ich verstehe nicht das mindeste davon. Schon seit einer ganzen Zeit rede ich völlig sinnloses Zeug, nichts als Phrasen. Wenn Sie das nicht merken, warum rede ich dann überhaupt mit Ihnen? Also kurz und gut«, schloß er, »wenn es Ihrer Ansicht nach meine Pflicht gewesen wäre, es zum Bruch kommen zu lassen, und ich diesen Bruch bereits viel zu lange aufgeschoben habe, so ist alles ganz einfach ... Ich kann Ihnen nicht geben, was Sie von mir erwarten. Darum wollen wir den Schlußstrich unter unsere Bekanntschaft ziehen.«

»Nein! Nein!« rief sie, indem sie aus den Tiefen ihrer Stumpfheit aufschnellte, »jetzt haben Sie kein Recht mehr, mich sitzenzulassen. Aber es ist doch auch nicht Ihr Ernst, nicht wahr?« »Kein Recht mehr!« dachte er. »Na ja, ich habe es ja stets gesagt: das Schwierige bei der Wohltätigkeit ist, daß man immer damit fortfahren muß.«

Als habe sich ihr mitgeteilt, was er dachte, sprach sie weiter:

»Lieben verpflichtet, Gutes tun verpflichtet. Man hat kein Recht, einen Menschen auf die gleiche Weise zu lieben, wie man Almosen gibt, ohne den Wunsch, an seinem Leben teilzuhaben ...«

»Dann wollen wir also alles lassen, wie es ist. Nur stöhnen Sie in Zukunft nicht mehr darüber. Schließlich wollen Sie es so.«

»Ich werde in Zukunft über nichts mehr stöhnen, ich verspreche es Ihnen feierlich. Ich will nur noch eins: Sie nicht verlieren. Der Schlüssel zu allem – wissen Sie, was das ist?« fragte sie und setzte ihm damit die Pistole auf die Brust. »Die Tatsache, daß Sie ein Mann sind, der immer andere hat sitzenlassen und nie sitzengelassen worden ist. Das merkt man.«

»Das stimmt gar nicht. Ich bin zweimal sitzengelassen worden. Und noch dazu auf eine recht blöde Weise.«

»Und ... ist Ihnen das schmerzlich gewesen?«

»Nein. Ich habe es ganz natürlich gefunden. Was ist berechtigter, als daß man von jemandem genug hat? Ich habe das allzuoft selber erlebt, um es bei andern nicht zu verstehen. Wenn ich sehe, daß eine Frau, mit der ich monatelang intim verkehrt habe, mich von heute auf morgen aus ihrem Dasein streicht und nur danach verlangt, nichts mehr mit mir zu tun zu haben, so erkenne ich in ihr mein Spiegelbild.«

Sie blieb stumm, wie vor den Kopf geschlagen. Er jedoch sagte: »Den Teufel auch! Ich muß mich jetzt verabschieden. Es ist zehn vor acht, und auf acht habe ich eine Einladung zum Abendessen.«

»Sehen wir uns wieder?« fragte sie; sie war außerstande, weiterzusprechen, etwas anderes als banale Redensarten zu sagen; sie war völlig am Ende.

»Natürlich, ich lasse von mir hören.«

»Lassen Sie mich nicht gar zu lange warten ... Wenn ich Ihnen schreibe, antworten Sie womöglich nicht. Nicht einmal Ihre Telefonnummer haben Sie mir geben wollen!«

»Ich hatte geglaubt, Sie dürften jetzt nicht mehr stöhnen.«

»Entschuldigen Sie!«

»Auch wenn ich Ihnen meine Telefonnummer gegeben hätte, wäre nichts für Sie dabei herausgekommen, weil der Apparat ein für allemal ausgeschaltet ist: das Schweigen des unendlichen Raumes beruhigt mich. Und wissen Sie, wer mich zu dieser Maßnahme gezwungen hat, die natürlich ärgerlich für meine Freunde oder die Geschäftsleute ist, die mich sprechen müssen, und lästig für mich selber, der ich auf diese Weise Gefahr laufe, dieses und jenes zu versäumen, das für mich von Bedeutung sein könnte? Die Frauen, einzig und allein die Frauen. Die Frauen im allgemeinen mit ihren täglichen oder sogar zweimal täglichen Anrufen, von denen jeder eine Viertelstunde dauert und bei denen stets kein vernünftiges Wort gesprochen wird. Und eine besondere Kategorie von Frauen, die fürchterlichste von allen: die, die mich lieben und die ich nicht liebe. Ergebnis: Ich bekomme jeden Tag drei Rohrpostbriefe von Frauen, selbstverständlich nichtssagende. Und nichts läßt einen so aus der Haut fahren, als mit Briefen von Leuten erschlagen zu werden, die man nicht liebt, wenn man mit jeder Post einen Brief von jemandem erwartet, den man liebt. Also, Fräulein Hacquebaut, auf Wiedersehen, erkälten Sie sich nicht.«

Er hatte mit ihr in einem Ton gesprochen, der sie so hatte erstarren lassen, daß ihr war, als müsse sie ohnmächtig werden. Mechanisch hielt sie ihm die Hand hin. In ihr war alles tot.

Sie ging weg. Er rief ihr nach: »Hallo!«

Sie blieb stehen. Er war zu ihr getreten. Wellen von Anständigkeit und Durchtriebenheit, von Ernst und Spott glitten nacheinander unaufhörlich über sein Gesicht. Und tatsächlich fühlte er sich ja auch aufgeräumter als sie, wie ein böser Hund, der um ein Lamm herumspringt und diese Neckerei weidlich auskostet.

»Bin ich nun eigentlich ein Schwein?«

»Ich weiß es nicht. Lassen Sie mich ... Lassen Sie mich ...«

»Auf Wiedersehen.«

Er machte, daß er wegkam, und nach ein paar Schritten steckte er sich eine Zigarette an. Er fühlte sich um zehn Jahre verjüngt, seit sie nicht mehr neben ihm war. Eine Frau, die wegging, die ihn allein ließ, bedeutete für ihn zehn wiedergewonnene Jahre, wenn er sie nicht liebte. Ein oder zwei Jahre, wenn er sie liebte. Andrée tat kein Auge zu. Sie wälzte sich im Bett nach rechts, und ihre Niedergeschlagenheit rollte nach rechts, nach links, und ihre Niedergeschlagenheit rollte nach links, als habe sie in ihrem Körper eine Kugel. Es drängte sie, immerfort die Beine anders hinzulegen, die sie von dem Gewaltmarsch am Abend noch immer schmerzten. Die zu schmale Bettdecke steigerte ihr Elend noch: fortwährend lag sie bloß und spürte (oder glaubte es wenigstens), daß sie sich erkältete. Am Morgen schluchzte sie von sieben bis sieben Uhr fünfundzwanzig. Er war diesmal gleichzeitig so freundlich und so grausam gewesen! Um jeden Preis mußte sie herausbekommen, »wie er zu ihr stand«. Sie schickte ihm einen Rohrpostbrief, in dem sie ihm schrieb, sie habe von sechs bis acht ununterbrochen geweint, und ihn »beschwor«, er möge sie um zwölf im Hotel anrufen. Bei der Bezahlung des Portos legte sie ein Zweifrancstück hin und ließ den Rest dem Postbeamten, der ein paar spöttische Worte über verlassene Frauen vor sich hin brummte.

Costals rief nicht an. Der Rohrpostbrief hatte ihn geärgert. Der bloße Anblick von Andrées Handschrift brachte ihn außer sich. »Sie bedeutet mir nichts, ich bin ihr nichts schuldig, fünfzigmal habe ich mich mit ihr befaßt, in einem fort lade ich sie zum Abendessen ein und widme ihr zweieinhalb Lebensstunden – jawohl, zweieinhalb Stunden! –, ich zerbreche mir den Kopf, wie ich, ohne ihr weh zu tun, aus der lächerlichen Situation herauskomme, in die ich durch sie geraten bin. Und jetzt bombardiert sie mich mit Rohrpostbriefen, schluchzenden Rohrpostbriefen! Als müßte ich alle zwei Tage drei Stunden hintereinander mit ihr beisammen sein! Nun, diesmal sage ich nein.« Um zwölf schickte er ihr einen Rohrpostbrief: Er habe nach Besançon zu einem kranken Onkel reisen müssen. Er werde ihr schreiben, wenn er zurück sei.

Andrée saß und wartete in ihrem Zimmer im sechsten Stock des schäbigen Hotels (sie hatte in einem halben Dutzend Hotels nach den Zimmerpreisen gefragt, ehe sie in diesem geblieben war), wo der eiskalte Wind durch die Fenster blies, wo der Nachtschrank stank, wo sie in einem Schubfach alte, fleckige Wattebäusche gefunden hatte. Sie saß auf dem einzigen Stuhl an einem mageren Holzfeuer, den Mantel um die Schultern gehängt, niemals hätte sie es für möglich gehalten, daß in ihre tiefe innere Not sich eine solche Bangigkeit mischen könne. Wüßte sie doch wenigstens, was er dachte, du lieber Gott! Sie ahnte, daß sie ihn durch ihren Rohrpostbrief geärgert hatte; dabei hätte sie es nicht über sich gebracht, ihn nicht zu schreiben. Wie bei einer falsch eingestellten Waage sank ihr Denken von Minute zu Minute bald nach der einen, bald nach der anderen Seite. Bald hieß es: »Bei dieser entsetzlichen Kälte durch die unheimlichen Straßen gehen, immer und immer weiter, wie verdammte Seelen«, und dabei fiel ihr alles ein, was Costals gesagt hatte, und seine Worte waren wie Messer, die in einer Wunde umgedreht werden. Dann wieder glitt sie ins Gegenteil über, sie verklärte, sie erfand, wo es nicht anders ging, von sich aus dazu: »Jene Minuten sind für immer und ewig die einzigen glücklichen meines Lebens. Selbst wenn er spottete, war er so gütig, von so zärtlichem Ernst, vielleicht ohne sein Wissen. Er litt darunter, daß er keinen Sohn hat, er erschloß sich, es schien ihn danach zu verlangen, daß er bemitleidet werde. Wie rührend hat er gewirkt, als er von seiner Mutter erzählte! Ob er je mit einer andern Frau über seine Mutter gesprochen hat?« So wie sie meinte, Costals habe sich ihr erschlossen, während er doch lediglich um seinetwillen und für sich gesprochen hatte, nicht mehr und nicht weniger als wenn er sich vor fünfzigtausend Lesern prostituierte, genauso bildete sie sich gutgläubig ein, er habe ihre Hand besonders lange festgehalten, während doch sie es gewesen war, die, als sie sich verabschiedeten, seine Hand ein bißchen länger in der ihren behalten hatte. Sie glaubte, »seinen deutschen Offiziersschritt« auf dem Asphalt hallen zu hören; sie glaubte ihn vor sich zu sehen, wie er ihr lauschte, auf den Lippen das »kaum wahrnehmbare Lächeln der Götter«. Die Vorstellung, er habe mit einer Ehe mit ihr geliebäugelt, wenn auch vielleicht nur auf Grund eines Seitensprungs der Phantasie, dünkte sie jetzt weniger wahrscheinlich als tags zuvor, und dennoch sagte sie sich: »Ich weiß mich einer solchen Fügung unwürdig; ich weiß alles, was uns trennt, und wenn es auch nur das Gesellschaftliche wäre; ich bin weder romantisch noch irrsinnig. Es muß also etwas vorhanden sein, was für diese Möglichkeit gesprochen hat, so daß das, was ich mir nie und nimmer auch nur im Traum hätte einfallen lassen, mir als möglich erschienen ist.« Sie kam dahin, sich stürmisch zu wünschen, sie beide möchten nochmals eines Abends durch die düsteren Straßen gehen, immer weiter gehen, bis sie um Gnade bettelte, und was sie eine Minute zuvor als »grausig« und »todtraurig« angemutet hatte, an das klammerte sich jetzt all ihr Hoffen.

Um halb zwölf ging sie hinunter ins Hotelbüro und wartete auf den Telefonanruf; ihr Blick hing an ihrer Armbanduhr, als sauge das Zifferblatt ihn an. Nichts. Um eins ging sie wieder hinauf in ihr Zimmer, außerstande, zu Mittag zu essen, und wartete noch immer. Sie war nur für einen Monat in Paris und wartete, daß er vergehe! Um zwei bekam sie Costals' Rohrpostbrief und witterte seine Lüge. Sie ging zur Avenue Henri-Martin und erkundigte sich zunächst beim Concierge:

»Ist Monsieur Costals in Paris?«

»Ja, Mademoiselle.«

Aber oben in seiner Wohnung sagte der Diener:

»Monsieur Costals ist in Besançon.«

Am anderen Morgen ging sie nochmals in die Avenue Henri-Martin, sie wußte ganz genau, daß er da war, hielt aber die Ungewißheit nicht mehr aus. Sie brauchte eine Entscheidung, und sei sie noch so entsetzlich, um sich in einer Gewißheit auszuruhen oder um darin zu sterben.

»Ist Monsieur Costals noch nicht zurück?«

»Nein, Mademoiselle. Wir wissen nicht, wann er wiederkommt.«

Sie ging, sie irrte durch die Straßen, sie konnte sich nicht entschließen, aus der Stadtgegend wegzugehen, überall spähte ihr Blick nach Costals aus; sie sättigte sich an der bitteren Erkenntnis: er dort, sie hier, und die Tage gingen in einem Getrenntsein hin, das genauso wie das in Saint-Léonard war, und morgen müsse sie nach Saint-Léonard zurück und es sei eine lichtlose Rückkehr in eine Hölle der Einsamkeit und Verzweiflung. Dieses Herumlaufen (es war wohl ihre Bestimmung, in den Straßen herumzulaufen ... !) diente weniger dem Ziel, Costals zu begegnen, als für sie eine Art Opium zu sein: hätte sie untätig in ihrem Hotelzimmer gesessen, so hätte sie vielleicht einen Nervenzusammenbruch erlitten. Sie ging in eine Kirche, von der sie nicht wußte, wie sie hieß, blieb eine Stunde darin, halb zu Eis erstarrt, und sagte sich immer wieder: »O nein, Gott kann nicht so viel Leiden über uns verhängen wie ein Mensch.« Sie schrieb diesen Satz auf einen Zettel, den sie in ihrer Handtasche fand, kaufte für einen Sou einen Briefumschlag, schob das Blatt hinein und brachte ihn zu Costals' Concierge.

Eine Stunde lang ging sie vor dem Hause auf und ab; so hatte sie es immer gehalten, wenn sie in Paris und Costals verreist gewesen war; sie war fast jeden Abend unter seinen Fenstern auf und ab gegangen, um zu sehen, ob sie erleuchtet waren. Sie wurde ganz blaß, als sie einen Mann sah, den sie zunächst für Costals hielt. Einmal stand sie vor der Spiegelscheibe eines Ladens und erschrak ob ihrer Häßlichkeit: »Mein Gott, was hast du aus mir gemacht? Wer ist diese fremde Frau?« (Als sie in der Kirche gewesen war, hatte sie weiter nicht an Gott gedacht.) Sie begegnete einer

Veilchenverkäuferin und kaufte ihr ein Sträußchen ab, »ich will großherziger sein als er«, stieg in Costals' Haus die Treppe hinauf und legte die Veilchen auf den Treppenabsatz, dicht vor die Wohnungstür. Erst unten, und also zu spät, wurde ihr bewußt, daß dieser Einfall ihr nur schaden könne, daß der Diener das Sträußchen finden und sich womöglich über sie lustig machen werde, und sie überlegte, ob sie es wieder wegnehmen solle. Aber dann hätte der Concierge sie innerhalb zweier Tage zum fünftenmal gesehen... sie wagte es nicht.

Bei einbrechender Dunkelheit ging sie durchfroren zur Métro. Welche Verlockung, ein Taxi zu nehmen! Für eine kurze Fahrstrecke hätte sie es getan. Aber bis zu ihrem Hotel war es weit; es hätte mindestens zwölf Francs gekostet. Daß sie inmitten der Stürme ihres Inneren plötzlich stocken und sich etwas ausrechnen mußte, das war ihr Leben. In der Métro sahen alle Leute sie an: Traurigkeit fällt an einem auf wie ein Bekleidungsstück. Sie fühlte sich von Mitleid, Güte, Schwäche und Hingabeverlangen erfüllt; sie bot ihren Platz – das war ein unbewußter Reflex, denn sie sah nichts – einem alten Mann an, der hatte stehen müssen. Das Umsteigen vollführte sie in einem Zustand der Geistesabwesenheit, erschrocken über die labyrinthischen Gänge, das Wettrennen zu einer kleinen automatischen Tür hin, die sich einem vor der Nase schließt, einer, die mit einem umgeht wie mit einem Stück Vieh, als gehöre man einer Schweineherde an, die in einer amerikanischen Wurstfabrik maschinell sortiert wird; beim Verlassen des Wagens glaubte sie ohnmächtig zu werden: die namenlose Müdigkeit, die innere Anspannung, die schlaflose Nacht, und überdies hatte sie nicht zu Mittag gegessen: ihr war, als werde sie nur durch die Kraft ihrer Herzschläge aufrecht gehalten. Die Lider schmerzten sie. All ihre Unrast und ihre Verwirrung schienen sich in diesem Augenstechen zusammenzuballen. An der Theke einer kleinen Kneipe ließ sie sich einen Kaffee geben, trotz ihrer Angst, für eine Prostituierte gehalten zu werden. Die Theke war von Arbeitern umdrängt. Sie mußte hinter ihnen stehenbleiben, zwischen zwei Männern hindurch den Arm ausstrecken, um ihr Glas zu bekommen. Doch das mußte eben sein: sie bildete sich ein, ohne diesen Kaffee könne sie sich nicht auf den Füßen halten. Plötzlich lächelte einer der Arbeiter sie an, und dieses Lächeln ließ ihre Qual hinsinken. Das dauerte nur einen Augenblick: draußen schwoll die Qual von neuem an.

Im Hotel merkte sie, daß ihr ein Flacon Parfüm für vierzig Francs aus dem Zimmer gestohlen worden war; jenes Parfüm war während der letzten Tage ihr einziger Trost gewesen; sie hatte daran gerochen, wenn ihr gar zu jämmerlich zumute gewesen war. Sie erfuhr auch vom Kellner, daß sie für das Zimmer täglich drei Francs mehr als die anderen Gäste bezahlen mußte (weil sie als elegante Dame auftrat, nicht wahr ...?). Sie zog das Pech auf sich wie ein krankes Huhn, dem der ganze Geflügelhof mit Schnabelhieben zu Leibe geht.

Leichten Herzens hätte sie innerhalb eines Tages hundert Francs ausgegeben, wenn sie glücklich gewesen wäre. In ihrem Unglück nun aber nagte es an ihr, Geld verbraucht – oder verloren – zu haben, und in manchen Augenblicken sagte sie sich, sie müsse machen, daß sie aus Paris wegkomme, und sei es nur, um den Geldschwund zu hemmen.

Sie weinte. Tränen der Ungewißheit, es war zu dumm! Als ob es nicht Zeit genug wäre, an dem Tage zu weinen, da alles vorbei war. Sie ging so weit, sich einzubilden, es sei nur eine Prüfung, die er ihr auferlegte, eine etwas boshafte Neckerei, um sie morgen mit ebensoviel Freude zu blenden, wie er ihr Leid angetan hatte; sie wandte auf ihn das Wort an, mit dem in Mussets »*Un caprice*« Monsieur de Chavigny gekennzeichnet wird: »Er ist boshaft, aber er ist nicht schlecht.« Schließlich gewann sie ihrem Leid etwas Gutes ab; diese Prüfung war etwas Entscheidendes: Sie wußte jetzt noch besser, wie sehr sie diesen Mann liebte und welcher Art, welchen Wertes ihre Liebe war, da sie eine solche Behandlung von ihm einfach über sich ergehen ließ. Denn trotz ihren schrecklichen Zweifeln an ihm hatte sie keine Sekunde lang nachtragenden Haß oder Zorn verspürt. Sie liebte ihn noch genauso, ohne es zu begreifen. Sie sagte sich auch: »Alles, was mir jetzt widerfahren kann, muß nach diesen letzten Tagen etwas Paradiesisches sein.« Trotz der bohrenden Kopfneuralgie, die seit zwei Tagen nicht von ihr gewichen war, gegen die alle Tabletten der Welt sich als machtlos erwiesen hatten, machte sie sich daran, ihm einen langen Brief zu schreiben, zu kritzeln, immer weiter zu kritzeln auf dem so geduldigen Papier. Aber die Deckenlampe hing zu hoch und war zu schwach; sie mußte darauf verzichten.

Am andern Morgen, um Viertel vor acht, hörte Costals, wie es an seiner Wohnungstür klingelte. Der Diener kam immer erst um acht herunter, und außerdem hatte er einen Schlüssel. Costals trat aus dem Badezimmer in die Diele, Seifenschaum auf den Backen. Hinter der Tür fragte er:

»Wer ist da?«

»Ich.«

»Wer ›ich‹?«

»Andrée.«

»Andrée? Kenne ich nicht.«

Er kannte sie nur zu gut. Aber er wollte sie bestrafen. Herzukommen und Viertel vor acht zu klingeln! Und dieser Zettel: ›Gott kann nicht soviel Leiden über uns verhängen wie ein Mensch!‹ Und diese Blumen vor seiner Tür, wie vor einem Grabstein! So recht geeignet, ihn vor allen übrigen Hausbewohnern lächerlich zu machen! Er hatte sie sofort in den Abfalleimer geworfen, nachdem er sie zuvor in seiner Wut zerdrückt hatte.

»Andrée Hacquebaut.«

»Ich kann Ihnen unmöglich aufmachen. Ich bin gestern abend wiedergekommen. Aber ich bin unrasiert.«

»Was hat das schon zu sagen? Bitte, bitte, machen Sie auf.«

»Sie müssen sagen: ›um Gottes willen‹.«

»Um Gottes willen.«

»Ich würde Ihnen schon aufmachen. Aber ich bin splitternackt.«

»Sie wollen mich also nicht hereinlassen?«

»In diesem Augenblick nicht.«

»Ist das Ihr letztes Wort?«

»Lassen Sie mich in Ruhe.«

»Gut. Um acht Uhr sechsundfünfzig geht mein Zug nach Saint-Léonard. Sie brauchen keine Angst mehr vor mir zu haben.«

»Machen Sie keinen Unsinn! Ich rufe Sie um zwölf an.«

»Ja, so wie neulich! Adieu!«

Die Schritte entfernten sich. Nach einer Weile machte er die Tür einen Spaltbreit auf. Er überlegte, ob sie nicht vielleicht irgendwo im Treppenhaus hockte. Nein, es war niemand zu sehen. Aber vor der Tür fanden sich die frischen Spuren ihrer nassen Schuhe, die nach allen Richtungen hin und her liefen, wie die eines gehetzten Tieres, das in seiner Angst hier herumgetrappelt war.

Um elf tat er einen Seufzer und rief im Hotel an. Es wurde ihm gesagt, sie sei abgereist, nachdem sie ihre Rechnung bezahlt habe. Zunächst verspürte er große Erleichterung. Danach Gewissensbisse. Sie hatte schließlich damit gerechnet, einen Monat in Paris zu verleben, und der hatte so herrlich für sie werden sollen! Als Romanautor hatte Costals zu sehr die Berufsgewohnheit, sich in andere Leute zu versetzen, um nicht sogleich nachzuempfinden, wie sie habe leiden müssen, und das ging ihm nahe. Er schrieb ihr:

Liebes Fräulein Hacquebaut,
Ihre jähe Abreise ist mir ein Rätsel. Ich kann nicht einmal für die Dauer einer Sekunde glauben, es sei geschehen, weil ich Sie nicht morgens um halb acht empfangen habe. Meine Mutter hat mich eines Morgens einmal nicht zu sich gelassen. Ich war schmerzlich berührt, ich regte mich auf, wodurch mochte ich sie verstimmt haben? Als meine Mutter abends heimkehrt, läßt sie mich zu sich kommen, küßt mich, ist genauso zu mir wie immer, aber sie will mir nicht sagen, warum mir am Morgen ihre Tür verschlossen geblieben ist. Erst Jahre danach hat sie es mir gestanden: ihr Puder war zu Ende, und sie hatte mich nicht ungepudert empfangen wollen. Und dabei war ich erst vierzehn! Als sie im Sterben lag, ordnete sie an, ich dürfe nach ihrem Tode erst ins Zimmer gelassen werden, nachdem ihr das Kinn hochgebunden worden sei. Nun, ich bin ihr Sohn. Sie werfen mir vor, ich hätte nicht genügend Selbstgefühl: dabei fehlt es mir in gewissen Dingen schrecklich an Einfachheit. Heute morgen hätten Sie auf dem Treppenabsatz in Flammen herumhüpfen können, eines explodierten Spirituskochers wegen oder was weiß ich, und ich glaube, ich wäre Ihnen nicht beigesprungen, weil ich eben unrasiert war. Beachten Sie übrigens, daß die Tatsache meines Nacktseins nicht das

mindeste mit der Geschichte zu tun hatte. Sicherlich wissen Sie, wie ein Mann aussieht: Sie haben ja doch wohl Plastiken gesehen. Und außerdem war ich angezogen. Ihre unsinnige Abreise beraubt mich des Vergnügens, Sie in die Claude-Monet-Ausstellung zu begleiten, wie ich es beabsichtigt hatte. Ich hatte mich bereits darauf gefreut.

Herzlichst der Ihre

Wie sehr fand Andrée ihn doch in diesem Briefe wieder, so wie er war! Freundlichkeiten, Scherze und selbst die kleine unanständige Pointe, über die sie lächelte, ohne verlegen zu werden. Und wieder Anspielungen auf seine Mutter, die sie immer so rührten ... Doch es tat ihr nicht leid, nach Saint-Léonard zurückgefahren zu sein. Sie ahnte: wäre sie in Paris geblieben, so würde er sie auch weiterhin gequält haben. Dieser Brief hingegen war gütig, er machte auf geheimnisvolle Weise – ja, wirklich, ohne jeden Grund – ihre Qual zunichte. Da sie Costals' Bücher in- und auswendig kannte, fiel ihr ein Satz aus einem ein: »Sich-Entfernen bringt näher.« Warum verstand er in seinen Büchern alles so gut und tat, als verstehe er es im wirklichen Leben nicht?

Ein paar Tage nach diesem Geschehnis befand sich Costals eines Morgens in Cannes. Von der Villa aus war das Meer zu sehen, noch grau von abgezogenen Gewittern. Der Schriftsteller las Malebranche, Die Suche nach der Wahrheit.

Aus dem Nachbarzimmer klang eine junge, klare, trällernde Stimme herüber. Costals hob den Kopf. Wenn er seinen Sohn im Hause singen hörte, war ihm, als schwebe das Haus in den Lüften. Manchmal sangen Vater und Sohn jeder in einem anderen Stockwerk. Er hörte ein bißchen zu; dann konnte er nicht mehr anders, er ging in das Zimmer des Jungen hinüber.

Sobald er die Tür aufmachte, verstummte die Stimme. Der Junge tat, als schlafe er. Costals kannte diese Neckerei. Wie bei allen Jungen dieses Alters (der hier wurde in einem Vierteljahr fünfzehn), gingen Philippes Scherze und »Uzereien« schnell vorüber; von einem Tag zum andern waren sie für alle Zeit begraben; doch so lange sie dauerten, waren sie hartnäckig. Auch wenn Costals ihn nicht hätte singen hören, würde er gewußt haben, daß sein Sohn nicht schlief: sein Gesicht war trocken, und wenn er schlief, schwitzte er immer.

»Mach die Augen auf, du Esel, sonst lasse ich dir meine Zigarettenasche aufs Gesicht fallen.«

Costals setzte sich auf den Bettrand – und fuhr hoch. Er schlug die Decke zurück und fand ein Florett. Vor etwa vierzehn Tagen hatte Philippe die Fechtkunst entdeckt; er war noch im ersten Feuer dieser Entdeckung; er schlief mit seinem Florett, wie der neuernannte Kardinal de Maillé, nach Saint-Simon, mit seinem Käppchen schlief.

Als er wieder saß, nahm Costals die Hände seines Sohnes, die niemals ganz sauber waren, aber lange, gutgeformte Finger hatten (»Die jungen Knaben mit der großen, klaren Hand«, hatte er eines Tages geschrieben, als er sich in Alexandrinern ergehen mußte), und küßte sie. Der Sohn hatte ein sonnengebräuntes Gesicht und dunkles Haar. Vorn auf seinem Nachthemd paradierten Schokoladeflecken, die von verschiedenen Frühstücken herrührten. Er tat nach wie vor, als schlafe er. Man merkte sofort, daß er nur deshalb keine Flügel hatte, weil er es so wollte (aber *quid*, der Pferdefuß). Rings um das Bett, auf dem Fußboden, wie Spucke um einen Araber, lag eine beträchtliche Anzahl von Münzen (Philippe ließ sich sein Taschengeld stets in dieser Form auszahlen, damit es in seiner Hosentasche klimperte. »Aber warum denn nur?« – »Um damit anzugeben, zum Donnerwetter!«), ein Kamm (kaputt), ein Taschenspiegel (kaputt), ein Füllfederhalter (kaputt), eine Brieftasche, ein leeres Parfümfläschchen, alles, was *in aeternum* in Jungentaschen steckt und jedesmal herauskollert, wenn sie sich hinlegen. Auch ein Vorlegeschloß fand sich, denn Philippe wollte nicht, daß seine Kaninchen geschlachtet wurden; jedesmal, wenn die Köchin ihnen das Futter brachte, mußte der junge Herr geholt werden, der den Stall eigenhändig öffnete und wieder zuschloß.

Jäh packte Philippe den Kopf seines Vaters, zog ihn zu sich nieder und küßte ihn. Dann hielt er ihn kräftig zwischen den Armen fest; er war nämlich kein Junge mehr, der schmeichelt, sondern einer, der glaubt, er sei ein Meisterringer. Es gab ein ausgedehntes Fingergerangel: dafür schwärmte er, da er überaus gelenkig war. Bei jeder Bemerkung Costals', er werde dieses oder jenes zerbrechen, er ruiniere das Kopfkissen, antwortete Philippe: »Nebensache«: das war jetzt seine gängige Redensart. Schließlich hatte Philippe seines Vaters Schultern unter den Knien, denn die Bettdecke war schon längst zum Teufel. Und in dieser Stellung bückte er sich und knabberte ihm an der Nase herum.

»Du tust mir weh, du Idiot!«

»Er hat Wehwehchen! Oh, der schlappe Kerl, der schlappe Kerl!« (und er machte ihm eine lange Nase).

Endlich hörte die Toberei auf. Philippe war wieder unter die Decke gekrochen und vertiefte sich in *Cri-Cri*. Costals lag auf der Decke und nahm seinen Malebranche wieder vor.

Costals hatte diesen Bastard mit zwanzig Jahren gezeugt. Die dazu auserwählte Mittlerin war eine Frau gewesen, die durch den Akt einen Ehebruch beging, so daß sie von vornherein keinen Anspruch auf das Kind hatte. Mit sechs Jahren war Philippe einer alten Freundin Costals' übergeben worden, Mademoiselle du Peyron de Larchant, einer etwa fünfzigjährigen Dame, die dem kleinen Jungen alle Vorteile der Mutterliebe ohne deren bedenkliche Schattenseiten bot. Da sie überdies Costals wie einen Sohn liebte, war sie nie in ihn verliebt gewesen, was für Festigkeit und Sauberkeit ihrer Zuneigung bürgte. Costals hatte das alles auf diese Weise geordnet, weil es ihn skandalös dünkte, daß jemand außer ihm Rechte auf seinen Sohn geltend machen könnte. Außerdem war er überzeugt, daß der Einfluß, den Mütter im allgemeinen auf ihre Kinder ausüben, abscheulich und schädlich sei, eine Auffassung, die von einer beträchtlichen Zahl von Erziehern und Moralisten geteilt wird, die sie indessen nicht laut zu äußern wagen, aus Furcht, gegen herkömmliche Ansichten zu verstoßen, die stets erlesen galant sind. Philippe lebte bald in Marseille, bald in Cannes. Costals pflegte im Monat etwa zehn Tage mit ihm zu verbringen, weil er aus Erfahrung davon überzeugt war, ein nervöser Mensch könne kein Wesen lieben, mit dem er zusammen wohne oder das er auch nur täglich sehe. Die Maßnahme hatte sich fünfzehn Jahre lang vollauf bewährt. Was nichts beweist.

Philippe, der seiner braunen Haut wegen Brunet genannt wurde (er seinerseits nannte seinen Vater »La Dine«, ohne daß sich eine vernünftige oder unvernünftige Erklärung für diesen Spitznamen hätte finden lassen), war, obwohl beinahe fünfzehn, körperlich noch recht kindlich: unentwickelt, und seine Stimme hatte noch nicht mutiert. Auch sein Charakter war noch sehr kindlich, und zugleich schrecklich durchtrieben und geweckt: Körperlich war er ein bißchen zurückgeblieben, aber in seiner Vorstellungswelt seinen Jahren weit voraus. Er war kein Heranwachsender, er war ein frühreifes Kind: das ist etwas durchaus anderes. Als es ihm mit neun Jahren in Paris einmal geschah, daß er kein Geld mehr für die Heimfahrt mit der Métro hatte, da hatte er einfach in den Höfen gesungen, bis er die vierzehn Sous zusammengebracht hatte. Als Philippe elf gewesen war, hatte Costals, der gleichfalls nicht als Unschuldsengel auf die Welt gekommen war (Unschuldsengel übersehen dergleichen), entdeckt, daß der Junge ein Loch in Mademoiselle du Peyrons Badezimmer gebohrt hatte.

Er war kein rebellisches oder bösartiges Kind, nicht einmal ein täppisches – täppisch nur aus Beschwingtheit, wie Kinder sind. Er war keins der Kinder, die man, wenn sie die Augen aufmachen, angstvoll daraufhin ansieht, ob sie gut oder schlecht aufgewacht sind, ob der Tag leidlich oder unerträglich werden wird. Er hatte es ein bißchen hinter den Ohren, aber er war ein anständiger Kerl. Er war nicht sauber, aber er war gesund. Er lief einen Zickzackkurs, aber wich nie vom Wege ab. Er war uneigennützig, gutherzig, intelligent, und seine Intelligenz stand mit beiden Füßen fest auf der Erde: alle Bemühungen Costals', ihm ein etwas enthusiastisches Weltbild (eine sozusagen philosophische Weltanschauung) beizubringen, waren gescheitert. Hinzu kam irgend etwas wie eine innere Ruhe, wie sie sich in jedem Jungen findet, der nicht sportlich veranlagt ist. Obwohl er auf den ersten Blick sehr nach kleinem Franzosen, Typ 1927, anmutete, das heißt nach einem gräßlichen Straßenlümmel, war er ganz und gar kein Straßenlümmel, denn er war nie niederträchtig, oder zu üblen Streichen aufgelegt: er beging nie etwas Gemeines.

Das sicherste Mittel, das Vertrauen und die Freundschaft eines jungen Menschen zu erlangen, ist, nicht sein Vater zu sein. Brunet indessen vertraute seinem Vater weit über das Übliche hinaus. Auch mit seinen Lügereien blieb er hinter dem Üblichen zurück. Costals verstand seinen Sohn nicht immer, und das verdroß ihn bisweilen ein bißchen, womit gesagt werden soll, daß er sich über sich selber ärgerte. Während er, wenn es sich um Frauen handelte, fast sofort mit Sicherheit sagen konnte, was aus dem Kasten springen würde, wie sie unter bestimmten Umständen reagierten, verhielt er sich zögernd, wenn es um Philippe ging. Das geschah vielleicht, weil die Regungen der Frauen etwas von Fabrikware haben, oder sagen wir lieber: etwas Klassisches. (»In Frankreich gleichen die Frauen gar zu sehr einander. Alle sind auf die gleiche Art hübsch, kommen auf die gleiche Art in ein Zimmer, schreiben, lieben, verzanken sich auf die gleiche Art. Man mag sie noch so oft wechseln, man glaubt stets, es mit derselben zu tun zu haben.« Der Fürst von Ligne. Anm. d. Verf.) Vielleicht aber auch ganz einfach, weil das, was in ihnen vorging, ihm nicht zu verdienen schien, daß man sich Gedanken darüber machte. Sie kamen ihm sehr viel weniger geheimnisvoll vor als Männer, zumal in der Kindheit. In dieser Hinsicht bestanden keinerlei Vergleichsmöglichkeiten zwischen Jungen und Mädchen. Wer hat doch die grausame Behauptung aufgestellt (Vauvenargues oder Chamfort?), man müsse wählen, ob man die Frauen lieben oder verstehen wolle? Costals liebte sie und hatte nie versucht, sie zu verstehen; er hatte sich nicht einmal gefragt, ob an ihnen überhaupt etwas zu verstehen sei.

»La Dine!«

»So'n Bart! Laß mich meinen Malebranche lesen.«

»Ach, auf diese Branche sch... wir doch. Paß mal auf, diese Nacht habe ich einen hübschen Traum gehabt.«

»Wovon hast du denn geträumt?«

»Ich habe geträumt, ich äße Nudeln mit Tomaten.«

»Und um mir das zu erzählen, störst du mich? Leibschmerzen bekommt man durch solch einen Jungen.«

»Siehst du, nun schimpfst du wieder. Du behandelst mich als kleinen Jungen. Du selber machst einem Leibschmerzen, jawohl!«

Es spann sich ein neues Handgerangel an. Plötzlich, im heftigsten Kampfe, hielt Brunet inne, das Gesicht zehn Zentimeter vor dem des Vaters, und musterte ihn scharf.

»Ich sehe dich an. Ich hatte dein Gesicht vergessen.

Gestern am Bahnhof habe ich mir überlegt, ob ich dich wiedererkennen würde, wenn du aus dem Zug stiegest. Glücklicherweise wußte ich noch, wie dein Mantel aussah. Er ist so gräßlich! Ein Mantel für fünfzehnhundert Francs! Tatsächlich, du hast keinen Geschmack. Ich muß wohl mitkommen, wenn du dir deine Klamotten kaufst.«

»Also vergißt auch er die Gesichter ...«, dachte Costals grüblerisch. Costals vergaß stets die Gesichter seiner Freundinnen, seiner besten Freunde, er vergaß schlechthin alles. Wenn er auf solche Weise eine seiner Eigenheiten in seinem Sohn gespiegelt erblickte, beruhigte ihn das etwas. »Ach was! Er ist ein anständiger Kerl, und ich habe ihn lieb: auf dieser Basis werden wir stets auskommen.« (Das war eine etwas vorschnelle Erwägung.) Mittlerweile war Brunet noch immer dabei, seinen Vater anzuschauen. »Ich habe dich wirklich sehr gern, weißt du. Du bist ein feiner Kerl«, sagte er schließlich und küßte ihn. Auch Costals küßte ihn, und zwar auf die Augen, mehr aus dem Gefühl heraus, das müsse so sein, mehr aus geziemender Notwendigkeit denn aus innerem Drang. Da sagte der Junge:

»So also küßt du die Frauen? Zeig mir mal, wie du das machst.«

»Pst! ... Söhnlein, Söhnlein! Nun aber!«

»Hast du mit fünfzehn schon Frauen abgeküßt?«

»Natürlich.«

»Und ich, ich habe Francine Finoume geküßt. Sie hat mir gesagt: ›Küß mich mal, dann lade ich dich ins Kino ein.‹ Und da habe ich sie eben geküßt.«

»Wohin denn?«

»Dahin.« (Er tippte auf seine Backe.)

»Und hat dir das Spaß gemacht?«

Philippe warf seinem Vater einen Blick zu, als habe Costals ihn durch die bloße Annahme, der Kuß könne ihm Spaß gemacht haben, tief beleidigt. »Na, hör mal!«

»An dem Tage, da es dir Spaß macht, Francine Finoume zu küssen, läßt du es mich wissen, weil ich dir dann einiges zu sagen habe.«

»Jede Wette, daß ich es dir sage! Übrigens sind wir verkracht. Sie hat zehn Francs von mir haben wollen. Da habe ich ihr eine runtergehauen.«

»Sie lädt dich ins Kino ein, und du willst ihr nicht mal zehn Francs geben? Gehört sich das?«

»Nebensache!«

Costals suchte in seiner Tasche nach einer Zigarette ... und stieß auf ein Röllchen Pfefferminzpastillen. Es verging kaum eine Woche, ohne daß Brunet ihm eine »Überraschung« machte, ein kleines Geschenk, indem er dem Vater heimlich Bonbons, eine Packung Zigaretten usw. in die Tasche steckte. Costals gab dem Jungen Feuer. Darauf folgte dann stets ein klassischer Scherz: Brunet blies rasch hintereinander ein paar Züge Rauch in Costals' Haar, der dann schnell des Sohnes Mütze aufsetzen mußte. Wenn er sie wieder abnahm, rauchte ihm der Kopf: das war ein Hauptspaß, der jedesmal wie neu wirkte! Der rauchende Schädel des Genies!

»Armer La Dine, du verplemperst um meinetwillen deine Zeit.«

»Ich verplempere nie meine Zeit, wenn ich mit dir beisammen bin.«

Costals hatte sich wieder auf dem Bett ausgestreckt; er hatte die *Suche nach der Wahrheit* beiseite gelegt und las, über die Schulter des Sohnes hinweg, *Cri-Cri*. Alle paar Augenblicke lachte Philippe laut auf. Es schien ihm in seiner Haut nicht wohl zu sein, solange er keinen Grund zum Lachen gefunden hatte, und dabei war ihm jeder Grund recht; dann warf er den Kopf weit zurück, auf dem Gipfelpunkt der Seligkeit, und seine blendend weißen, kleinen, regelmäßigen Zähne, die an ein Katergebiß denken ließen, wirkten in seinem braunen Gesicht wie Schnee auf Bergeshöhen: eine große Lauterkeit drückte sich in seinen Zügen aus. Während der Stunde, die sie beisammen waren, hatte er kaum für eine Sekunde zu lachen aufgehört: er strahlte nur so vor Freundlichkeit und Wohlgelauntheit; es war auf den ersten Blick zu sehen, daß diesem Jungen keine Eltern zur Last fielen. All das paßte prächtig zu Costals immerfort guter Laune, dem natürlichen Seelenzustand eines Mannes von Geist. Draußen auf der Freitreppe erschien ein Drahthaarfox, stieß ein dumpfes, billigendes »Wuff« aus und verschwand nach diesem O. K. Dieser Fox, der auf den Namen Haarnas hörte, war im Hause die einzige Persönlichkeit von hoher moralischer Haltung. Oft sah er mit strengem Blick zu, wie Costals und sein Sohn Tollheiten trieben; es war deutlich zu merken, daß er sie verurteilte. Das endete stets mit einem tiefen Seufzer. Danach steckte dann der Gerechte die Nase in sein Hinterteil und schlief weiter.

Mehrmals wollte Costals aufstehen, aber Brunet streckte die Arme nach ihm aus, reckte sie, wie eine Katze die Vorderpfoten reckt, und Costals, der diese Geste kannte und sie rührend fand, beschied sich, dazubleiben.

Nach einer Weile zerknüllte Brunet sein *Cri-Cri*-Heft und warf es heftig weg, als sei er plötzlich entsetzt, daß ihm so etwas gefallen habe; dann beugte er den Kopf und schmiegte ihn an die Brust des Vaters. Hinter seinem Spieltrieb bekundete sich stets ein Verlangen nach Nähe, nach enger Beziehung, und stets fand er einen Grund, dem Vater ganz nahe zu kommen, sei es bei dem Händegerangel, sei es, daß er ihn plötzlich umarmte und mit ihm Foxtrott tanzen wollte, sei es, daß er ihm auf den Rücken sprang; und auf der Straße hakte er ihn stets unter. (Und dann seine mädchenhafte Art, zusammenzuzucken und den Kopf abzuwenden, wenn die Rede auf einen chirurgischen Eingriff kam, gleichgültig, ob es sich um etwas Hartes oder Grausames handelte oder auch nur um das Anlegen des Pulsmessers am Handgelenk.) Wenn Costals auf solche Weise in unmittelbarer Berührung mit ihm war und die Liebebedürftigkeit des Jungen ihm naheging, glaubte er, das mindeste, was er tun könne, sei, ihn nochmals zu küssen. Er sagte sich: »Er ist zauberhaft, er ist eine Schmeichelkatze, er riecht gut, die Weichheit seiner Haut ist eine Weichheit aus einer anderen Welt. Dabei empfinde ich ihm gegenüber nicht die gleiche Art von Zärtlichkeit, wie ich sie einer Frau entgegenbringe. Warum? Seltsam ist das.« Die Sache war die, daß Costals eine überströmende Zärtlichkeit nur für Wesen aufbringen konnte, die er begehrte. Er fand, Philippes Nasenwurzel, dicht unterhalb der Augen, sei zu breit (wie bei Löwenjungen, wenn man will), und dieser einzige kleine Zug, den er in seinem Gesicht nicht mochte, hinderte ihn daran, die Liebkosungen seines Sohnes völlig ungehemmt zu erwidern. Und er war auf der Hut, er fürchtete, ihm kalt vorzukommen, denn er hatte ihn sehr lieb, und er war darauf bedacht, lieber des Guten ein bißchen zuviel zu tun, wenn er ihn verwöhnte. Er fragte sich auch, wie er sich bei Frauen fragte: »Warum küßt er mich wohl so gern?« Und er verstand es nicht.

So war es um die beiden bestellt, als die Stehauf-Mama (das war ihr Spitzname für die alte Dame) im Türspalt erschien und den hübschen Anblick, den sie boten, mit ihrem zerzausten Spitzmausgesichtchen belächelte.

Andrée Hacquebaut
Saint-Léonard
an
Pierre Costals
Paris

15. März 1927

Seit meiner Heimkehr ist kein Tag vergangen, ohne daß meinen Augen unter dem Ansturm eines quälenden Gedenkens nicht Tränen entquollen wären. Doch das dauert immer nur ein paar Sekunden. Die übrige Zeit lebe ich, lache ich, rede ich, schreibe ich. Dem Anschein nach unversehrt. Was mir indessen verrät, daß ich verwundet bin, ist, daß ich nicht mehr singen kann. Früher habe ich immerfort gesungen, auch in meinen trübsten Zeiten. Jetzt geschieht mir das nicht nur nicht mehr, sondern wenn ich mich dazu zwinge, »bleibt es mir im Halse stecken«. O Costals, woran leiden die Menschen? Es gibt nur ein einziges wahres Leid, nämlich die Einsamkeit des Herzens. Ich habe ein Verzeichnis aller Trümpfe meines Lebens angelegt: Freiheit, Gesundheit, Muße, Brot (trockenes Brot, aber dennoch!), vorerst noch Jugendlichkeit, nun ja. Aber sehen Sie, wenn ich mir sage, daß viele Menschen mich deswegen wild beneiden könnten, dann macht mich das nicht glücklicher. Auch wenn mein Verzeichnis unendlich lang sein würde, genügte es, daß ich auf der Minus-Seite das Fehlen der Liebe eintrüge, damit die ganze Plus-Seite sich ins Nichts verflüchtigte. Es ist schon so, daß ich an nichts mehr Freude habe. Nur am letzten Samstag habe ich einigen Frieden gefunden, als ich zur Beichte gegangen war, um nicht ganz und gar mit den religiösen Gepflogenheiten zu brechen. Gott und Sie selber verbieten mir gleichermaßen, Sie zu lieben – das müßte mich doch eigentlich überzeugen!

Neulich nachts habe ich einen Traum gehabt. Woher er rührte, ist leicht zu erraten. Wir gingen in Paris durch regennasse Straßen. Und immerfort hatte ich etwas vergessen – einmal war es ein Pelzkragen –, und ich stieg endlose Treppen hinauf, und Sie warteten unten an der Straßenecke auf mich. Ich trat wieder zu Ihnen, wir gingen weiter, und dann merkte ich abermals, daß ich etwas vergessen hatte, ich kehrte um, stieg von neuem die Treppen hinauf, suchte ... Und wie es stets im Traum geschieht, bereitete das Suchen mir unerhörte Qualen, ich wühlte in allen möglichen Dingen herum, es nahm kein Ende, und während der ganzen Zeit war ich besessen von der Angst: »Länger kann er auf mich nicht warten.« Aber stets fand ich Sie wieder auf dem Gehsteig vor, Sie warteten auf mich, mit vor Ungeduld verzerrtem Gesicht – Ihr Gesicht ist dann immer ganz klein und sieht wie das eines zornigen Katers aus. Dieser Traum hat mich ein bißchen getröstet, wie ein Zeichen, daß ich Sie nicht gänzlich verloren hätte.

Und dennoch, wenn ich Ihrem Schweigen glaubte ...

Ach, nicht der leiseste Vorwurf, nicht das gelindeste Schmollen! (Ich weiß, was für mich dabei herauskommt, wenn ich schmolle.) Ich bin außerstande, mir vorzustellen, daß ich auch nur den Schatten eines Vorwurfs gegen Sie erhöbe. Was auch immer Sie tun mögen, was auch immer geschehen möge, *nichts* wird je die Bewunderung beeinträchtigen, die ich Ihnen zolle, noch meine Hingebung, noch meine Dankbarkeit. Doch meine Zuneigung siecht vor Blutarmut hin, weil sie sich nutzlos vorkommt. Sie kann sich nicht immer und ewig aus sich selbst ernähren. Das ist eine Aufgabe, die Menschenkraft übersteigt, das ist das Danaidenfaß, das gefüllt werden muß, bis man selber ausgeleert ist. Ein Mädchen von zwanzig könnte das fertigbringen. Mit dreißig (weniger neununddreißig Tage!) gebricht es einem an Mut dazu. Ich kann mir übrigens denken, daß Sie anderweitig stark beschäftigt sind. Alle meine Schwungkraft ist dahin. Da ich mich unaufhörlich an Ihre Fersen hefte, wie könnte ich da ohne Qualen die langen Wüstenstrecken der Freundschaft überstehen?

Was habe ich denn von Ihnen gehabt außer kärglichen Oasen? Keine einzige Stunde vertrauten Beieinanders. Vor zwei Jahren habe ich einige Male zu Ihnen in die Wohnung kommen dürfen. Seither haben wir uns immer nur am dritten Ort getroffen: im Konzert, in einem Restaurant, auf der Straße. Es hat den Anschein, als hätten Sie vor irgend etwas Angst. So blieben nur Ihre Briefe, und die kamen so selten. (Es wäre mir sehr viel lieber gewesen, wenn Sie in praktischer Hinsicht nichts für mich getan und mir häufiger geschrieben hätten. Was für ein ewiger Monolog ist doch mein Briefwechsel mit Ihnen!) Aber wenn es jetzt sogar mit den Briefen zu Ende wäre! Berauben Sie eine Freundschaft des Beieinanderseins und der Briefe – was bleibt dann davon übrig? Zwar weiß ich, daß bei Männerfreundschaften ganze Wochen und Monate hingehen, ohne daß man einander sieht oder schreibt, und daß jene Freundschaften dennoch, scheint es, stark und fest sein können. Aber ich bin nun einmal kein Mann. Jede Post, die mir nichts bringt, macht mich eine Stunde lang niedergeschlagen und verdüstert mir den ganzen Tag. Eine Zeile von Ihnen dagegen ist ein Tropfen Öl ins Feuer und läßt eine leidenschaftliche Flamme in mir auflodern ... Wenn ich mir einen kleinen Platz in Ihrem Herzen bewahren will, so muß ich Ihnen vor allem ganz kurze Briefe schreiben, nicht wahr?

Ihre
Andrée

Ich habe mir fest vorgenommen, fortan so wenig wie möglich zu lachen, meiner Krähenfüße wegen.

(Dieser Brief ist unbeantwortet geblieben.)

Andrée Hacquebaut
Saint-Léonard
an
Pierre Costals
Paris

31. März 1927

Was bedeutet dieses Schweigen? All diese Schweigewüsten, die man durchqueren muß, um zu Ihnen zu gelangen ... Ich liebe Sie, wie man ein Kind liebt, von dem man weiß, daß es herzkrank ist und mit zwanzig sterben muß. Ich weiß genau, daß ich das einzige verlieren werde, was ich von Ihnen besitze, nämlich das Recht, Ihnen zu schreiben usw., mithin das, was Sie in meinem Leben bedeuten, Sie, der Sie der einzige sind, der sich ein wenig mit mir befaßt. Ich weiß auch, daß ich nichts tun werde, um mich an Sie anzuklammern. Ich möchte nur nicht durch einen Dolchstich in den Rücken beseitigt werden: diese Redewendung ist die einzige, die mir wiederzugeben scheint, wie schrecklich es ist, einem Menschen durch bloßes Schweigen den Laufpaß zu geben, und jener Mensch zappelt dann ratlos und weiß nichts und begreift nichts, oder tastet im Leeren wie ein Blinder mit seinem Stock, oder ist wie ein Mystiker, der seinen Gott in den Finsternissen geistiger Verlassenheit sucht. Selbst die Mystiker bedürfen der Sakramente, die ihnen die leibhaftige Gegenwart Gottes ersetzen. Ich liebe alles an Ihnen: Ihre Spöttereien und Ihre Härte bedeuten mir noch Glück, und überdies leihen sie mir Kraft gegen Sie; aber Ihr Schweigen entwaffnet mich und bringt mich um. Versetzen Sie mir alle Hiebe, die Sie wollen, und ich könnte mich wehren. Aber treiben Sie nicht Mißbrauch mit dem feigen Vorteil, den Schweigen und Fernsein Ihnen einräumen.

Wenn Sie wüßten, was es heißt, niemals in unmittelbarer Verbindung zu Ihnen zu stehen – durch Nahesein oder durch Briefe –, immer nur zermürbt zu werden durch die Wochen absoluter Trennung! Dieses Fehlen einer »Bindung« zwischen uns! Und all das viele, das verkümmert, verkümmert durch das Fernsein, während man doch das Eisen hätte schmieden müssen, solange es heiß war. Alles verflüchtigt sich durch das Fernsein wie die Zimmerwärme durch eine offene Tür. Was soll denn zwischen uns entstehen oder auch nur dauern bei dieser Beziehungslosigkeit? Kaum bin ich von Ihnen fort, da fallen mir die Worte ein, die ich Ihnen hätte sagen müssen (eine solche Flut von Unerläßlichem, das Ihnen hätte gesagt werden müssen, um Ihnen dieses und jenes zu erklären, um das Bild zu berichtigen, das Sie sich von mir machen ...), aber ich kann Ihnen das alles nicht sagen, weil wir einander nie in kurzen Abständen sehen; ich bin einzig auf meine Briefe angewiesen, die Sie nur aufbringen und die keine Macht über Sie haben, und nur wenn ich allein hier in meinem Zimmer sitze, spreche ich laut und unumwunden zu Ihnen und überzeuge Sie.

Bitte verstehen Sie: nicht über Ihr Verhalten stöhne und jammere ich. Nicht einmal über Ihre Gleichgültigkeit gegenüber dem, was mich quält, nicht *über Sie*, sondern über die Ungewißheit. Über diesen Schlund absoluter Ungewißheit, der alles, aber auch alles bergen kann, ohne daß man es weiß: einen Unfall, Krankheit, Unbeständigkeit des Herzens, unbegründete Klagepunkte gegen mich, Mißverständnisse ...

Schreiben Sie mir irgend etwas, aber schreiben Sie wenigstens. Und wenn es ein leerer Umschlag wäre, wie ihn der Marschall von Luxembourg von Rousseau erbat, damit ich weiß, daß Sie am Leben sind.

Ich glaube trotz alledem und dennoch an Sie, wie man, so hat unser Pfarrer gesagt, trotz alledem und dennoch an den lieben Gott glauben muß.

Andrée

(Dieser Brief ist unbeantwortet geblieben.)

Andrée Hacquebaut
Saint-Léonard
an
Pierre Costals
Paris

23. April 1927
9 Uhr abends

Heute bin ich dreißig Jahre alt geworden, Costals.
Es ist Sonntag. Und schon an gewöhnlichen Sonntagen ist das mein Schwächetag. Es ist göttliches Wetter, viel zu schön. Ach, ich fange an, zu erkennen, wie trostlos ein Frühling sein kann, wie ein Sommer nach dem andern hingeht, jeder ein leerer Korb: und keiner, keiner hat gehalten, was er versprach. Dies schauerliche Gefühl der Unfruchtbarkeit in einer Jahreszeit, da alles danach lechzt, sich fortzupflanzen. Muß man immer all dies Berauschende durch das Entsetzen hindurch betrachten, nicht daran teilgehabt zu haben? Wozu ist man denn hübsch? (für wie lange noch?)

Heute nachmittag haben die Boulespieler draußen ihren Lärm vollführt. Von meinem Zimmer aus habe ich siebenmal hintereinander die große Arie aus *Louise :* »Seit dem Tag, da ich mich dir gegeben ...« anhören müssen, die das Hotelgrammophon spielte. Von Zeit zu Zeit Bravogeschrei und Hochrufe; denn irgendein Verein feierte sein Fest. Vor dem Abendessen hat es ein Gewitter gegeben. Alles im Hotel ist taghell erleuchtet. Die Gartentische auf der Terrasse schimmern von Regennässe und Licht, und der Wind trägt Tanzmusik zu mir herüber. Ich rieche den Bonbon- und Orangenduft eines verblühenden Akazienzweiges. Ich sehe, wie zwei junge Leute im Smoking aus dem Hotel herauskommen. Ihre weißen Hemdbrüste strahlen, sie selber auch; und ihre Lackschuhe waten im Straßenschmutz. Ihre Unbeschwertheit, ihr Glück tun mir weh.

Ich bin dreißig. Nun ist es soweit. Das Lebensalter der Erwartung ist vorbei, das der Verwirklichung, der harten Tatsachen beginnt: ich stehe am Fuße der Mauer. Mir ist nichts Zukünftiges not; was ich brauche, ist Vergangenes; keine Hoffnungen mehr, aber Erinnerungen. Ich bin jetzt in dem Alter, da die Filmstars in Amerika Selbstmord begehen, weil sie vom Dasein nichts mehr zu erwarten haben. Ich hingegen habe noch *alles* zu erwarten.

Ich versetzte mich in Gedanken an das Bett eines toten Kindes, an das Bett eines toten Gatten. Freilich, gehabt zu haben und nicht mehr zu haben, ist schauerlich; aber überhaupt nichts gehabt zu haben – das ist noch schlimmer. Wäre ich doch jünger oder älter! Wäre ich jünger, so hätte ich wohl noch nicht genug von einem rein gehirnlichen Leben und dieser rein platonischen, intellektuellen und kalten Freundschaft: als ich Sie kennenlernte, machte ich mir nichts aus der Liebe, ich brauchte sie nicht, ich hatte an mir selbst genug, mein Körper war mir gleichgültig. Wäre ich älter, so würde ich nicht mehr die Möglichkeit verspüren, »aus meinem Leben etwas zu machen«, ich hätte nichts mehr zu verlieren, wenn ich mich einer reinen, schlichten Freundschaft anbeföhle, ich würde mir ein Glück in der Entsagung schaffen. Dreißig Jahre bedeuten für mich: zu früh oder zu spät.

Costals, ich sage es Ihnen ganz schlicht und traurig: Ich bemühe mich nicht, Sie für mich zu behalten. Ich habe von je gewußt, was ich auch tun möge, ich würde Ihnen nicht bis in alle Ewigkeit gefallen. Ich habe gelebt und lebe noch in der täglichen Erwartung, daß Sie meiner überdrüssig geworden seien und mich vergessen hätten, und das Schweigen, in das Sie sich seit zwei Monaten einmauern, bestätigt mir meine Befürchtungen. Es ist vielleicht ein psychologischer Irrtum: Sie haben Ihr »gutes Werk«, mir behilflich zu sein, vier Jahre lang so getreulich durchgehalten! Aber ich will mich auf nichts Vergangenes stützen, um auf Grund dessen die Zukunft zu mutmaßen. Und überdies weiß ich nicht einmal, ob von Ihnen aus ein »gutes Werk« beabsichtigt oder eine wahre Neigung im Spiel gewesen ist. Sie haben mich, was das betrifft, stets im unklaren gelassen. Da die Dinge so liegen: warum sollte ich Ihnen gegenüber noch länger vorsichtig und zurückhaltend sein? Warum geschickt? Zurückhaltend? Ich fange an zu glauben, ich sei es viel zu sehr gewesen. Geschickt? Keinerlei Geschicklichkeit verfängt bei Ihnen, das weiß ich nur zu gut. Sie werden ohne eigentlichen Grund müde, einfach, weil etwas »lange genug gedauert« hat, weil »seine Zeit um« ist, weil »ein bißchen

Abwechslung ganz gut tut«. Sie sind wie ein dahinfließender Strom; wehe allem, was man Ihrem Lauf anvertraut! Man darf Ihnen gegenüber nicht auf *Verdienste* bedacht sein; es gilt, lediglich Nutzen zu ziehen aus der kurzen Zeitspanne, da man einen kleinen Platz in Ihrem Leben einnimmt, und daraus womöglich etwas Festeres, Schöneres und Glücklicheres zu machen.

Nie, nie, nie werden Sie in mir eine Feindin finden. Nie, was Sie auch tun und lassen mögen, werden Sie es erleben, daß ich mich gegen Sie wende, noch Ihnen einen Vorwurf mache. Ich bin Ihr *Freund*. Aber es ist nicht mehr möglich, daß in mir für Sie einzig und allein jener Freund da sei. Ich bin eine schmerzerfüllte Seele, eine Frau von dreißig Jahren, nervös, unglücklich, und ich verfüge nicht über die Ablenkungsmittel der Männer: flüchtige Liebschaften, Reisen, Geschäfte, Eitelkeit, Ehrgeiz. Seit zwanzig Jahren wandere ich zwischen zwei schnurgeraden Deichen einher. Darum haben Sie bitte ein bißchen Nachsicht mit dem, was ich Ihnen jetzt sagen möchte.

Folgendes möchte ich Ihnen sagen: Ihre Freundschaft vermag nichts mehr zu meinem Glück beizutragen. Sie ist die Perle, die der verdurstende Beduine in der Wüste findet. Ich bin nicht mehr in dem Alter, da man sich mit Halbheiten, mit halben Bindungen zufriedengibt; ich brauche ein Glück, das mich völlig ausfüllt, oder eine Verzweiflung, die mich völlig ausfüllt. Mich hungert nach Fülle, und ich bedarf einer leidenschaftsgesättigten Fülle. All das Geistige, auf das ich, als ich jünger war, so großen Wert legte, bedeutet mir nichts mehr; in dieser Hinsicht bedeuten auch Sie mir nichts mehr; ich habe es satt, zart und empfindsam geliebt zu werden. Jene Freundschaft ist etwas Schönes, aber sie ist nichts Handgreifliches, dessen ich sicher sein könnte wie dessen, was ich trinke oder esse; sie ist etwas Fleischloses, Dürres, Würgendes, etwas, das immerfort aussetzt, etwas Schwankendes, das sich zudem lockert und sich auf die Dauer erschöpft – im Fernsein, im Warten, im Nichts –, und ich erdulde darin alle Verzichte der Liebe und genieße keine einzige ihrer Segnungen. Sie ist etwas Unfruchtbares, Endliches, wenn ihr nicht neue Säfte zugeleitet werden. Geliebt werden, das heißt gleichzeitig begehrt, geliebkost, besessen und umschmeichelt werden. Alles übrige ist dummes Zeug.

Ich möchte meinen Anteil an Ihnen haben, mich an Ihnen sättigen, leben können von dem, was mir von Ihnen zuteil geworden ist. Und so schlage ich Ihnen denn folgendes vor. Ich tue es völlig ruhig und kalten Blutes: ich habe mir das, was ich Ihnen schreiben will, genau überlegt. Ich schlage Ihnen vor, diese hinsiechende Freundschaft auszutauschen gegen zwei Monate, in denen Sie sich mir glühend schenken, in denen ich ganz und gar Ihnen gehöre. Ich bin bereit, Ihnen feierlich zu versprechen, daß Sie nach Ablauf dieser Frist nie wieder von mir hören, falls Sie das wünschen.

Jene kurzen Wochen verzweifelter Fülle (verzweifelt für mich) würden Ihnen vielleicht Lust zuteil werden lassen. Für mich würden sie alles sein – alles, das heißt hier: *etwas* in meinem Leben, in dem *nichts* ist, etwas, für das ich allein verantwortlich wäre, etwas, das in der Erinnerung unantastbar in mir bliebe, das nichts und niemand mir nehmen könnte, eine andere Befriedigung als jene psychologische, die Sie mir dennoch gespendet haben. Mit einer solchen Erinnerung könnte ich über das banale Glück der Glücklichen lachen. Wenn ich Sie ein einziges Mal besitze, verrinnt mein Leben nicht ins Leere. Welch strahlenden Frieden für die mir verbleibenden Tage würde das bedeuten!

Glauben Sie nicht, ich hätte trotz meiner dreißig Jahre ein ungewöhnliches Verlangen nach körperlicher Liebe. Es ist eher ein gehirnliches Verlangen. Im Grunde möchte ich es nur erlebt haben, um durch eine bewußte Erfahrung bereichert zu werden. Und dann soll es damit aus sein. Geimpft werden. Befriedet. Befriedet im Geist, verstehen Sie mich recht. Wie wenn man behaglich in seinem Zuge sitzt, den zu verpassen man gefürchtet hatte. Was die Sinne betrifft, so bin ich noch ein ganz kleines Mädchen. Alles, was ich Ihnen darbringe, ist frisch und neu wie am ersten Morgen und in seiner Schlichtheit Ihrer Größe vollauf würdig. Ich würde Ihnen nie verzeihen, wenn Sie mich zwängen, es ohne Liebe zu verschenken.

Und sprechen Sie nicht das Wort »Verhältnis« aus, dessen Sie sich manchmal uneleganterweise bedienen. Alles, was in Ihre »Aura« rückt, hat für mich nicht mehr seine Alltagsbedeutung. Geliebter, Freundin, Verhältnis, freie Liebe, diese Worte sind sinnlos geworden: es zählt nur die Liebe. Und innerhalb der Liebe alle Freiheiten, alle Kühnheiten, die der Strahlenglanz der Liebe aufzehrt.

Ja, ich, ich habe diesen Brief geschrieben! Vor noch zwei Jahren wäre ich lieber gestorben, als mir den Schritt auch nur auszudenken, mit dem ich Ihnen entgegenkomme. Aber was wäre mir an der Meinung der Welt gelegen, da ich doch weiß, daß das, was ich Ihnen schenken möchte, rein ist, leuchtend rein, und vielleicht sogar erhaben?

Andrée

(Dieser Brief ist unbeantwortet geblieben.)

Das Verblüffende am Glücksbegriff des Mannes ist, daß jener Begriff überhaupt nicht existiert. Es gibt von Alain ein Buch mit dem Titel *Propos pur le bonheur* – »Betrachtungen über das Glück«. Aber an keiner einzigen Stelles dieses Buches ist vom Glück die Rede. Das ist außerordentlich bezeichnend. Die meisten Männer haben keinen Glücksbegriff.

Saint-Preux in Rousseaus *Neuer Heloise* ruft aus: »Mein Gott, mir wurde eine Seele zum Leiden: gib mir eine zur Glückseligkeit!« Nun, Gott hat diese Bitte nicht erhört: die Männer haben keine zur Glückseligkeit geeignete Seele. In ihren Augen ist Glück ein negativer Zustand, ein abgeschmackter Zustand im wahren Sinn des Wortes, dessen man sich nur durch ein ausgesprochenes Unglück bewußt wird; das Glück wird nur erlangt, wenn man nicht daran denkt. Eines Tages denkt man über sich selber nach, man wird sich bewußt, daß man alles in allem nicht gar zuviel Verdruß hat, und dann sagt man sich, man sei glücklich. Und man erhebt den berühmten Gemeinplatz zur Lebensregel, daß das Glück nur dem zuteil werde, der ihm nicht nachjage. Ihm nachzujagen, vom Glück als von etwas Konkretem zu sprechen, ist nach Ansicht der Männer etwas Unmännliches. Ein Mann, Goethe, hat nun freilich von »der Pflicht zum Glück« gesprochen. Und ebenfalls ein Mann, Stendhal, hat das herrliche so vieles einschließende Wort (es enthält eine ganze Philosophie und eine ganze Morallehre) geschrieben: »Vor nichts in der Welt empfinde ich so hohe Achtung wie vor dem Glück.« Aber diese beiden waren Männer höherer Artung, und gerade weil sie mit dem Durchschnittsmann nichts gemein haben, denken sie so. Ein Durchschnittsmann, der eine solche Achtung vor dem Glück zeigt, ist anrüchig. Was nun »die Pflicht zum Glück« anbelangt, so hat sie, trotz Goethe, zusammen mit der Formel »sein Leben leben«, die allerschlechteste Presse gehabt. Man nehme einen beliebigen, freilich jungen Mann und sage in seiner Gegenwart: »Eine trübe Stunde! Eine verlorene Stunde! Wie wird man, wenn es zum Sterben kommt, bedauern, sie nicht dem Glück geweiht zu haben!« Dann ist der betreffende Mann völlig verdutzt und fragt einen: »Welches Glück meinen Sie eigentlich? Das der anderen?

Das des Vaterlandes?« Und wenn man ihm dann feurig antwortet: »Nein! *Mein eigenes!*«, dann merkt man, daß man ihn vor den Kopf gestoßen hat. Er versteht nicht, daß man auf sein eigenes Glück bedacht sein kann; er hat an das seine nie gedacht. Ein Mann sagt sich stets, und zwar ohne jedes Unbehagen: »Morgen lebst du auch noch.« Und es ist schon wunderschön, wenn er dem Wort *leben* überhaupt einen Sinn beilegt. Ein anderer junger Mann, fast noch ein Jüngling, dem »alle Türen offenstanden«, fragte, als er jemanden das Wort *leben* im Sinne von »sich völlig verwirklichen« gebrauchen hörte: »Was verstehen Sie eigentlich unter *leben!*« Für ihn hieß leben arbeiten, »zusammenscharren«. Wenn man ihn gefragt hätte, was Glück sei, so würde er sicherlich geantwortet haben: »Glück ist Pflicht, Glück besteht darin, sich eine Lebensaufgabe zu schaffen, einen Wirkungsbereich usw.« Mit einem Wort: Er verstand unter Glück die Art und Weise, die er sich erwählt hatte, oder sehr viel wahrscheinlicher: die ihm aufgezwungen worden war, die Zeit totzuschlagen. Und nicht einmal damit ist es genug; wenn nämlich die Männer auf eine allzu leichte und angenehme Weise die Zeit totschlagen, so überfällt sie Ekel. Es ist hundertmal auf das Unbehagen hingewiesen worden, das den Mann überkommt, wenn er zu einem *stand-point* gelangt ist, einem ausgewogenen Zustand, der keine Wünsche mehr in ihm aufkommen läßt: jenes Unbehagen erinnert an das, das einen in einem Motorboot überkommt, wenn der Motor auf spiegelglatter See eine Panne hat. Darauf beruht es, daß das Glücksbewußtsein ein so schmerzliches Gefühl der Einsamkeit mit sich bringt. Das wird häufig verkannt.

Immerhin kommt es vor, daß der Mann eine positive Auffassung vom Glück hat. Dann aber ist das Glück für ihn gleichbedeutend mit befriedigter Eitelkeit. (Selbstverständlich mit tausend individuellen Schattierungen, denn jeder Mensch macht sich vom eigenen Glück eine Vorstellung, die für seinen Nachbarn gänzlich unbegreiflich ist.) Die Eitelkeit ist die den Mann beherrschende Leidenschaft. Es ist falsch, daß man die Männer durch Geld zu allem bringen könne. Aber mit den meisten Männern kann man alles machen, wenn man sie bei der Eitelkeit packt. Fast alle würden einen ganzen Tag lang auf Essen und Trinken verzichten, wenn unter dieser Bedingung im Verlauf jenes Tages irgendwie ihre Eitelkeit befriedigt werden würde. Ein Mann, der nicht eitel ist, wirkt als Spielverderber: es fröstelt einen in seiner Nähe; man meidet ihn. Es handelt sich also für den Mann weniger darum, glücklich zu sein, als den Glauben zu erwecken, es zu sein. Ein junger, erst seit kurzem verheirateter Arzt in irgendeinem Wüstenkaff sagte in aller Unschuld, ohne sich bewußt zu werden, wie überaus bezeichnend sein Ausspruch war: »Ich bin über die Maßen glücklich. Aber ich muß jemanden haben, dem ich es sagen kann.« Die meisten Männer könnten sich nichts Besseres wünschen als das Glück des Abgeklärtseins. Im Grunde sind sie auch darauf bedacht: wie sehnen sie sich alle nach dem Ruhestand! Aber dann würde man nicht glauben, sie seien glücklich, man würde glauben, sie hätten klein beigegeben oder versagt, und darum wechseln sie aufs andere Gleis über, spielen sich auf, verlegen sich auf die schmähliche, lächerliche Geschäftigkeit, in der wir sie befangen sehen, führen eine Menge Telefongespräche, und nur zu bald wird jener Tag für sie zum Glückstag, an dem sie sehr viele Telefongespräche geführt haben, mithin der Tag, an dem sie sich sehr wichtig vorgekommen sind. Und auf diese Weise mischt sich das »Glück der befriedigten Eitelkeit« mit dem »Glück, das einem zufällt, wenn man nicht daran denkt«, von dem wir zuvor gesprochen hatten.

Die Frau hingegen schafft sich eine positive Vorstellung vom Glück. Denn wenn der Mann betriebsamer ist, so ist die Frau lebendiger. Ach, keine Frau wird je fragen wie der vorerwähnte Jüngling: »Was verstehen Sie eigentlich unter *leben?*« Sie bedarf keiner Erläuterungen. Leben ist für sie »fühlen«, »empfinden«. Alle Frauen wollen lieber in Flammen verlodern als erloschen weiterleben, alle Frauen wollen lieber zugrunde gerichtet als verschmäht werden. Und welche Beweglichkeit, welche Schwingungsweite der Reaktionen zeigen sie im »Fühlen«. Beobachtet man eine Frau, wenn der Mann, den sie liebt, sie weniger zu lieben scheint – und sei es nur ein winziges bißchen weniger –, wie sie dann leidet, als liebe er sie überhaupt nicht mehr; beobachtet man sie dann, wie sie, wenn sie merkt, daß er sie noch genauso liebt, nicht nur eine wundervolle Freude empfindet, sondern ihrer Freude noch die weitere Freude hinzufügt, sich verzeihen zu lassen, daß sie ihn beargwöhnt hatte –: beobachtet man das alles und vergleicht es mit der Grobschlächtigkeit der Männer, so verleiht man dann erst dem Wort *lebendig* seinen vollen Sinn.

Nun, das Aufeinanderfolgen kleiner Freuden, aus deren Addition nach der Meinung der Männer bereits das Glück besteht, wie die Sterne sich zur Milchstraße zusammenschließen, ist in den Augen der Frauen genausowenig imstande, das Glück auszumachen, wie für die Christen tausend läßliche Sünden sich nie zu einer Todsünde zusammenzufügen vermögen. Das Glück ist für die Frau ein klar umrissener Zustand, dem etwas Persönliches und etwas Besonderes innewohnt, eine substantielle Realität von außerordentlicher Lebendigkeit, Macht und sinnlicher Spürbarkeit. Eine Frau sagt einem, sie sei glücklich, wie sie einem etwa sagt, es sei ihr heiß oder es friere sie. »Woran denken Sie?« – »Daß ich glücklich bin.« – »Warum wollen Sie dieses oder jenes tun?« – »Aber doch um glücklich zu sein!« (und mit welchem Nachdruck sagt sie das! Es klingt dabei ein »Zum Donnerwetter!« mit). – »Ich fürchte, Sie wollen dieses oder jenes tun.« – »Glauben Sie, ich wolle mir mein Glück verscherzen?« Sie gibt einem den Steckbrief ihres Glückes, wenn sie einem beispielsweise sagt: »Wenn ich glücklich bin, rede ich nicht«, oder »Wenn ich glücklich bin, fühle ich mich immer gesund.« Sie weiß stets ganz genau, wann das Glück anfängt und wann es aufhört. Es gibt ein Mädchenbuch mit dem Titel: *Vierzehn Tage Glück*. Das Buch ist von einer Frau geschrieben, was allein schon aus dem Titel ersichtlich ist: kein Mann wäre je auf den Gedanken gekommen, das Glück lasse sich wie ein Kuchen in saubere Scheiben schneiden. Und diese »vierzehn Tage Glück« – man möchte sagen: jede begrenzte Zeitspanne von Glück, jedes Glück, von dem man von vornherein weiß, daß es rasch vorübergeht – werden von der Frau weit genußvoller ausgekostet, als ein Mann in ihrer Lage es vermöchte. Jede Frau zieht dem Nichts ein Glück vor, um dessen kurze Dauer sie weiß. Man sage einem jungen Mädchen: »Ich will Sie gern heiraten, aber aus diesem oder jenem Grunde läßt es sich leider nicht vermeiden, daß Sie in einem Jahr sehr unglücklich werden«, so wird das Mädchen bestimmt antworten: »Gut, dann habe ich wenigstens ein glückliches Jahr gehabt.« Ein Mann in der gleichen Lage würde an die bedrohliche Zukunft denken und Glück und Wagnis abwägen. Die Vorstellung »Glück« ist in der Frau so tief verwurzelt, daß sie nichts als das Glück sucht; es löscht für sie das Wagnis, die drohende Gefahr aus.

Das einzig annehmbare Schicksal für eine Frau ist die glückliche Ehe. Also macht sie sich vom Mann abhängig und weiß es von Jugend auf. So richtig es sein mag, daß ein Heranreifender unter Minderwertigkeitskomplexen leidet: als Knabe lebt er in der Gegenwart, als Jüngling stellt er sich die Zukunft als eine Materie vor, die er von sich aus gestalten wird. Vor jener Zukunft nun aber hat das junge Mädchen Angst. Der junge Mann weiß, daß seine Zukunft so werden wird, wie er es will; das junge Mädchen weiß, daß seine Zukunft so werden wird, wie ein Mann es will. Während jener Zeitspanne der Ungewißheit werden ihre Träume vom Glück um so glühender sein, als jenes Glück von vornherein gefährdet ist.

Ebenso mißt die Frau in weit stärkerem Maße als der Mann den Vorbedingungen des Glücks Wert bei. Eine Frau hat geschrieben, so wie auf der Skala mancher Zimmerthermometer bei gewissen Graden notiert sei »Orangen«, »Seidenraupen« usw., müsse hinter 25 Grad Wärme vermerkt stehen: »Glück«. Wenn man nach langen Aufenthalten in Nordafrika, Spanien oder Italien heimkehrt und in den Aussatz des Pariser Winters gerät, in 10 Grad unter Null, Dunkelheit, Schmutz, Häßlichkeit, Schwierigkeiten an allen Ecken und Enden, Widerlichkeiten an allen Ecken und Enden, ein krankes, überbürdetes Dasein, so staunt man weniger über diesen Inbegriff des Grauenhaften als darüber, daß die meisten Männer sich damit abfinden: dank ihnen geht das Leben weiter. Doch inmitten dieser Hölle hängen die Frauen Träumen von etwas anderem nach, sehnen sie sich nach etwas anderem, keine einzige ist von Verzweiflung erfüllt. Es hat früher einmal einen Roman für junge Mädchen gegeben, der betitelt war *Das Alter, da man noch an Inseln glaubt*. Die Frauen sind stets in dem Alter, da man noch an Inseln, das heißt: da man noch an das Glück glaubt.

Die positive Vorstellung, die die Frauen sich vom Glück machen, und die Forderungen, die sie an das Glück stellen, rühren zweifellos von dem ständigen Unbefriedigtsein her, das ihr Gesetz ist. Nicht etwa, daß alle Frauen Märtyrerinnen wären. Aber dennoch, wenn man über die Existenzbedingungen der Geschlechter und der Gesellschaft nachdenkt, so denkt man im Zusammenhang mit den Frauen eher an *Unglücklichsein*, im Zusammenhang mit den Männern an *Widerwärtigkeiten*. Bei islamitischen Hochzeiten, wie sie in Algier gefeiert werden, wird ein erschütternder Brauch vollzogen. Die Brautschmückerin tritt vor die Jungvermählten hin und gießt der Braut Jasminwasser in die hohlen Hände; der junge Gatte bückt sich und trinkt jenes Wasser; dann tut die Brautschmückerin dasselbe bei dem Gatten, aber wenn die Braut sich anschickt, aus den Händen des Gatten zu trinken, dann öffnet er die Hände, und die Flüssigkeit fließt auf den Boden. Das ist ein gräßlicher Brauch: er beruht auf dem Grundsatz, daß zwar der Mann glücklich sein dürfe, die Frau aber nicht. Der Gebärde des kleinen Mädchens, das sich bückt, um das Wasser zu trinken, und dem sein Mann es verweigert, wohnt etwas inne, das einen erschauern läßt. Freilich handelt es sich hier um die Welt des Islam, und in Europa wird das Unglück der Frau nicht von vornherein zum geheiligten Grundsatz erhoben. Aber schließlich ist es auch in Europa so, daß, obwohl die Frau ihr Glück aus dem Glück des Mannes gewinnt, die Männer es sich kaum angelegen sein lassen, die Frauen glücklich zu machen. Ein im öffentlichen Leben stehender Mann, der seine Karriere aufs Spiel setzt, ein Industrieller, der auf irgendeine Weise seine Position aufs Spiel setzt, ein Schriftsteller, der einen Teil seiner Arbeitskraft aufs Spiel setzt, nur um eine Frau glücklich zu machen (beispielsweise indem er sie heiratet), sind große Ausnahmen. Richtiger: Auch wenn die Möglichkeit eines Opfers ausscheidet, findet sich kein Mann, der eine Frau heiratete, die diese Heirat wünscht, nur weil sie dann glücklich wäre, wenn er selber sie weniger wünscht. Während doch Millionen von Frauen einzig und allein von der Ehe träumen, um ein Übermaß an Hingabe über Ehemann und Kinder ausschütten zu können.

Träume entspringen dem Unbefriedigtsein: wem es gut

geht, der träumt nicht (oder er träumt nur zweckhaft und in bestimmten Zusammenhängen, sofern er Künstler ist). Wo träumt man vom Glück (wo tun es selbst Männer)? In den Elendsquartieren, in den Krankenhäusern, in den Gefängnissen. Die Frau träumt vom Glück und macht sich darüber Gedanken, weil sie es nicht hat. Wenn der Mann an der Frau leidet, bleibt ihm alles, was es sonst noch gibt, als Trost. Was aber bleibt ihr? Eine Frau kann sich niemals gänzlich verwirklichen: sie ist allzusehr vom Mann abhängig. Daher träumt sie unablässig von dem, was ihr unmöglich ist. Eine Dichterin hat ein Buch mit dem Titel *Erwartung* geschrieben; das war ein ebenso typischer weiblicher Titel wie unsere *Vierzehn Tage Glück*. Eine Frau wartet stets und ständig, bis zu einem gewissen Alter voller Hoffnung, jenseits dessen hoffnungslos.

Diesen der Frau so gemäßen Traum vom Glück versteht der Mann nicht. Er bezeichnet ihn als naiv, überspannt, romantisch, bovaristisch (nach *Madame Bovary*), und das hat stets einen Anhauch von Überheblichkeit und Geringschätzung; er hat einen noch verächtlicheren Ausdruck dafür: Gefühlsduselei. Eine Frau braucht nur zu gestehen, sie sei glücklich, dann sagt der Mann sogleich, das sei Exhibitionismus. Sie braucht nur den ganzen Tag über zu trällern, und der Mann sagt sofort: »Ich glaube, sie ist ein bißchen beschränkt«; seiner Meinung nach könnte sie sich nicht glücklich fühlen, wenn sie nicht beschränkt wäre. Wenn ein Dichter es sich einfallen läßt, zu schreiben, ohne eine geliebte Gefährtin wolle er lieber gar nicht erst an die oberitalienischen Seen fahren, so findet sich stets ein Kritiker, der erklärt: »Daraus spricht die Auffassung eines Unreifen.« (Wenn eine Frau einem sagt: »Es wäre für mich eine Qual, die mich laut schluchzen ließe, wenn ich beispielsweise einen bestimmten Tizian, den ich sehr liebe, neben einem anderen sähe, den ich nicht liebte«, und das wird als eine unreife Auffassung hingestellt – dann meinetwegen.) Das Mädchen, das ein bißchen zu lange auf einen Gatten warten muß und in seinem Herzen den Altar des unbekannten Mannes umsonst mit Blumen schmückt, kommt eben jenem Mann lediglich komisch vor: er glaubt, oder er tut, als glaube er es, es handele sich dabei um eine Tragödie des Fleisches, während doch in Wahrheit die Seele von dem Verlangen verzehrt wird, sich zu verschenken. (Wobei es dahingestellt bleiben muß, ob dieses Unglück größer ist als das vieler verheirateter Frauen.) Die junge Frau, die von einem Glück träumt, das sie nicht hat, interessiert den Mann nur so weit, wie er hofft, etwas für sich dabei herauszuschlagen: deshalb jedoch hat er vor ihrer Sehnsucht keine größere Hochachtung. Was nun aber die alte Jungfer und ihre bedauernde Reue betrifft, so hat er für sie nur Spott und also Kränkendes übrig: die Haltung des Mannes alten Jungfern gegenüber ist zumindest in Frankreich eine Schmach und Schande. Der weibliche Glücksbegriff erleidet das Schicksal aller übrigen weiblichen Begriffe: er interessiert den Mann nicht. Sind seine Sinne befriedigt, so interessiert der Mann sich nicht mehr für die Frau, und an dem Tage, da ihr das zum erstenmal bewußt wird, vollzieht sich eine der Tragödien im Leben der Frau. Galatea flieht ins Weidendickicht, damit sie eingeholt werde; aber kurz danach flieht der Mann aus dem Weidendickicht heraus, er meint es jedoch diesmal ehrlich, er will um keinen Preis eingeholt werden. Die Frau wird für den Mann zu etwas Langweiligem oder Aufreizendem, sobald er sie nicht mehr genießt, genau wie die Zigarette, deren Rauch wir eben noch genüßlich eingesogen haben, während der gleiche Rauch uns lästig wird, wenn er einer zu drei Vierteln aufgerauchten Zigarette entstammt, die wir weggelegt haben in der Absicht, sie nicht wieder anzurühren. Weil sie einander nichts mehr zu sagen haben, geraten die Ehepaare ins Zanken; das ist dann für sie eine Art Zeitvertreib. Der Mann muß es aus Gutherzigkeit oder Pflichtgefühl auf sich nehmen, der Frau, die ihn befriedigt hat, etwas von seiner Zeit zu schenken; wenn er sich mit ihr beschäftigt, hat er stets das Gefühl, er erweise ihr eine Gnade. Nur schürzenjägerische Lebemänner interessieren sich unablässig für die Frau, weil die Neugier – die die Seele des Begehrens ist – bei ihnen unablässig wach ist: daher zeigen sich die Frauen, selbst durchaus ernst zu nehmende Frauen, ihnen gegenüber stets nachsichtig. »*Das Glück der Frauen*«, sagt eine einsichtsvolle Romangestalt, »*das Glück der Frauen kommt von den Männern, aber das der Männer kommt von ihnen selbst. Das einzige, was eine Frau für einen Mann tun kann, ist, sein Glück nicht zu stören.*« Es ist entsetzlich, wenn eine Frau – naiv und ohnmächtig – davon träumt, sie könne für einen Mann tun, was der Mann für sie tun kann. Eine Frau, die glücklich ist und geliebt wird (und ihrerseits liebt), verlangt nach nichts anderem. Ein Mann, der liebt und geliebt wird, braucht noch mancherlei anderes. Ganz abgesehen von Geldfragen macht der Mann, der sich verheiratet, der Frau eben dadurch stets ein Geschenk, weil ihr die Heirat ein Lebensbedürfnis ist, nicht jedoch ihm. Frauen heiraten, weil die Ehe der einzige Schlüssel ist, der ihnen vielleicht die Pforte zum Glück auftun kann, während Männer heiraten, weil Hinz und Kunz es ebenfalls tun; sie heiraten aus Gewohnheit, wenn nicht aus stumpfer Gewöhnlichkeit. Natürlich geben sie das nicht zu, weil sie sich dessen nicht bewußt sind. Die meisten Männer heiraten aus Gedankenlosigkeit, wie sie aus Gedankenlosigkeit Kriege führen. Man zittert bei dem Gedanken, was aus der menschlichen Gesellschaft würde, wenn die Männer anfingen, sich von ihrer Vernunft leiten zu lassen: Die Gesellschaft würde zugrunde gehen, wie wir vor unsern Augen allzu intelligente Völker an ihrer Intelligenz zugrunde gehen sehen.

Mann und Frau stehen einander gegenüber, und die Gesellschaft sagt zu ihnen: »Du verstehst nicht das mindeste von ihm?« – »Du verstehst nicht das mindeste von ihr?« – »Nun, dann versteht euch trotzdem! Vorwärts, seht zu, wie ihr miteinander fertig werdet.« So daß, wäre nicht die Umarmung, jedes Geschlecht seinen eigenen Weg ginge. Nicht wild und zügellos, wie in Alfred de Vignys Versen in *La Maison du Berger*, sondern einfach wie zwei einander unbegreifliche Gattungen, zwischen denen nichts Gemeinsames besteht. Die Natur hat sie als Gegensätze geschaffen, und so können sie sich nicht aufeinander abstimmen, oder nur auf den Trümmern von irgend etwas, und wir wohnen dem eigenartigen Schauspiel bei, daß es Wesen zueinander drängt, die dem Anschein nach nicht füreinander geschaffen sind.

Die Frau ist für einen Mann geschaffen, der Mann für das Leben, und zumal für alle Frauen. Die Frau ist geschaffen, sich einzufinden und sich zu binden; der Mann ist geschaffen, etwas zu unternehmen und sich loszulösen: sie beginnt zu lieben, wenn er fertig ist. Der Mann nimmt und wirft weg; die Frau schenkt sich, und was man einmal verschenkt hat, nimmt man nicht oder nicht im guten zurück. Die Frau glaubt, die Liebe vermöge alles, nicht nur die ihrige, sondern auch die, die der Mann ihr entgegenbringt und die sie stets überschätzt; sie behauptet mit beredter Zunge, die Liebe habe keine Grenzen; der Mann sieht die Grenzen der Liebe, die der Frau zu ihm und die seiner zu ihr, deren ganze Armseligkeit er kennt. Nicht nur, daß sie nicht im selben Rhythmus einherschreiten, sondern auch Angebot und Nachfrage zwischen ihnen entsprechen einander nicht. Der Mann kann der Frau gegenüber wenig mehr denn Begehren empfinden, das der Frau lästig ist; die Frau kann dem Mann gegenüber wenig mehr denn Zärtlichkeit empfinden, die dem Mann lästig ist. Die Frau spendet mehr an Zärtlichkeit, als der Mann ertragen kann; zum Glück ist das Kind da, solange es ihrer bedarf, und verbraucht den Überschuß für sich. Die Frau sagt: »Wie närrisch sind doch die Männer, daß sie um der Ideen, des Ruhms, des Geldes willen Zeit vergeuden, die der Liebe, der wahren Liebe geweiht sein sollte: Liebe lehrt so vieles! Wie viele Männer scheitern beim Streben nach höheren Zielen (intellektuellen, gesellschaftlichen, religiösen usw.), weil sie in sich die Liebe nicht am Leben erhalten haben!« Und der Mann antwortet: »Wie könnte ich in mir die Liebe erhalten haben? Mir bleibt ja nichts übrig, als sie sterben zu lassen. Dergleichen Glut darf man nicht auch noch anfachen: das Künstliche ist dabei schlimmer als nichts. Warum verlangt man von mir, ich solle anders sein, als die Natur mich erschaffen hat? Die Natur hat mich zum Mann erschaffen, das heißt zu einer Gattung ohne Liebe.« So ist das aus verschieden gearteten Elementen zusammengesetzte Paar beschaffen, von dem die meisten Übel der Menschheit herrühren, ohne daß weder er noch sie schuld daran sind, sondern einzig die Natur, die sie zusammengefügt hat, ohne sie einander anzugleichen, indem sie das Beste und das Schlimmste verwandte, wie in allen ihren übrigen Werken ebenfalls, in denen sich nichts findet als ein Gemengsel, als Verworrenes, Unreines, Doppelgesichtiges, trotz allen Ahnungslosen und Philosophen, die von alledem immer nur eine einzige Seite sehen.

»Was denn«, wird man sagen, »dies Paar, von dem die meisten Übel der Menschheit herrühren: welch eine Übertreibung!« Doch man blättere nur eine Zeitung auf. Eifersuchtsdramen, Ehebruchsdramen, Scheidungsdramen, Abtreibungsdramen, Verbrechen aus Leidenschaft. Und all die Familientragödien, die es nicht gäbe ohne jenes erste Paar. Und alles, was nicht in die Öffentlichkeit kommt. Nicht die freie Liebe scheint verdammt, sondern das Paar, in welcher Form auch immer, und in der Ehe vielleicht noch mehr als anderswo. Urgrund alles dessen ist das monströse Glücksspiel: Der Mann wird gezwungen, sich auf Lebenszeiten eine Gefährtin zu nehmen, während kein vernünftiger Grund dafür besteht, daß es gerade die und keine andere sein soll, da doch Millionen anderer genauso würdig sind, geliebt zu werden. Der Mann wird von der Natur gezwungen, zehn Frauen gegenüber die gleichen Liebesworte zu wiederholen, einschließlich der Frau, die ihm bestimmt ist, und er ist falsch, wenn er ihr das verheimlicht, und grausam, wenn er es ihr eingesteht. Der Mann wird von der Natur gezwungen, seine Frau zu hintergehen, mit allem, was sich daraus an Lügen und Niedrigkeiten ergibt; er handelt übel, wenn er der Natur freien Lauf läßt, und er wird unglücklich, wenn er gegen sie ankämpft. Das Mädchen wird unter Tränen zur Frau und unter Stöhnen zur Mutter. Das Kind, eine Naturgegebenheit, macht die Frau häßlich und entstellt sie. Der sozusagen natürlichste aller Akte kann nur zu gewissen Zeiten, unter gewissen Bedingungen, unter gewissen Vorbeugungsmaßnahmen vollzogen werden. Das Grauen vor dem Kinde oder das Grauen vor einer Infektion schwebt als Gespenst über jedem Liebeslager. Der sozusagen natürlichste aller Akte ist von einer ganzen Apotheke umringt, die ihn besudelt, vergiftet und lächerlich macht. Wahrhaftig, welcher Mann, sofern er nur ein wenig nachdenkt, muß sich nicht sagen, wenn er sich einer Frau nähert, daß er den Finger in ein Räderwerk von Katastrophen steckt, oder doch wenigstens in ein Räderwerk von Risiken, und daß er das Schicksal herausfordert? Und dabei wünscht er es, und die Frau wünscht es, die Gesellschaft wünscht es, und wenn die Natur imstande wäre, etwas zu wünschen, so wünschte sie es ebenfalls, und all das ist die Liebe, ein glühender Draht, der den Lebenden an der Erde festhält und der allein hinreichen würde, die Schöpfung zu rechtfertigen. Es könnte uns eingewendet werden: Worauf wollen Sie mit alledem eigentlich hinaus? Auf nichts, als unserm Erstaunen Ausdruck zu geben. Unserm Erstaunen darüber, daß eine so wesentliche Regung, die ein Geschlecht zum andern treibt, eben um ihrer Natur willen gezwungen ist, soviel Unheil anzurichten. Uns scheint, die Natur solle bestrafen, was gegen sie gerichtet ist, nicht jedoch das, was sie fordert. Aber im Gegenteil: sie wendet ihre ganze Strenge gegen die, die ihr gehorchen und ohne die sie nicht existierte. Sofern eben die Natur nicht alles umfaßt und man sich irrt, wenn man mehr im einen als im andern sieht.

Pierre Costals
Paris
an
Monsieur Armand Pailhès
Toulouse

27. April 1927

Mein Lieber,
Brief von der armen Andrée H. Sie bietet sich mir in den unmißverständlichsten Wendungen an. Wenn sie dabei bleibt, sehe ich mich gezwungen, es in nicht minder unmißverständlichen Wendungen abzulehnen.

Wie ich die französische Einstellung zu kennen glaube, wird man, so scheint es mir, mein Verhalten wohl folgendermaßen beurteilen: »So verhält man sich nicht als Mann! Entweder ist das ein Flegel, oder er ist impotent. Es ist niederträchtig, einer Frau so etwas anzutun.«

Was halten Sie davon? Aber hören Sie zunächst meine Selbstverteidigung.

Da Andrée auch nicht die mindeste Spur gesellschaftlichen Schliffs besitzt, ist sie außerstande, in meiner Haltung ihr gegenüber zu unterscheiden zwischen dem, was reine, schlichte Höflichkeit, und dem, was eine gewisse charakterliche Leichtigkeit, meinetwegen Gutmütigkeit ist. Sobald es sich um mich handelt, hält sie meine Höflichkeit für brennendes Interesse, mein Wohlwollen für Bevorzugung, mein Mitleid für Freundschaft; verzeih es mir Gott, aber in manchen Augenblicken hege ich den Verdacht, sie glaube, ich liebte sie. Wenn ich in ein Widmungsexemplar für einen Kollegen, mit dem ich ganz zwanglos auf gutem Fuß stehe, schreibe: »als Zeichen herzlichen Gedenkens«, so kommt es dem Betreffenden auch nicht für eine Sekunde in den Sinn, ich empfände für ihn eine besondere Zuneigung. Andrée indessen würde angesichts einer solchen Widmung vor Freude hinschmelzen: »Er hat sich erklärt!«

Tatsächlich empfinde ich für sie einige Sympathie, Achtung und eine gewisse Bewunderung. Das ist alles, und es ist nicht einmal wenig.

Ist es wirklich alles? Nein, es kommt noch ein gewisses Verständnis hinzu. Ich weiß, daß Andrée denen, die sie kennen, unsympathisch ist. Es wird ihr vorgeworfen, sie komme sich überlegen vor. Aber wenn sie es wäre, in welcher Hinsicht? Sie sei »literarisch«. Doch obwohl sie sich mit Lektüre vollgepfropft hat, bleibt sie völlig natürlich, alles Posieren ist ihr fremd, während es doch so viele belesene Frauen gibt, die mehr oder weniger unbewußt sich mit Gefühlen ausstaffieren, von denen sie meinen, sie seien »kleidsam«. Andrées Handschrift läßt übrigens mancherlei erkennen: die Schlichtheit selber, und dabei ein sprudelnder Quell. Im Gegensatz zu andern hat sie einen starken und einfachen Charakter, ist sie eine Natur (und Sie wissen ja, daß das Wort »eine Natur sein« in Goethes Mund das höchste Lob bedeutet). Und bis zu einem gewissen Grade entschuldige ich sogar ihren Mangel an Würde. Denn schließlich liebt dieses Mädchen, und Liebe und Würde ergeben kein gutes Ehepaar. Sie möchte glücklich sein: was wäre natürlicher? Auch ich gehe geradenwegs aufs Ziel los, wenn ich glücklich sein will. Kurzum: Sie ist mir lästig, aber ich verstehe sie und verteidige sie, wenn man ihr was am Zeuge flicken will, denn ich kann keine Hand dafür ins Feuer legen, ob ich in ihrer Situation nicht gleichfalls lästig wäre, wenn auch vielleicht umsichtiger als sie; wenigstens hoffe ich es.

Nachdem dies alles gesagt worden ist, bleibt bestehen, daß sie häßlich ist, ohne jede Anmut, schlecht angezogen, daß sie nichts Weibliches hat. Sie selber haben mir gesagt: »Sie wirkt wie ein Dienstmädchen.« Das menschliche Antlitz ist eine seltsame Erfindung: es muß herrlich sein, oder – den Teufel auch!

Und zudem, selbst wenn sie auch nicht ausgesprochen abstoßend ist, sie gefällt mir nun einmal nicht, und meiner Meinung nach würde allein schon das meine Haltung rechtfertigen. Es gibt Frauen, für die nichts spricht, aber gerade dieses Nichts flößt mir Verlangen ein. Andrées Nichts bedrückt mich. Diesen Becher bis zur Bettneige austrinken, nein, niemals!

Das Erforderliche tun, um diese Frau zu nehmen, das kann ich. Erfolg haben in etwas, das man mißachtet, ist etwas Nobles und Schwieriges – weil man dabei gleichzeitig die andern und sich selber besiegen muß –, aber das hat stets in meiner Macht gelegen. Erfolg haben bei etwas, das mich ekelt, das kann ich ebenfalls. Ich käme mit einer schauderhaften nervösen Depression davon, wie man sie stets verspürt, wenn man den fleischlichen Akt mit jemandem vollzogen hat, der einen nicht reizte. Eins jedoch kann ich nicht, nämlich Liebe heucheln. Indem ich sie besäße, würde sie meinen Abscheu spüren. Das wäre für sie ein Dolchstoß. Ich würde mir etwas Schweres auferlegen, und was käme dabei heraus? Sie würde leiden!

Doch selbst angenommen, sie litte nicht darunter: nimmt man eine Frau aus Mitleid? Das heißt »eine Frage anschneiden«, wie meine Kollegen sagen. Selbstverständlich kommt es vor, daß man eine Frau nimmt, weil man Mitleid mit ihr hat, so wie es vorkommt, daß man eine Frau nimmt, weil sie einen in Wut versetzt hat; aber die Voraussetzung dazu ist ein Begehren, und das ist in mir Andrée gegenüber nicht vorhanden und wird es nie sein. Einer meiner Freunde, der sehr unglücklich verheiratet ist, hat mir eines Tages gesagt, als wir über seine Frau sprachen: »Ich verkehre mit ihr aus Mitleid. Sie ist jung. Sie braucht es.« Ich habe diese Äußerung nie vergessen; sie kommt mir gräßlich vor. Aber wir können eben aus Mitleid eine Frau befriedigen, die, auch wenn sie uns unglücklich macht, nun einmal die angetraute Frau ist, zu unserm Leben, unserm Interessenbereich gehört, und die wir unaufhörlich neben uns sehen. Aber man befriedigt nicht aus bloßem Mitleid eine Fremde, die einen in körperlicher Beziehung zu Eis erstarren läßt und zu der einen nichts hinzieht.

Und überdies, man sage, was man wolle, es bedeutet schon etwas, ein Fräulein zur Frau zu machen, auch wenn sie dreißig ist. Das schafft eine Bindung, Risiken, vielleicht eine Verantwortung, vielleicht langwierige Konsequenzen: das läßt sich nicht wieder ungeschehen machen. Also: meiner Meinung nach wäre es reiner Wahnsinn, das alles um jemandes willen heraufzubeschwören, der einem gleichgültig ist. Colettes Mutter hat zu ihr gesagt: »Begeh immer nur Dummheiten, die dir wirklich Freude machen.« Und ich will nicht, daß sie Rechte gegen mich geltend machen kann.

Ein letzter Grund, meinetwegen ein recht kleinlicher, aber ich bin nun einmal nicht aus Erz. Aus Charakter und aus Grundsatz habe ich seit meiner Jünglingszeit alle meine Liebesbindungen, auch die schmeichelhaften, geheimgehalten. Aus Charakter, weil ich von Natur aus verschlossen bin (was sich sehr wohl mit falschen heimlichen Geständnissen verträgt). Aus Grundsatz, weil eine junge Frau sich mir desto leichter hingibt, wenn sie weiß, daß nichts durchsickert, und weil mein Ruf als Lebemann, da man ihn mit keinerlei Namen in Verbindung bringen kann, trotz allem etwas Verschwommenes und Undurchsichtiges behält, wodurch verhindert wird, daß er mich bei meinen Abenteuern stört. Und nun würde Andrée, die die Zunge sowenig im Zaum halten kann wie die Feder, hingehen und laut verkünden, sie sei meine Geliebte! Ich habe Wert darauf gelegt, daß niemand, sehr wenige Leute ausgenommen, imstande ist, meine Freundinnen aufzuzählen. Und so könnte dann angesichts eines unansehnlichen Mädchens wie Andrée ganz Paris ausrufen: »Jetzt wissen wir, worauf er fliegt!«, und sich nach diesem Muster die übrigen ausmalen!

Und schließlich, wenn auch dies alles nicht existierte, bestünde ein weiterer zureichender Grund, der mich davon abhalten würde, ihr Geliebter zu werden: sie hat in ihrem Gesichtsschnitt, zumal der Stirn, etwas von meinem Großonkel Costals de Pradels, und Sie verstehen wohl, daß es mir widerstrebt, die Familie da hineinzumischen ... Wer hätte das geglaubt? Auch ich habe meine Anstandsregeln.

....

(Der Schluß dieses Briefes hat mit unserem Thema nichts zu tun.)

Andrée Hacquebaut
Saint-Léonard
an
Pierre Costals
Paris

30. April 1927

Sie haben den ernstesten Brief, den ein stolzes, reines Mädchen einem Manne schreiben konnte, ohne Antwort gelassen. Meine anderen Briefe bedürfen, im Grunde genommen, keiner Antwort; dieser jedoch erforderte sie unter allen Umständen. Wenn Sie auf meinen heutigen Brief nicht antworten, so gelange ich, zum erstenmal, zu der Ansicht, daß Sie *schlecht* an mir gehandelt haben. Das ist dann der erste *wirkliche* Sprung in der Achtung, die ich Ihnen entgegenbringe.

Ich bin dreißig Jahre, ich kenne die Liebe nicht, und wenn Sie Ihre Haltung nicht ändern, werde ich sie niemals kennenlernen. Weil Sie in meinem Innern einen zu großen Raum einnehmen. Wer könnte Sie denn lieben wie ich? Niemand; das wäre unmöglich. Keine Ihrer Freundinnen liebt Sie wie ich. (Das ist übrigens ein Grund, daß Sie sie lieber mögen als mich.) Sie sind der Mann, dem man nur einmal begegnet, der Entscheidende, der Endgültige, der einem ein Mal aufprägt, und die Frau, die solch einem Manne nicht begegnet ist, kann nur ein verstümmeltes und verfehltes Leben ohne Blüten und Früchte führen. Sie sind mein Herr und Meister. Weiß Gott, ich habe keine Sklavinnenseele, und dabei unterwerfe ich mich Ihnen, ohne daß es mich Mühe kostete, und ohne alle Unterwürfigkeit; trotzdem verbleibe ich stets auf gleicher Ebene mit Ihnen, Ihnen untertan und zugleich Ihresgleichen. Ich glaube, es gäbe auf dieser Welt für eine Frau wie mich kein köstlicheres Gefühl, als wenn Sie im vollsten Sinne des Wortes mein Herr und Meister wären. Damit will ich Ihnen sagen, daß ich, selbst wenn ich es wollte, keinem andern Mann ein Restchen meines Ich darbringen könnte; denn das Beste an und in mir ist ja doch von Ihnen genommen worden, und täte ich es dennoch, so wäre es in meinen Augen etwas Schmutziges. Und überdies bin ich hinfort außerstande, mich für einen anderen Mann zu interessieren: Männer, die nicht Sie sind, langweilen mich; sie haben keine Gewalt über mich, sondern ich würde Gewalt über sie haben. Und ich kann keinem Mann gehören, der mich nicht ganz und gar beherrscht; es ist unmöglich, alles in mir sträubt sich dagegen. Wenn ich mir als Frau treu bleiben will, kann ich nur in Unterwürfigkeit und Achtung lieben; ich muß stets im andern Überlegenheit spüren. Sehen Sie, jetzt könnte man mir die verlockendsten Heiratsanträge machen ... Wie Frauen, die sich zur Nonne berufen fühlen, habe ich erwogen und gewogen. In die eine Waagschale habe ich alle erdenklichen Güter dieser Welt gelegt, und in die andere meine Berufung, die darin besteht, Sie zu lieben. Und meine Berufung wiegt am schwersten.

Sie bedeuten in meinem Leben zuviel und zuwenig. Zuviel, als daß ich einen anderen lieben könnte. Zuwenig, um mich auszufüllen und mich zu befriedigen. Sie geben mir zuviel, als daß ich jede Beziehung zu Ihnen abbrechen könnte, ohne daß es mich innerlich zerrisse. Sie geben mir zuwenig, so daß dieses wenige genauso unzulänglich und quälend ist, wie nichts es wäre. Ihre Freundschaft ist mir eine Folter, und der Bruch mit Ihnen würde mir ebenfalls eine Folter sein. Sie sind wie ein Messer in meinem Herzen. Es darinlassen schmerzt. Aber es herausziehen? Ich würde dabei verbluten. Ich bin geteilt zwischen meiner Freundschaft zu Ihnen, meinem geistigen Verlangen nach Ihnen, meinem Verlangen, im Geist von Ihnen geliebt zu werden – und meinem Wunsch nach Liebe, meinem Wunsch, zu *leben*, und sei es auch nur für ein paar Monate, im Fleische zu leben, das ebenfalls ein legitimes Verlangen hat, geliebt zu werden. Wenn ich Sie nicht verlieren will, muß ich mein Fleisch opfern. Ich muß als Jungfrau sterben oder selbst Ihren Namen vergessen. Auf die Ehe verzichten, auf die Lust, die Mutterschaft, ein gesundes Leben, und mich in einem ausweglosen Gefühl verzehren um eines Menschen willen, der mich sicherlich liebt, aber meiner nicht im mindesten bedarf, weder um mir etwas zu schenken noch um etwas von mir zu empfangen. Denn Sie begehren von mir nicht einmal den Verzicht. Sie begehren nichts von mir.

Sie haben mir gesagt, Frauen, die Sie aus schwimmenden

Augen ansähen, »schmetterten Sie zu Boden«. Haben Sie solche Augen je bei mir gesehen? Dränge ich mich Ihnen auf, oder klette ich mich je an Sie? Wäre dem so, so würde ich Ihr Widerstreben verstehen: Leuten gegenüber, die einem zur Last fallen, ist man zu nichts verpflichtet. Aber dahin lasse ich es nicht kommen, ich werde mich hüten: es ist allzu demütigend für eine Frau, wenn ein Mann ihrer müde wird. Meine Liebe ist eine amouröse Kameradschaft. Ich begehre Sie nicht, aber Sie sind der einzige Mann, dessen Begehren ich mich ohne Empörung fügen könnte. Ich sage es Ihnen nochmals, ich kann nur lieben, wenn ich Überlegenheit spüre. Ich möchte lieber im Verzicht Folterqualen durchleiden als mich jemandem schenken, der unter mir steht. Ich würde die Ehe, selbst eine Durchschnittsehe, einem Durchschnittsabenteuer vorziehen. Was also soll werden? Eine Heirat, und nebenher Ihre Freundschaft? Zunächst: kein Ehemann würde eine so geartete Freundschaft in Kauf nehmen. Und dann treibt allein schon der Gedanke, ein Mann könne mich berühren, mich wieder zu Ihnen, und ich stelle mir den herzzerreißenden Kummer vor, daß das, was hätte sein können, nicht gewesen ist.

Ich habe mit allen meinen Kräften Ihr Bestes und das meine gewollt und will es noch immer. Könnte es sein, daß all das ins Leere verwehte? Tun Sie mir Böses an, wenn Sie nicht anders können, aber enttäuschen Sie mich nicht. Auch wenn wir annehmen, jene zwei Monate der Gemeinschaft böten Ihnen keinerlei Lust, da Sie anderweitig übersättigt sind, so könnten sie doch immerhin ein psychologisches Experiment sein, das Ihren Büchern zugute käme. Ich wäre Ihr Versuchstier, und sogar ein besonders seltenes und kostbares Versuchstier: ein Versuchstier bei vollem Bewußtsein. Ein Versuchstier, das notfalls sogar aufschreiben könnte, was es empfindet, und es Ihnen mitteilen. Wenngleich Ihnen die Lust fehlte, würden Sie an Ihrem Werk arbeiten, und ich hätte das Bewußtsein, daran mitzuarbeiten, so wenig es auch sein möge, und das würde mein Glück verdoppeln. Und dann, man kann es nicht wissen, könnte ja auch die Lust Sie überkommen: Ihr Frauenkatalog enthält vielleicht noch keine dreißigjährige Provinzlerin, die wie ich ein durchgebildetes Gehirn besitzt und körperlich unberührt ist (und deren Körper viel hübscher ist als ihr Gesicht). Sie, der Sie so oft geschrieben haben, der einzige Antrieb des Mannes in der Liebe sei die Neugier, warum bringen Sie nicht die Neugier nach einem so beschaffenen Objekt auf? Und ob nun schließlich ich es bin oder eine andere ...

Entweder – oder: entweder empfinden Sie wahre Neigung für mich, und dann würde dadurch in Ihrem Inneren nichts zerstört werden, Sie würden wissen, daß Sie mich glücklich machen, und daran würde Ihre Neigung sich erfreuen. Vielleicht würde unsere Bindung, die als Freundschaft begann, als Freundschaft enden; die Liebe wäre dann zwischen zwei Schichten Freundschaft weich gebettet wie ein Schmuckstück zwischen zwei Schichten Seidenpapier. Oder aber, für den Fall, ich sei Ihnen gleichgültig, was fürchten Sie dann? Sie würden lediglich ohne eine Spur Bedauern erleben, daß das Experiment Sie völlig von mir löste.

Mir ist, als liefe ich gegen eine Mauer an. Noch gibt die Mauer nicht nach, aber wenn ich mich darauf versteifte ... Sie wissen nicht, was der Wille einer Frau vermag.

Andrée

Pierre Costals
Paris
an
Andrée Hacquebaut
Saint-Léonard

2. Mai 1927

Liebes Fräulein Hacquebaut,
ich habe Ihre beiden Briefe vom März erhalten, in denen Sie sich über mein Schweigen beschweren, sowie Ihre beiden Briefe vom April, in denen Sie sich mir anbieten. Sie sehen also, daß ich sie gelesen habe.

Sie sind besessen vom Verlangen nach Glück. Ich ebenfalls. Sie können nicht wissen, mit welcher Schärfe und Genauigkeit ich das Tragische einer Situation fühle, in der weder Körper noch Seele finden, was sie begehren. Ich könnte darüber viele, viele Seiten schreiben, und noch eindringlicher als Sie. Wenn zwischen uns, was das betrifft, volle Sympathie waltet – *sym-pathein :* mit-leiden, am gleichen Leid leiden –, so bedeutet das: in dieser Hinsicht *bin ich Sie gewesen.* Nicht nur während meiner Jünglingszeit, in den Banden meiner Schüchternheit und Weltfremdheit, sondern auch sehr viel später noch, bereits als Mann, in gewissen trostlosen Lebensperioden; sie sind allerdings nur ganz kurz gewesen. Heute habe ich alles, was ich liebe, und ich liebe alles, was ich habe.

Also nochmals: Ihr Leid gehört nicht zu den Leiden, die man sich erst ausmalen muß, um sie nachfühlen zu können. Ich kenne es, es ist gräßlich, und Ihre Lage ist ebenfalls gräßlich. Wirklich, Sie sind schlimm dran.

Nun aber wünschen Sie, wenn ich Ihre letzten Briefe recht verstanden habe, sich mir zu schenken. Lassen Sie mich Ihnen sagen, liebes Fräulein Hacquebaut, daß dieser Gedanke mir nicht glücklich zu sein scheint.

1. Ich habe eine etwas absonderliche Physiologie. Ich begehre: a) nur Mädchen unter zweiundzwanzig; b) nur passive, pflanzenhafte Mädchen; c) nur schlanke, schmale Mädchen mit rabenschwarzem Haar. Sie sehen also, daß Sie den erforderlichen Bedingungen in keiner Weise ent-

sprechen; jene Bedingungen sind jedoch absolut *sine qua non*. Wie auch immer Ihre Reize beschaffen sein mögen, über die ich mich nicht verbreiten will – Sie selber kennen sie nur zu gut –, ich fühle mich außerstande, ein für mich so ehrenvolles Verlangen zu erwidern: die Natur (die erbärmliche!) würde sich meinen Anrufen gegenüber taub stellen. Und, wie man so sagt, einen Esel, der keinen Durst hat, bringt man nicht zum Trinken.

2. (Zur Beachtung.) Der Akt, den Sie sich erträumen, würde für Sie eine ungeheure Enttäuschung sein, vor allem nach den übertriebenen Erwartungen, die Sie sich davon machen. Sie haben keine Ahnung, was für eine Viecherei das ist. Belauschte man eine Liebesszene hinter einer Holzwand, so würde man meinen, es handle sich um eine Sitzung beim Zahnarzt. Ich weiß nicht, ob Sie je gehört haben, was eine Frau flüstert, wenn sie sich hingibt. Nein? Nun, das ist sehr schade, weil Sie dann nämlich auf der Stelle Karmeliterin geworden wären. (Aber wir wollen gerecht sein und hinzufügen: ... und was ein Mann zu sagen pflegt, wenn er ein Gespräch mit einer Unbekannten anknüpfen will? Sicherlich nicht; denn sonst hätten Sie sich längst eine Kugel durch den Kopf geschossen.)

Ich warne Sie auch vor Ihrem Glauben an die Macht des Begehrens und des Willens. Sie kennen meine Meinung über die Ungeschicklichkeit der Frauen: als eine jener Ungeschicklichkeiten erscheint mir ihr Glaube an die Wirksamkeit der Beharrlichkeit. Ich bezweifle nicht, daß es Männer gibt, bei denen dergleichen zum Erfolg führt. Aber ich gehöre nun mal der entgegengesetzten Art an. Und ich sage Ihnen: nein, niemals!

Aber lassen Sie den Mut nicht sinken. Glauben Sie mir, daß ich den tiefsten Anteil an Ihrer Heimsuchung nehme. Aber warum haben Sie es gerade auf mich abgesehen, wo doch die Welt von Herren mit den mannigfachsten Vorzügen nur so wimmelt, deren Glück Sie sein könnten? Sie rennen gegen mich an wie ein Vogel gegen das Fenster eines Leuchtturms. Sie werden die Scheibe nicht zerbrechen. Sie selber werden daran zerbrechen und am Fuß des Leuchtturms niederfallen. Auf Wiedersehen, liebes Fräulein Hacquebaut. Nicht wahr, Sie bewahren mir Ihre Freundschaft, ohne mir etwas nachzutragen? Sie wissen ja, daß man mir einfach alles verzeihen muß.

Recht* der Ihre
C.

P. S. – Ihr letzter Brief war ungenügend frankiert. Das ist Ihnen jetzt mindestens zum viertenmal passiert, und bei den dicken Blättern, die Sie mir immer schicken, ist das fatal; ich muß dann nämlich ein exorbitantes Strafporto zahlen. Sie sollten sich eine Briefwaage kaufen.

* Die beiden ersten Buchstaben von *Recht* heißen in Wirklichkeit *Ni* – also: »Nicht der Ihre« – aber sie sind so undeutlich geschrieben, daß man sich verlesen kann. Ähnliches geschieht, wenn Costals einmal »nein« sagen, aber befürchten muß, daß es übel vermerkt werde. Er sagt dann einfach »Servus!« und ist überzeugt es werde für eine Zustimmung gehalten. (Anm. d. Verf.)

Pierre Costals
Paris
an
Armand Pailhès
Toulouse

2. Mai 1927

....

Zweiter Brief der armen Andrée, die sich mir blindlings und kopflos anbietet. Sie liebt mich so sehr, daß es mich wundert, daß sie mich noch nicht umgebracht hat. Aber das soll sie nur versuchen! Da könnte sie etwas erleben! Mich knallt man nicht so einfach ab. Eher packe ich die Gelegenheit beim Schopf und drehe den Spieß um. Ich will sie nicht schlechtmachen. Ich verstehe sie, und sie tut mir leid. Einmal hat sie mir geschrieben: »Verstehen heißt lieben. Wenn ich Sie so gut verstehe, so nur, weil ich Sie liebe.« Nun, was mich betrifft, so verstehe ich sie zwar, aber ich liebe sie nicht. Ich empfinde ihr gegenüber nur eine tiefe Gleichgültigkeit; nicht einmal die Vorstellung, sie leide um meinetwillen, schafft mir Behagen. Das ist der Grund, daß ich ihr die beiden Liebesmonate nicht bewillige. Nicht einmal eine Liebeswoche (die »Wohltätigkeitswoche«). Nicht einmal eine Liebesnacht. Nicht einmal »eine Stunde mit ...«

Ich wollte, Sie hätten den Brief gelesen, den ich ihr geschickt habe! Ich habe dem armen Mädchen natürlich keinen meiner Gründe angeben wollen, die sich alle in folgendem Satz zusammenfassen ließen: »Ich werde Sie nicht lieben, und ich werde Sie nicht nehmen, weil ich Sie nicht liebe, und weil ich Sie nicht begehre«; und so habe ich mir den Kopf zerbrochen, wie ich sie abweisen könnte, ohne sie zu verletzen.

Es geschieht nicht zum erstenmal, daß ich mich in solch einer Klemme befinde. Als junger Mann mußte ich einer für mich entflammten Amerikanerin durch einen mir befreundeten Arzt sagen lassen, die Venus von der roten Laterne habe mir einen Schaden zugefügt, was pure Erfindung war. Vor drei Jahren war die Baronin Fléchier, eine Frau von fünfzig Jahren und darüber, hinter mir her. Eines Tages, schon nach Mitternacht, im Verlauf eines Tête-a-tête, das ich bis dahin unter Aufbietung aller Kräfte in den Bereichen des Reinen und Erhabenen sich hatte bewegen lassen, hielt sie mir schließlich ihre alten, bleichen Arme unter die Nase und sagte: »Sie sind der erste Mann, den ich zu dieser Stunde empfange und der nicht meine Arme geküßt hat.« In dieser verzwickten Lage mußte ich wohl oder übel mit einem Grunde aufwarten. Es hätte mich beschämt, wenn ich mich des gleichen bedient hätte wie bei der Dame aus Alabama. So brachte ich denn vor, unglücklicherweise gelte mein Begehren nicht den Frauen. Da ich meine Liebesbindungen streng geheim halte, konnte das zur Not durchgehen. Sie glaubte mir oder tat, als glaube sie mir, und ich geriet bei dem Gedanken, aus der Patsche zu sein, in eine so glänzende Laune, daß ich ihr die Sache bis in alle Einzelheiten auseinandersetzte, eingeschlossen den Schwur, ich hätte nie im Leben eine Frau in den Armen gehalten! Um diesen Preis sind wir gute Freunde geblieben.

Es hat mir widerstrebt, einen jener beiden Gründe gegen ein »junges« Mädchen auszuspielen, und so habe ich Andrée denn wahrhaft unglaubliche Geschichten aufgebunden. Ich habe ihr geschrieben, ich begehrte nur Mädchen unter zweiundzwanzig, schlanke und schmale mit rabenschwarzem Haar, und sie müßten zu allem Überfluß völlig passiv sein. Und schließlich habe ich ihr gesagt, der fleischliche Akt sei eine Viecherei. Was er ja auch tatsächlich ist. Aber er ist auch noch etwas anderes.

Und dabei ist das alles doch so einfach! Ein Fünkchen Begierde, und die Sache hätte schon vor vier Jahren stattgefunden. Kennen Sie meine Kosmogonie? »Im Anfang war das Begehren.« Ja, und wenn kein Begehren ist, ist auch kein Anfang. Da fällt mir ein: Gestern habe ich bei den Doignys ein erstaunliches Mädchen gesehen. Was für ein reizendes Tierchen! Schon im Februar war sie mir im Centre de Réforme aufgefallen, und ich war ihr nachgegangen, als sie einen Kriegsblinden hinausführte (einen alleinstehenden Verwandten, wird sie mir sicherlich sagen). Während alles auf mich einredet und mich zum Blödsinnigwerden mit Liebenswürdigkeiten überhäuft, sagt sie nichts. Sie wissen es ja: Mir nichts zu sagen, ist das sicherste Mittel, mir in hohem Maße »zuzusagen«. Mir ein bißchen dumm vorzukommen, bedeutet bereits einen Pluspunkt. Vor allem, wenn man gerade »bedeutende« Frauenzimmer von der Art Andrées hinter sich hat. Von jener Kleinen nehme ich von vornherein an, daß sie nicht sehr intelligent, weil allzu hübsch ist. Sie müssen bedenken, daß ich bei einer Frau nie – nie – beides vereint gefunden habe: Intelligenz und Schönheit. Endlich sagt sie mir ein paar Worte, ausgemachte Banalitäten, und noch dazu geschraubt. Und ihre gekünstelte Stimme klingt nicht eben intelligent ...

Selbstverständlich bekomme ich Lust, sie ein bißchen aufzuziehen.

»Sie sagen, Sie hätten etwas von mir gelesen. Was denn?«

Sie denkt nach:

»Warten Sie ... Ach so, ja! *Nichts als die Erde.*«

»Schade! Das Buch ist leider von Paul Morand.«

Das macht sie nicht verlegen:

»Ich weiß, daß ich etwas von Ihnen gelesen habe. Ich kann mich weder des Titels noch des Inhalts erinnern, aber ich weiß noch, daß es mir gefallen hat.«

Bravo! Aber damit war die Prüfung noch nicht zu Ende. Ich habe ihr einen düsteren Blick zugeworfen:

»Und ... Und ... haben Sie etwas an meiner Kunst auszusetzen?«

Da hat sie große Augen gemacht. »Nein, nicht wahr, Sie haben nichts daran auszusetzen?« habe ich mit leidenschaftlicher Stimme weitergebohrt. Sie hat den Kopf geschüttelt. Daraufhin sind wir beide zufrieden gewesen.

Und wie entzückend ist sie! Ihr Kopf ist rund wie ein Vogelköpfchen. Die Hände vollkommen, an den Fingerspitzen nahezu durchscheinend wie Onyx, und die Finger und Nägel sind so schön, daß man glauben könnte, sie entstamme einer adligen Familie, was leider nicht der Fall ist.

Ich bewerkstellige es, gemeinsam mit ihr wegzugehen, und so gehen wir denn die Avenue de Wagram entlang. Was sie redet, ist platt wie der Bürgersteig, und ihre etwas säuerliche Stimme macht auf mich einen schlechten Eindruck. Aber ihre kleinen Mauleselschritte an meiner Seite rühren mich. Ich schreite einher wie ein Berg, und sie wie ein Strauch (das sind wenigstens Vergleiche, die sich sehen lassen können). Alle Frauen sehen sie an – ohne Sympathie –, und ein paar Männer drehen sich um. Und ich tue sofort ganz vertraut mit ihr und zeige dadurch, daß sie mir gefällt.

Und dazu die ewige, plumpe Eitelkeit, neben einem hübschen Mädchen zu gehen und sich zu sagen, man werde für ihren Geliebten gehalten. »Ja, aber am Klang ihrer Stimme müssen die Leute doch erkennen, daß sie ein unberührtes junges Mädchen ist.« Und diese Erwägung übergießt mich mit kaltem Wasser. Alles in allem bin ich eine Reinkarnation René Maizeroys. Frou-Frou! Frou-Frou!

Ich empfand ein gewisses Unbehagen, daß ich ihren Namen nicht wußte. Wenn man eine Frau begehrt, deren Namen man nicht weiß, so ist das Kennenlernen jenes Namens bereits der erste Schritt zur Besitzergreifung. Der Name sagt schon alles. Sie heißt Solange Dandillot. *Sol* und *Ange*, Erdboden und Engel, die beiden äußersten Gegensätze! Und dazu ich, der immer gleichzeitig an beide rührt!

Und sie ist die Enkelin eines Generalstaatsanwalts! Schon das allein hätte genügt, mein Begehren zu wecken.

Sie erzählt mir ein bißchen aus ihrem Leben, und zwar mit einer sehr französischen Schlichtheit, die mir nach den ewigen romantischen Geschichten, die einem deutsche Jungfrauen von sich erzählen, eine Erholung bedeutet. Ich begleite sie nach Hause, Avenue de Villiers. Anständiges Haus; das fördert meine Liebe. (Oh ...!) Sie behauptet, sie habe keine Freundinnen. Und nichts spricht mehr für ein Mädchen, als keine Freundinnen zu haben, außer, daß es keine Eltern hat. Ich erbiete mich, ihr eine Einladung zu den Piérards zu verschaffen, in drei Tagen, und sie willigt ein. Ich schreibe sofort an die Piérards, einfach aus der Freude heraus, ihren Namen hinzumalen.

Warum ich Ihnen all das erzähle? Weil es um einen Engel geht, der mir nicht mehr entschlüpft. Er hat schon Schrot im Flügel; er braucht sich jetzt nur noch müde zu flattern. Und das ist die Antwort auf das Geschwafel der armen Andrée, die auf Gott weiß was aus ist. Die Sache mit Andrée läßt sich in einem Satz zusammenfassen, der einen guten Titel für ein leichtes Lustspiel ergäbe: »*Wäre sie nur hübsch gewesen!*«

(Schade, daß es von *Engel* keine weibliche Form gibt! Denn da Engel doch reine Geister sind, sehe ich nicht ein, warum man von ihnen stets in der männlichen Form spricht, sofern das nicht geschieht, um der uneingestandenen Päderastie der Menschheit genugzutun.)

Andrée Hacquebaut
Saint-Léonard
an
Pierre Costals
Paris

Freitag, 4. Mai

Eines Tages habe ich einen Ihrer Briefe, ohne zu sagen, von wem er war, einer meiner Freundinnen gezeigt, einer Graphologin. Sie hat mir gesagt: »Seien Sie vor diesem Mann auf der Hut. Er gehört zur Gattung der Schlangen.« Ja, so ist es: Sie sind eine männliche Schlange in all ihrer Scheußlichkeit. Eine andere Freundin von mir hat beim Trinken aus einer Quelle ein Schlangenei verschluckt. Das Ei hat sich in ihrem Verdauungskanal entwickelt, und erst sehr viel später, nach einer Röntgenaufnahme, ist herausgekommen, daß sie in ihrem Körperinnern eine Schlange beherbergte. Ich bin in der gleichen Lage: Ich habe Sie damals in aller Unschuld in mein Herz schlüpfen lassen, und jetzt erkenne ich das Reptil darin.

Sie tückischer, hartnäckiger Mörder! Oh, es ist nichts dagegen einzuwenden, es ist sehr saubere Arbeit. Kein Blut ist vergossen worden, nichts Kompromittierendes ist geschehen. Und ein wunderbares Alibi: »Wieso, ich? Ich, der ich so viel für sie getan habe! Ich, der ich jetzt noch ›in voller Sympathie‹ ihr gegenüberstehe, der ich ihr Leid so vollkommen verstehe, der ich aufrichtende Worte, Mitleidsbezeigungen, Tröstungen an sie verschwende!« Ihre Mitleidsbezeigungen machen mir Lust, Sie zu ohrfeigen, und ebenso Ihre mildherzigen Ratschläge, Ihre beleidigende Objektivität. Ihre Uninteressiertheit, die nur Impotenz oder Sadismus ist. »Niemals!« sagen Sie. Und warum? Weil ich dreißig bin, weil ich nicht »passiv« bin usw. Die erbärmlichste Halbwüchsige hat Ihre Liebkosungen genossen, wie sie die jedes beliebigen Mannes genossen hätte, und eine Frau, für die Sie alles sind, die in jenen Liebkosungen den Höhepunkt menschlichen Glücks ausgekostet haben würde, nicht durch das, was sie dabei von Ihnen empfangen hätte (trauen Sie sich nicht zuviel zu), sondern durch das, was sie Ihnen dabei gegeben hätte ... Den Halbwüchsigen aus der Gosse oder dem Bordell, die Sie verachten, denen haben Sie es geschenkt, und mir, die Sie mit dem Herzen lieben, mit Ihrer Güte ... Ja, verweilen wir bei Ihrer Güte! Es ist die Güte eines Freundes, der seine Freundin ertrinken sieht, ohne ihr auch nur die Hand hinzustrecken! Aber es geht hier ja nicht einmal um Güte, sondern um Gerechtigkeit. Die Gerechtigkeit erheischt, daß die uns entgegengebrachte Liebe mit der gleichen Liebe erwidert wird.

»Ich kann nur Mädchen unter zweiundzwanzig lieben.« Das machen Sie andern weis! In Ihrem Roman *Zerbrechlichkeit* sagt Maurice zu Christine: »Sie haben nicht mehr Ihre Jungmädchenaugen. Frauenaugen. Jetzt steckt etwas dahinter.« (Seite 211) So etwas schreibt man nicht einfach hin, das muß man erlebt haben. Sie können nur »passive, pflanzenhafte« Frauen lieben? Sie brauchen welche aus Holz, aus Stein, aus Eisen, aus Beton! Aber Sie lügen ja. Von der kleinen Polin haben Sie geschrieben: »Ich bin versessen auf die Lust (die physische), die ich ihr schenke. Selbst wenn es nur darum ginge, würde es sich für mich lohnen.« (*Purpur*, Seite 162) Sie können nur schlanke, schmale Mädchen lieben? Was soll das nun wieder? Muß ich Sie ausdrücklich auf die Schilderung der Hélène in *Zerbrechlichkeit* und die der Lydia in *Purpur* hinweisen? ....

....

(Hier sind zahlreiche Zitate aus Costals' Büchern ausgelassen worden, die sämtlich das gleiche bezwecken sollten: Costals mit seinen eigenen Worten zu widerlegen. Sie nehmen zwei volle Seiten, doppelt beschriebene, in Andrées Brief ein. Anm. d. Verf.)

... Und meine »Beharrlichkeit«! Ich beharrlich oder gar zudringlich und darauf versessen, mich in Ihr Leben zu drängen, während ich das meine mit Überlegungen hinbringe, wie ich Sie von mir und mich von Ihnen befreien könnte, während es doch so weit mit mir gekommen ist, daß ich mir wünsche, Sie möchten mich noch schwerer beleidigen, als Sie es ohnehin getan haben, damit mein verletzter Stolz in mir den Schmerz, Sie zu verlieren, zum Schweigen bringe! Während ich Ihnen doch als Austausch gegen etwas Dauerhaftes, nämlich unsere Freundschaft, das Mittel darbiete, mich für alle Zeit loszuwerden! »Der Akt, den Sie sich erträumen, würde für Sie eine ungeheure Enttäuschung sein.« Und warum denn? Das ist eine typische Männeridee. Die Frau zeichnet sich dadurch aus, daß sie mit ihrer Phantasie und ihrem Herzen alles vergrößert, alles heiligt, während der Mann mit seinem kritischen Geist, das heißt mit seiner naturgegebenen Kleinlichkeit, alles herabsetzt. Die Frau liebt nach der Vereinigung mehr denn je, und zumal den Mann, der sie in die Liebe eingeweiht hat. Nie tritt das Gegenteil ein, schließlich weiß ich doch, was meine Freundinnen mir erzählen. Und was die möglicherweise eintretende Enttäuschung betrifft – wäre sie nicht tausendmal der Vergiftung durch das vorzuziehen, was nicht geschehen ist, der Vergiftung, die es Ihnen nicht ermöglicht, sich von einem Menschen zu befreien? Und der Ekel, auf den es möglicherweise hinausliefe? Wie tröstlich, wie erleichternd wäre er! Es endlich hinter sich zu haben! Kein Costals mehr! Ob Enttäuschung oder nicht: ich will Sie! Ob Ekel oder nicht: ich will Sie! Aber natürlich mißbilligt Ihr Stolz diese Lösung. Sie legen keinen Wert auf mich, da Sie bereit sind, mich leichten Herzens aus Ihrem Leben entschwinden zu sehen; aber Sie wollen mich ehrenhaft verlieren. Die Frau darf nicht aufhören, in Ihnen einen Helden zu erblicken. Sie haben Angst davor, entpoetisiert zu werden, Sie armer Engel! Aber lassen Sie mich Ihnen sagen, daß der wahre Held der ist, der Glück spendet. Und wenn mich etwas anekelte, so wäre es nicht der »fleischliche Akt« mit Ihnen, sondern die Feigheit, mit der Sie sich ihm entziehen. Ihr erbärmliches Geständnis bringt zum erstenmal die Bewunderung zum Wanken, die ich für Sie empfinde. Ja, ich habe nur noch Mitleid und Verachtung für eine zum Spott herausfordernde Zuneigung wie die Ihre, die zu lau ist, um das Fleischliche einzuschließen, um nicht vor seinen Fermenten zurückzuschrecken. Da haben wir so recht den Gott der Fruchtbarkeit! Sie werden beneidet, und dabei führen Sie ein *häßliches Leben*, ja, wissen Sie das eigentlich? Ach, alle diese »bedeutenden«, diese »höhergearteten« Männer! Diese Impotenten! Diese Parasiten! Sie verdienten, daß die Männer aus dem gemeinen Volk, daß die wackeren Kerle mit den schwieligen Händen ihnen den Kopf abhackten – und zugleich etwas anderes, da sie sich dessen nicht zu bedienen wissen, um diejenigen glücklich zu machen, denen das Glück notwendiger ist als das Leben. Ach, warum haben Sie mich nicht genommen, und wäre es nur gewesen, um mich zu demütigen! Sie könnten mich von einer Liebe heilen, die mich mordet, und Sie tun es nicht! Man muß auf *noble* Weise leiden, nicht wahr? Man muß erhaben sein. Der Herr besitzen die Kraft zur Aufopferung – zur Aufopferung der anderen, wohlverstanden. »Auf alle Fälle bewahren Sie mir Ihre Freundschaft, nicht wahr?« Anders ausgedrückt: »Ich könnte Ihnen durch ein einfaches Mittel, das für mich keinerlei Konsequenzen nach sich zieht, Glück bescheren. Aber eben das will ich nicht. Dennoch wünsche ich, daß Sie in meinem Leben bleiben, gerade so weit wie es nötig ist, um mich zufriedenzustellen, ohne mich zu stören oder mein Dasein zu komplizieren. Ich mag weder Ihr Gesicht noch Ihren Körper noch Ihre Nähe; diesen plumpen Teil Ihres Ich können Sie schenken, wem Sie wollen. Mir jedoch, liebes Fräulein Hacquebaut, reservieren Sie bitte immer das, was an Ihnen ätherisch ist. Ganz abgesehen (das wollen wir nicht vergessen) von meinem Recht, Ihnen Schmerz anzutun.« Nun, ich habe den Heroismus satt. Sie haben mich vom Heroismus geheilt. Fürs Leben.

Ich hatte von einem Mann geträumt, der mich beherrschte, der mich im Sturm davontrüge. Ich hatte mir einen Conquistador erwählt, einen Sonnenprinzen, einen Mann, der zehnmal männlicher, intelligenter, beherrschter, bedeutender war als die andern, den Mann, der einem katholischen Journalisten auf den Vorwurf hin, er habe wohl allzusehr der Lust gefrönt, geantwortet hat: »Wieso denn! Ich habe der Schöpfung Genuß verschafft!« Ihm hatte ich meinen Geist, meine Jugend, meinen jungfräulichen Leib, meinen Mund geben wollen, der nie einen Kuß empfangen hat. Ihm zu gehorchen, hätte mich glücklich gemacht. Ihm was auch immer zu opfern bin ich bereit gewesen – mein Leben, sogar meine Ehre. Das alles biete ich ihm an, und er will es nicht! Ich hatte alles vorausgesehen und war mit allem einverstanden: *während* der Hingabe den Verlust meines inneren Friedens, *danach* das Sichlosreißen, seine Untreue, sein Vergessen, meine Verzweiflung, den Verlust meines guten Rufes. Ich hatte alles vorausgesehen, außer daß meine Opfergabe zurückgestoßen würde. Ich hatte für das *Danach* alles vorausgesehen: nur das eine hatte ich nicht vorausgesehen, nämlich daß es kein *Danach* geben werde. Ich wollte Ihre Umarmung, und mir sind nur Ihre »Nettigkeit« und Ihr Mitleid zuteil geworden: entweder ein beschützender, väterlicher Greis, oder ein launischer, auf Neckereien erpichter Gassenbube. Ich besaß die Psychologie der Schlichten, vielleicht der Niedrigen, die da meinen, daß zwischen Mann und Frau, wenn sie jung und normal und überdies herzlich befreundet sind, sich unbedingt das Begehren einstellen müsse. Ich hatte nicht an die Raffinessen des »gehobenen Bürgertums« und der »geistigen Elite« gedacht. Sie machen mich zur Kommunistin, glauben Sie es mir.

Samstag

»Niemals!« Ihr »Niemals!« Nun, auch wenn Sie mir dieses »Niemals« wie einen Nagel in den Kopf trieben, ich würde mich noch unterm Hammer dagegen aufbäumen. Denn wenn ich wirklich an dieses »Niemals« glaubte, so bliebe mir nichts, als mich hinzulegen und zu sterben: es gibt Dinge, an denen man tatsächlich sterben kann, fast ohne sein Zutun; es würde genügen, sich einfach treibenzulassen. Aber ich glaube nicht an dieses »Niemals«, ich kann nicht daran glauben. Eines Tages werden Sie leiden, Sie werden dafür büßen, daß Sie in Ihrem Leben auf keine einzige Begierde, und nicht einmal auf die flüchtigste, verzichtet, und daß Sie eine Frau, die Sie vergöttert, gezwungen haben, auf ein Begehren zu verzichten, das für sie etwas Einziges, Unersetzliches, Lebensnotwendiges ist. Und an jenem Tag, Costals, gibt es kein »Niemals!« mehr. Ja, ich kann nicht glauben, daß, wenn ich eines Tages dahin gelangte, mich Ihnen zu Füßen zu werfen, Sie anzuflehen, mir nicht jene zwei Monate zu gewähren, sondern nur eine Woche der Illusion, daß Sie sie mir verweigerten. Es ist nicht so, daß mich danach an sich so sehr verlangte. Doch ich möchte die Gewißheit haben, daß es eines Tages, daß es einmal geschieht. Ich erbitte eine Woche von Ihnen, und dann soll es für immer aus sein, wenn Sie es so wollen. Für diese eine Woche wäre ich imstande, mein ganzes Leben zu verbrennen und wie Luzifer in den Flammen umzukommen. Nein, nein, nein, ich kann nicht glauben, daß Sie mich bis in alle Ewigkeit zurückstoßen. Und wenn Sie mich ohne eine Spur von Liebe, ohne eine Spur von Begehren nähmen wie eine Dirne von der Straßenecke ...

Sonntag

Heute ist der Tag der Ersten Kommunion. Herrliche Sonne. Ein Maitag, daß einem das Herz brechen könnte ... Als ich die Stimmen der kleinen Mädchen hörte, habe ich geweint. Nur ein paar Jahre noch, dann sind sie wie ich ... Ich habe mich neben meinem Bett auf die Knie geworfen und gesagt: »Mein Gott, gib mir die Kraft, ihn zu überzeugen!«

Gleich trage ich diesen Brief zur Post, in der gleichen Hand wie mein Gebetbuch. Da sehen Sie, wozu Sie mich zwingen. Denn ich würde so etwas nicht zu schreiben brauchen, wenn ich Ihnen gehörte.

(Dieser Brief hat sich mit dem folgenden gekreuzt.)

Pierre Costals
Paris
an
Andrée Hacquebaut
Saint-Léonard

6. Mai 1927

Liebes Fräulein Hacquebaut,
mein letzter Brief war mehr reiterlich als ritterlich. Kaum war er abgeschickt, als ich Gewissensbisse spürte. Verzeihen Sie ihn mir.

Jener Brief mußte Sie logischerweise annehmen lassen, ich machte mich über Ihre Lage lustig. Nun ist die Sache aber die, daß ich nicht nur nicht darüber lache, sondern mich »einfühle« und Respekt davor habe. Immerhin muß ich Ihnen wohl sagen, warum, und das müssen Sie mir aufs Wort glauben, denn nie könnten Sie einsehen, wieso ein Mann meiner Art je in eine der Ihrigen völlig gleiche Lage hat geraten können. Also will ich es Ihnen erst gar nicht erklären. Ganz abgesehen davon, daß es allzusehr mein Privatleben berührt, weiß ich nicht, wie ich es mir selbst zu erklären vermöchte. Ich gelange allmählich zu dem Glauben, daß es eine Prüfung gewesen ist, denjenigen ähnlich, wie sie den zur Weihe Bestimmten auferlegt werden, oder der Hadesfahrt antiker Gottheiten, der Ablösung eines Aufenthalts auf Erden durch einen in den Höhlen der Verdammnis.

Vor einer Reihe von Jahren war ich einige Monate lang, sagen wir sechs, genauso »eingemauert« wie Sie. Ich verfügte über eine üppige Fülle von Zärtlichkeit, die, weiß Gott, bereit lag, irgendwie an irgend jemanden verschenkt zu werden, vorausgesetzt, daß ich die Betreffende begehrte (denn wirklich tief geliebt habe ich immer nur die Wesen, die ich begehrte). Aber die Anknüpfung vollzog sich nicht. Und dabei war ich überzeugt davon, daß die Welt voll von Mädchen sei, die glücklich gewesen wären über die Zärtlichkeit und die Lust, die ich glücklich gewesen wäre ihnen zu schenken; und sie wünschten es sich ebenso vergeblich, wie ich es mir vergeblich wünschte. Aber die Anknüpfung vollzog sich noch immer nicht. Wissen Sie, daß ich auf der

Straße, im Vorübergehen, im Verlangen nach menschlicher Berührung Hände gestreift habe? Das darf Ihnen nicht verschwiegen werden. Ich war jünger als heute, ich besaß grenzenlose Freiheit, ich hatte so viel Geld, daß ich nicht wußte, was ich damit anfangen sollte, und ich bin stets bereit gewesen, für das Glück den gebührenden Preis zu zahlen – für das Glück derer, die ich liebte, ebenso wie für das meine. Aber die Anknüpfung vollzog sich nicht. Man hatte Angst vor meinem Begehren; warum, das weiß ich nicht. Ich erlebte es, daß Mädchen mich mieden, denen ich nur Gutes wollte und von denen ich als Gegengabe nicht verlangte, was nicht auch sie sich wünschten. Dennoch war mir, als müsse das Liebesverlangen auf meinem Gesicht sichtbar gewesen sein wie Schweiß, oder vielmehr wie ein Dunst, der es verwischte und auslöschte ... Dabei steht doch fest, daß dergleichen gar nicht so in Erscheinung tritt. In dem Maße, wie ich mich zu nähern versuchte, floh man, wie beiderseits der Straße die Schafe die Böschung hinaufhetzen, wenn man im Auto herankommt: Die Schöpfung zerrann mir unter den Händen. Der Ausdruck der Angst in den Augen, von denen man so gern gesehen hätte, daß sie sich unter beinahe väterlichen Küssen schlössen, ist etwas Unvergeßliches. Mädchen, die man behandelt hätte, als gehörten sie der Gattung der Verlobten an ... Ich weiß nicht, was da im Spiel gewesen ist. Vielleicht hatte ich damals einen schrecklichen Verstoß gegen die herrschenden Gepflogenheiten begangen, und das ließ sich mir vom Gesicht ablesen. Vielleicht lag es nur an einem Mißverständnis, an einer Verleumdung; wie etwa eine Verlautbarung im Literaturblatt des *Figaro*, ich fräße junge Mädchen wie weiland der Minotaurus. Überall rings um mich sah ich, wie Menschen zueinander fanden und zu zweit ihres Weges gingen. Aber für mich vollzog sich die Anknüpfung noch immer nicht. Und es war Frühling, es wurde Sommer; so etwas geschieht stets im Sommer (August, der Schreckensmonat für alle Unbefriedigten); die »allzu schönen Tage«, die Natur, von der man zu fühlen meint, daß sie glücklicher ist als man selber; Gott weiß, daß ich all das erlebt habe! Und immerfort diese Besessenheit, diese absolute Arbeitsunfähigkeit, die Unmöglichkeit, sich von seiner Besessenheit frei zu machen. Und die Tage ohne Liebe vergehen einer nach dem andern. Abermals ein Tag ohne Liebe. Abermals besiegt von ebenjenem Tage. Und dabei hat er dennoch *gezählt*, hat er einen dennoch dem Tode näher gebracht, während doch nur Tagen des Glückes dieses Recht zustehen sollte. Ich habe mir von jener Zeit eine grausige Erinnerung bewahrt und ein inniges Verlangen, denen zu Hilfe zu kommen, die dahinsiechen im Wunsch, zu geben, ohne jemanden zu finden, dem sie geben können. Besonders für Frauen hat dieser Fall etwas Tragisches, aus tausend wohlbekannten Gründen: ihre Jugend geht rascher dahin, sie sind abhängig, die Meinung der Leute bespitzelt sie, usw. Fast möchte ich es Ihnen vorwerfen, daß Sie von Ihrer Lage nicht nachdrücklich genug gesprochen haben, als sei ein Teil Ihrer Tragik Ihnen gar nicht bewußt geworden.

Wie ich aus alledem herausgekommen bin? Ich weiß es nicht. Es ist »ins reine gekommen«. Wie? Nun, ganz »von selbst«. Sie werden mir sagen, das sei eine seltsame Antwort seitens eines Mannes, der gern klarsieht. Aber ich kann keine andere geben. Die Natur hat eine Zeitlang gegen mich gewirkt; seither wirkt sie zu meinen Gunsten. So wie der Wind beim Sport wechselt: bald hat man ihn gegen sich, bald im Rücken. Ich habe seitdem mehr Zutrauen zur Natur.

Zum Abschluß ein Vergleich, der dem in meinem letzten Briefe ähnlich ist. Ein Vogel ist versehentlich in ein Zimmer hineingeflogen. Auf der Suche nach einer Möglichkeit zum Entkommen stößt er überall an. Aber er findet den Ausschlupf nicht. Dabei sind welche da, aber er sieht sie nicht, weil ein Vogel, der Arme, eben nicht alles sieht. Plötzlich gewahrt er einen Lichtstreif. Er fällt durch eine angelehnte Tür. Der Vogel flattert hindurch und gelangt in eine von einer Petroleumlampe erleuchtete Rumpelkammer. Aber auch dort ist kein Ausschlupf, und abermals stößt er gegen die Wände. Der Vogel sind Sie, und die Rumpelkammer mit der Petroleumlampe bin ich (da sehen Sie einmal wieder meine altbekannte Bescheidenheit).

Denn selbstverständlich bleiben unsere Beziehungen ganz die alten. Ich sollte Sie »nehmen« (wie Sie es so hübsch ausdrücken)? Nein, niemals.

Ihr Götter! Ist das diesmal ein langer Brief geworden. Glauben Sie an meine Sympathie.

C.

P. S. – Ich habe vergessen, Ihnen zu sagen, daß ich während der Zeit, da ich keine »Anknüpfung« mit Frauen zustande brachte, vier reizende Betthäschen gehabt habe, eins noch niedlicher als das andere, die ich sehr gern hatte. Ich war also nur geistig eingemauert.

Bei den Piérards. O Liebreizende! Ich möchte sie in meinen beiden hohlen Händen hochheben wie eine dem Meer enttauchende Venus in ihrer Muschel. Völlig zu meiner Körpergröße passend: wäre sie kleiner, würde ich sie überragen; wäre sie größer, so bedeutete das zuviel des Stofflichen. Sie hat viel Erfolg, was mir schmeichelt, als sei ich ihr Papa. Mit ihr getanzt; sie tanzt so sehr als wohlerzogenes Mädchen, daß ich mich frage, ob sie das nicht einzig tue, um mich herauszufordern.

Sie ist mit den Saulniers gekommen. Also ohne ihre Eltern. Gepriesen, daß sie nicht da waren! Warum kann das nicht ewig dauern! Wenn die jungen Mädchen wüßten, wie sie gewännen, wenn sie Findelkinder wären!

Kein tiefes Verlangen nach ihrem Körper. Keine Spur vom Tornado des Begehrens (sofort ausgedörrter Mund, Schwäche in den Beinen usw.). Ein Bedürfnis, nette, schmeichelnde Worte zu sagen, ein Bedürfnis, das sie hervorruft, aber diese Worte hätten ebensogut einer andern gelten können ...

Was für ein Kätzchen, als sie mir zusieht, wie ich die Widmung in ein Buch schreibe, das ich ihr mitgebracht hatte, als sei sie darauf gefaßt, meiner Schrift ein Vögelchen entflattern zu sehen. (Daheim hatte ich ehrfürchtig den Einband des Buches geküßt, das ich ihr schenken wollte.) Ganz und gar ein Kätzchen, das auf unserm Schreibtisch sitzt und uns beim Schreiben zuschaut. Und auch noch ein Kätzchen, als wir nebeneinander saßen und ich ihren Körper sich leicht an meinen schmiegen fühlte, wie ein Bach sich an sein Ufer schmiegt.

Ich hatte die Hand auf der Armlehne ihres Sessels liegen, mit einer streichelnden Geste, die schon Besitz ergreift. Sie hat einmal, aber ganz leicht und schnell die Hand auf meinen Arm gelegt. Dennoch ist sie sehr zurückhaltend. Offenbar freut es sie, daß sie mir gefällt, aber mit entzückender Einfachheit und Natürlichkeit. Kein Anhauch von Koketterie bei diesem hübschen Mädchen. Höchst schlicht gekleidet, beinahe nachlässig. Ist das Angeberei? Sie behauptet, sie mache sich nichts aus Gesellschaften, sie mache sich nichts aus Luxus, usw. Zieht man dabei ein bißchen Angeberei ab, die sicherlich dabei mitspielt, so muß etwas Wahres daran sein, denn so, wie sie aussieht, müßte man ihr überall begegnen, wenn sie gern auf Gesellschaften ginge.

Abgesehen von dem, was sie über ihr Wesen sagt – es sprudelt alles unverfälscht aus ihr heraus, wenn sie von sich selbst spricht, und in dieser Hinsicht ist sie wie die meisten jungen Mädchen –, findet sich in ihren Äußerungen nicht das mindeste Beachtenswerte. Ihre Bildung ist gleich null. Um so besser: Bildung kann man den Dummen überlassen. Hat ein Mädchen irgendein Examen gemacht und hätte in der Folgezeit alles vergessen, was sie gelernt hat, so würde doch, scheint mir, ihr immer, so wie in einem anmutigen Gefäß, in dem eine ekelerregende Flüssigkeit aufbewahrt worden ist, etwas davon zurückbleibt, der üble Geruch der Halbbildung anhaften, mit der sie sich vollgepumpt hatte.

Sie scheint einundzwanzig zu sein. Sagen wir: zweiundzwanzig. Man würde es nicht glauben: denn sie wirkt wirklich sehr jung. Sie erzählt von ihrem Vater. »Papa hat sich früher sehr für Gymnastik eingesetzt. Er glaubt daran.« – »Hat er ... übt er eine berufliche Tätigkeit aus?« – »Nein, er tut nichts ...« Als sie das sagte, mutete sie ein bißchen verlegen an. Sie schämt sich, daß ihr Vater von seinen Zinsen lebt! Als sie sagte, »er glaubt daran«, lief es mir eiskalt über den Rücken, als hätte ich eine Ringelnatter angefaßt.

Sie erzählt von einem ihrer Vettern. Die Tatsache, daß sie einen Vetter hat, befremdet mich, beleidigt mich, berührt mich fast wie eine Herausforderung. O Findelkinder!

Ich benehme mich genauso ungezogen, wie sie wohlerzogen ist. Ich fasse sie am Oberarm, lege ihr die Hand um die Taille, als ich sie zum Büfett führe, suche *urbi et orbi* glauben zu machen, sie gehöre mir. Die Vulgarität, die Plumpheit, Naivität meiner Selbstzufriedenheit. Kavalleriewachtmeister. Manchmal erlebt man es, wie ein Mensch mit intelligentem und sympathischem Gesicht plötzlich ein Idiotengesicht bekommt, wie sein Lächeln blöd und eingebildet wird, sein Gehaben zugleich verlegen und manieriert. Was ist geschehen? Er ist gerade einer Frau begegnet, die ihm gefällt. Und in seinem Innern sieht es genauso aus.

Denn das Auftauchen einer Frau, die ihm gefällt, läßt den Wert eines Mannes sogleich absinken, ebenso klar und deutlich, wie ein in eine Flüssigkeit gelegtes Stück Eis deren Temperatur absinken läßt. Darum kann, wer die Menschheit liebt, die Frauen nicht lieben. Ich jedoch pfeife auf die Menschheit und liebe die Frauen.

Ich lüde sie gern ins Kino ein, aber dann sieht sie womöglich lauter nackte Gigolos, und dafür bedanke ich mich! Und überdies paßt das nicht zu einem Mädchen vom Typ 1890. Die Opéra-Comique wäre wohl das Gegebene. Ich sage ihr, ich hätte am Dienstag eine Loge. »Ich frage meine Eltern und rufe Sie dann an.«

Ich werde also eine sehr tiefe Loge nehmen und alle Plätze darin mieten. Leider muß man die Banditen, die Musiker, in Kauf nehmen, und ihre Versessenheit darauf, Lärm zu machen. Na ja, da man sich nicht unterhalten kann, müssen die Hände das Ihre tun.

Im Grunde habe ich Angst, daß sie nicht will: weil nämlich in ihr weniger Vitalität als in mir steckt.

Am Tage danach. – Heute nacht um ein Uhr habe ich noch das gleiche Herzklopfen gehabt wie gestern abend um acht, als ich mich von ihr verabschiedet hatte. Und nun hat die Natur mir einen Traum beschert, in dem dieses Kind mich betrog, gleich als solle ich erfahren, ob sie schon imstande sei, mir einen Schmerz zuzufügen. Oh, keinen Schmerz im eigentlichen Sinne, aber weh getan hat es dennoch.

Das Warten auf ihren Anruf: den ganzen Vormittag über unruhig, mir immerfort gesagt, das Telefon werde es sicherlich fertigbringen, gerade in dem Augenblick gestört zu sein, da sie anruft; bei jedem Fahrradgeklingel auf der Straße zusammengezuckt.

Telefon. Sie kommt mit! Höre ich ihre Stimme im Telefon, so kann der Gott der Fluren mich nichts mehr lehren – während ich doch sonst, sogar wenn ich mit ihr tanze, wie der Prophet ausrufen könnte: »Tyrus, man wird dich suchen und nicht mehr finden!«

Ich muß an die Zeit denken, da diese Stimme, wenn ich sie am Telefon höre, mir auf die Nerven gehen wird – da ich ins Ausland reisen werde, nur um sie nicht mehr zu hören.

Wie ungebildet und schlecht erzogen müssen ihre Eltern sein, daß sie sie mit Pierre Costals allein ausgehen lassen! Das sind mir schöne Sitten! Wenn dabei etwas passiert, wer hat dann die Schuld? Es deprimiert, mit ansehen zu müssen, wie im Frankreich von 1927 alle Grundsätze zerbröckeln.

Mittwoch. – Opéra-Comique. *Madame Butterfly.*
Nach Madame Butterfly:
Oha!

Gestern Wachtmeister, heute Pennäler.

Die Betreffende hat sich nicht gerührt. Oder vielmehr: etwas hat sie doch getan: Im zweiten Akt hat sie ihren Sessel ein bißchen von meinem weggerückt. Sollte die Betreffende ehrpusselig sein? Diese Erwägung hat es mir kalt den Rücken herunterlaufen lassen. Ich habe die Arme sinken lassen: »Hier gibt es noch viel zu tun ...«

Gelähmt. Durch ihre Zurückhaltung. Durch das Lächerliche eines Romanautors, der in einer Loge der Opéra-Comique ein Mädchen küßt. Ich wollte »1890 spielen«, aber ich bin zu weit gegangen. Eine indiskrete Äußerung der Logenschließerin hatte angedeutet, ich hätte die ganze Loge bestellt; wie hätte die Betreffende da nicht auf gewisse Gedanken kommen sollen? Lächerlich, dieser allzugut vorbereitete Abend.

Mein ganzes Gefühl der Überlegenheit ihr gegenüber in so vieler Hinsicht reicht nicht aus, mich zum Verlassen des Schützengrabens zu bringen. Er wird eingenebelt, und ich sehe nach und nach, worin ich ihr unterlegen bin: Sie ist zwanzig und ist hübsch. Und ich bin ein Intellektueller, ein altes Denkgehäuse von vierunddreißig.

Unser Gespräch: ein wahrer Sumpf von Banalitäten. Ich starrte auf ihre Hände, als hoffte ich, sie würde anfangen, sie zu ringen vor Angst, daß ich ihr keine Erklärung machte. Als ich ihr sage: »Ist das irrsinnig blöd!«, antwortet sie: »Ja.« Dieses »Ja« geht mir durch und durch; sicherlich hatte ich erwartet, daß sie sich mir mit den Worten in die Arme würfe: »Wenn du bei mir bist, wie könnte mir da etwas langweilig sein, o mein Geliebter?« Die Situation wird so unerträglich, daß ich ihr vorschlage, wir wollten gehen.

Abermals sagt sie ohne Umschweif »Ja«, und zum zweitenmal geht es mir durch und durch. (Wie kindlich wirkt sie, wenn sie »Ja« sagt! Der Tonfall einer Puppe, der man auf den Bauch drückt.) Wir gehen weg, an den Logenschließerinnen vorbei, in deren Gesichtern unmißverständlich zu lesen steht: »Na, die beiden sind auf ihre Kosten gekommen! Jetzt halten sie es nicht mehr aus, also marsch ins Hotel.«

Kurzum: Die Loge war eine kalte Dusche.

Dieser Abend hat mir zumindest zweierlei gewiß gemacht: daß sie nicht in mich verliebt ist, und daß ich nicht in sie verliebt bin.

Vielleicht war es aber auch so, daß keiner von uns hatte den Anfang machen wollen, wie die Rennfahrer in der Radrennbahn. Vielleicht hat sie es aus Berechnung getan, um mich in Atem zu halten. Das war dann eine unkluge Berechnung, denn ich weiß nicht, was mich hindert, sie einfach sitzenzulassen. Ich gehöre nicht zu denen, die sich versteifen, wenn eine Frau sich sträubt; eine entgangen, hundert neue gefunden; all das ist austauschbar. Mir behagt die Empfindung, daß ich sie nicht heftiger liebe und auf diese Weise frei bleibe: ich nehme mir von diesem Liebesamüsement nur das, was ich will.

Ist der heutige Fehlschlag keine Katastrophe, aus der man sich nicht wieder zu erheben vermag, so ist er ein Tiefpunkt, von dem aus die Kurve nur desto höher ansteigt. Welch einen Sprung wird das geben nach dem Schwung, den ich durch den Anlauf gewinne! Ich werde ihr schreiben: auf diese Weise verbleiben wir im Pennälerstil. Durch diesen Brief kehre ich die Sachlage um, überlasse ihr die Initiative, stelle sie an den Fuß der Mauer. Ich habe meine Karte ausgespielt, nun muß sie die ihrige ausspielen.

Das Moralgesetz der Ehre, oder auch nur des Wohlanständigen, ist aufgestellt worden, um das genaue Gegenteil der natürlichen Moral zu schaffen und uns eben dadurch die Möglichkeit einzuräumen, bei jedem Wurf zu gewinnen, bald auf dem einen, bald auf dem andern Spieltisch.

Ist Rosinchen häßlich und stellt uns dennoch nach, dann vorwärts mit der natürlichen Moral: »Ich sollte so niederträchtig handeln? Das Ihrem verehrungswürdigen Vater antun? (oder Ihrem Gatten, meinem besten Freunde?)« Aber wenn sie reizend und auf der Hut ist: »Nein, ein solcher Flegel bin ich nicht, daß ich angesichts Ihrer kalt bleiben könnte. Solch eine Kränkung tue ich Ihnen nicht an.«

Diese beiden Spieltische finden sich in allen Seinsbereichen. Wird man beleidigt, so heißt es: »Was, um solch einer Dummheit willen sollte ich töten? Verlangt die Moral etwa dergleichen?« oder umgekehrt: »Ich habe getötet, weil ich beleidigt worden war. Meine Ehre ...« Usw.

Pierre Costals
Paris
an
Mademoiselle Solange Dandillot
Avenue de Villiers
Paris

12. Mai 1927

Sie müssen wohl zugeben, Mademoiselle, daß es gestern abend nicht recht geklappt hat und daß wir sogar einen recht jämmerlichen Anblick geboten haben. Sie haben mich bedenklich eingeschüchtert – förmlich zu Eis erstarren lassen. Haben Sie das absichtlich getan? Oder hat es an mir gelegen, und ich bin ein Esel gewesen?

Ich sage Ihnen, wie ich meine, wohl nichts Neues, wenn ich Sie wissen lasse, daß ich zu Ihnen eine beinahe sonderbare Sympathie gefaßt habe. Ist sie Ihnen lästig, so wollen wir es dabei bewenden lassen. Es würde mir leid tun, vielleicht sogar ein bißchen weh tun, aber schließlich will ich mich nicht aufdrängen, und alles in allem ist die Welt weit genug: von seiten der Damen ist bekanntlich das Angebot stets sehr viel größer als die Nachfrage. Wenn Sie indessen als kluges Mädchen wünschen sollten, daß wir noch einmal unser Glück versuchen, so sagen Sie es mir. Doch dann müssen Sie mir auch sagen, daß Sie mir Ihnen gegenüber eine gewisse Vertraulichkeit gestatten, und wenigstens die kleinste der Gesten, die nicht nur die Natur, sondern sogar die Gesellschaft gestern abend von uns erwartet hatten; diese beiden hohen Verkörperungen der Moral sind gegenwärtig starr vor Staunen über uns und ergrimmt über unser Verhalten; es liegt nur bei uns, sie wieder zu beschwichtigen. Es ist nur nötig, daß Sie mich unmißverständlich erkennen lassen, worauf Sie hinaus wollen, denn ich fühle mich nicht geneigt, Ihnen eine Freundschaft zu schenken, die es bei dem bewenden läßt, was unter Engeln Brauch ist, und überdies fühle ich mich noch weniger geneigt, von einer Frau verschmäht zu werden, was mir in meinem ganzen Leben noch nicht widerfahren ist. (Er lügt! Anm. d. Verf.)

Schreiben Sie mir, oder rufen Sie mich an. Aber ein guter Brief wäre mir lieber, das ist etwas Verläßlicheres. Ganz abgesehen von allen Vorteilen, die Geschriebenem innewohnen; ich weiß, was ich damit sagen will, falls Sie mich nicht verstehen.

Also nochmals: Ohne einen Brief oder einen Anruf, der mir sagt, ob ich mich gestern abend richtig verhalten habe oder ungeschickt und ungehobelt, sehen wir einander nicht wieder. Es hängt ganz und gar von Ihnen ab.

Auf Wiedersehen, kleines Mädchen, oder adieu. Ich bin vielleicht drauf und dran, für Sie etwas zu empfinden, was einer gewissen Tiefe verdächtig ist (aber ich bin meiner Sache noch nicht völlig sicher). Immerhin ist eine Anwandlung vorhanden, um die es schade wäre, wenn man sie verkümmern ließe. Überlegen Sie, ob sie Ihnen mißfällt oder nicht, ohne daß Sie dabei auf das, was mir Freude macht, Rücksicht nehmen; bekümmern Sie sich einzig um die Ihrige. Und sagen Sie es mir mit der gleichen Offenheit und im gleichen Vertrauen, das Ihnen hier zu bezeigen ich mir zugute halte.

Costals

Habe ihr einen nicht gerade wohlgelungenen Brief geschickt. Ist es nicht sonderbar, daß man, wenn man an eine Unbekannte oder Halb-Unbekannte schreibt, die man mag, einem Ladenschwengelstil einzig aus Leidenschaft oder aus Zynismus entgeht? Da die Sprache der Leidenschaft ausschaltet, ist der Schrieb zu einem Kompromiß zwischen Süßholzgeraspel und Impertinenz geworden. Die Süßholzraspelei wird ihr gefallen, und so dürfte sie noch innerhalb der nächsten vierundzwanzig Stunden anrufen.

(In Wirklichkeit habe ich nicht die mindeste Ahnung. Ich bin außerstande, mir vorzustellen, wie sie in einem gegebenen Falle reagiert. Wenn ich mit ihr zu tun habe, ist mir, als sei ich der Quai d'Orsay, das Außenministerium: ich tappe im dunkeln und verlasse mich auf den lieben Gott.)

Es geht mir wirklich nahe, wenn ich mir ausmale, welch ein Glück ich anderen Frauen durch einen solchen Brief beschert hätte, und dabei habe ich es ihnen verweigert. Und dieses Gefühl ist recht reizvoll.

Daß ich es reizvoll finde, legt mir den Glauben nahe, ich sei ein gemeiner Kerl. Bin ich ein gemeiner Kerl? Dabei macht Brunet mir Komplimente: »Du findest es also nicht schick, wenn man einen Vater wie dich hat?« Oder er staunt: »Warum bist du eigentlich so nett?«

Das kommt, weil es Menschen gibt, die ich mag, und Menschen, die ich nicht mag. Das mutet sehr einfach an. Und dabei ist es der Schlüssel zu allem.

Nein, das Herz ist nicht beteiligt, und das Fleisch auch nicht; aber irgend etwas ist beteiligt. Irgendein dumpfes, leidenschaftliches Verlangen, ihr zu gefallen, ersteht allmählich in mir! Wenn ich in ihrer Stimme ein Beben höre ...

Mademoiselle Dandillot schickte keinen »verläßlichen« Brief. Sie rief an. Der Sinn ihrer Antwort war etwa: »Ich muß gestehen, daß ich aus Ihrem Brief nicht ganz klug geworden bin. Aber ich mag Sie sehr gern. Warum sollten wir uns also nicht wiedersehen?« Sie verabredeten, ins Konzert zu gehen. Costals entschied sich für das teuerste in Paris, denn wenn man mit einer Frau hingeht, kommt es nicht darauf an, daß es gut ist, sondern nur darauf, daß es viel Geld kostet.

Das Erscheinen der Chordamen auf der Bühne erinnerte an das Herauskommen weiblicher Sträflinge aus dem Gefängnis Saint-Lazare: alt, mißgestaltet, mürrisch, unglaublich geschmacklos angezogen. Die Musiker nahmen ihre Plätze ein, kümmerliche, kurzbeinige Kerle, Taschentücher am Hals wie Speisende die Serviette: *froggy for ever*. Die Bemühungen dieser Unglücksmenschen, sich das Aussehen von Künstlern zu geben (Stirnlocke, Künstlermähne usw.) waren geeignet, einem die Tränen in die Augen zu treiben. Sie saßen auf eisernen Gartenstühlen vor einer idiotischen Dekoration, die an ein Wohltätigkeitsfest denken ließ – verstaubtes »Laubwerk« und zerfetzte »Pilaster« –, und das Ganze bot einen Anblick, der gewissen Zuschauern so feenhaft vorkam, daß sie ihn sich durchs Opernglas anschauten. (Muß darauf hingewiesen werden, daß dieses Kapitel eine Art Burleske ist, geschrieben von jemandem, der sich dann und wann einmal einen »Lichtblick« gönnt, den ihm nur Geistverlassenheit zum Vorwurf machen könnte? Man kann sehr wohl karikieren, was man liebt, und zwar um so treffender, je mehr man es liebt. Was habe ich nicht über Algerien und Spanien geschrieben oder hätte es schreiben können! Sympathie für Musikliebhaber, Dankbarkeit gegenüber den Musikern: auf einem so verläßlichen Boden wie dem in mir darf ich wohl ein paar Kapriolen vollführen. Und ich glaube mich zu erinnern, daß ich in andern meiner Bücher von der Musik – der Kirchenmusik, der russischen, spanischen, arabischen Musik usw. – mit einem Ernst und einer Ergriffenheit gesprochen habe, um derentwillen mir, sofern das erforderlich ist, die nachfolgenden Seiten verziehen werden müßten. Anm. d. Verf.)

»Wenn die Musik auch die Sitten sänftigt«, sagte Costals,

»die Gesichter adelt sie nicht gerade. Da sitzen an die sechzig Musiker; ich sehe also ein, daß nicht jedem einzelnen das Genie auf die Stirn geschrieben sein kann. Aber warum werden ihnen nicht Masken aufgesetzt wie im Theater der Antike, oder warum werden sie nicht in der Versenkung versteckt wie in Bayreuth?« Der Herr war recht empfindlich. Aber Solange stimmte ihm zu. Er hatte indessen das Gefühl, daß sie sich in einer Verfassung befand, in der sie allem zustimmen werde, was er vorbrachte. Er überflog mit dem Blick die Zuhörerschaft, und die ungemeine Häßlichkeit dieser Männer und Frauen, die altmodische, groteske, verstaubte Ausstattung des Saales ließen ihn die Augen entsetzt abwenden. Geradezu gehetzt glitt sein Blick zur Decke hinauf, in der Hoffnung, dort Bilder einer adligen Menschheit gemalt zu sehen. Aber an der Decke gab es ebenfalls nur vergoldeten, verschnörkelten Gips, geschwärzt wie von Fabrikrauch: es war offensichtlich, daß in diesem Saal ganze Generationen geatmet hatten. Hätte Costals nicht neben Solange gesessen, er wäre auf der Stelle weggegangen: er war bereits jenseits der Grenze dessen, was er zu ertragen vermochte. Bald wurden die Schalter angeknipst, und auf der Bühne wie im Saal herrschte grelles Licht. Das war ein monströser Einfall; beides hätte in tiefstes Dunkel getaucht werden sollen.

Da der Anfang sich verzögerte, entstand eine gelinde Ungeduld; es wurde getrampelt. Aber nach acht Sekunden hatte sich alles schon wieder beruhigt. Dann entstand abermals eine kleine, ebenso kurze Krise. Seltsame Ausbrüche der Mißstimmung in dieser Menge, seltsam ihrer Kürze wegen. Selbst eine patriotische Aufwallung hätte ein paar Sekunden länger gedauert.

Endlich senkte der Dirigent seinen Stab, und alles, was sich auf der Bühne befand, begann gemeinsam, Lärm zu vollführen.

Die Musiker klöppelten wie Wahnwitzige mit ihren Bögen, und es war Costals, als könne er von seinem Platz aus den Achselschweiß der Geigerinnen riechen, und das regte ihn auf; das sei noch das Beste an der Veranstaltung, dachte er.

Solange, die sich etwas schräg hingesetzt hatte, war nahe

an ihn herangerückt. Er streichelte ihren glatten, makellosen Hals. Er wurde sich bewußt, daß sie das Gesicht ganz nahe dem seinen hielt, als wolle sie in seine Atmosphäre eingehen. Hier und dort in ihrem Brusteinsatz kamen Hautinselchen zum Vorschein, wie Sandbänke in einem salzweißen Wüstensee. Die Züge ihres Gesichts, die er nicht mochte, betrachtete er jetzt als die Notausgänge eines Saales, durch die man sich notfalls aus dem Staube machen konnte, oder wie zweideutige Klauseln eines Vertrages: ihre großen Ohren und das ein wenig zu schwere Kinn würden es ihm ermöglichen, sich leichten Herzens von ihr zu trennen. Er küßte sie auf den Nacken, ohne daß sie zusammenzuckte (der Kleinmädchenduft ihres Haars). Und sein Blut rauschte wie Laubwerk, während er mit der Hand auf dem Kleide ihre Strumpfhalter und ihre langen Schenkel betastete. Es überraschte ihn, daß ein so seriöses Mädchen sich in aller Öffentlichkeit die Schenkel streicheln ließ. Er hatte noch nicht begriffen, daß sie bereits alles wollte, was er wollte.

»Ich finde, daß dieses erste (der erste Satz der Symphonie) etwas ... wie soll ich sagen, etwas Beklemmendes hat«, sagte Mademoiselle Dandillot, der tatsächlich etwas beklommen zumute war, freilich aus einem andern Grunde. »Was halten Sie davon?«

»Ich? Oh, ich finde das nicht.«

»Sagen Sie mal ehrlich: Machen Sie sich viel aus Musik?« fragte er sie kurz danach mit mißtrauischer Miene.

Sie hob die Brauen, als wolle sie sagen: »Teils, teils ...« Dann sagte sie:

»Ich kann nur eine Art von Musik nicht leiden – Kirchenmusik.«

»Ah!« dachte er, »sie posiert wenigstens nicht. Wirklich, am meisten entzückt mich an ihr, daß sie an nichts Interesse hat. So sucht sie einen wenigstens nicht durch ihre Besonderheit zu blenden. Und daß eine Frau keine eigenen Gedanken hat, ist die sicherste Bürgschaft dafür, daß sie keine abwegigen Gedanken hat.«

Er legte den Arm um sie. Sie saß jetzt ganz schräg, wie in ihn hineingeschmiegt. Er tat, als hebe er etwas vom Boden auf, und küßte dabei ihren Körper, wobei er durch den Rock hindurch den Gummigeruch ihres Hüftgürtels spürte.

Manchmal lehnte er das Gesicht eine Zeitlang an ihren Nacken, wie um langsam alles in sich einströmen zu lassen, was in dieser Frau war. »Nein!« sagte er sich hingerissen, »noch nie, noch nie hat sich jemand einer Frau gegenüber in aller Öffentlichkeit so schlecht benommen wie ich!« Er belächelte den Einfall, daß er, hätte er an dieser Stätte ein Paar gesehen, das sich so benähme wie er, sicherlich hätte an sich halten müssen, um nicht dazwischenzufahren: »Na, hören Sie mal, es gibt doch Hotels!« Er hatte von je seinen Spaß daran gehabt, sich Lügen zu strafen, denn dadurch wurde er sich seiner jupiterhaften Vielseitigkeit bewußt.

Wenn er sich etwas zurückbog, sah er hinter Solanges Rücken die junge Frau, die neben ihr saß; im Sessel zurückgelehnt lauschte sie mit halboffenem Mund und geschlossenen Augen. Sie war nicht hübsch, aber Costals begehrte sie: 1. weil er es für durchaus gemäß hielt, in der gleichen Minute, da er zum erstenmal ein junges Geschöpf streichelte, ein anderes zu begehren; 2. weil sie, die den Anblick einer Schlafenden bot, ihn unter allen Umständen dazu anregte, wenigstens in Gedanken diesen Schlaf zu mißbrauchen; 3. weil ihm schien, daß jemand, der gegenüber etwas so Stupidem wie dieser Musik eine solche Ekstase empfand, etwas übergeschnappt sein müsse; da er nun aber nur gesunde, schlichte Mädchen wie Solange liebte, war es ihm doppelt angenehm, Lust auf ein übergeschnapptes Frauenzimmer zu verspüren.

Plötzlich warf die junge Frau wie irrsinnig den Kopf zurück, wie ein balzender Auerhahn am Ende seines Lustschreis, und ihr Gesicht zeigte einen wollüstigen Ausdruck. Offenbar hatte einer der Klänge sich an der empfindlichsten Stelle tief in sie eingebohrt.

Costals streckte den Arm hinter Solanges Sessel aus und legte die Hand auf die Rücklehne des anderen Sessels, so daß die Schulter der Unbekannten sich daranlehnen mußte. Aber die leichten Druckversuche, die er seine Hand tun ließ, regten die junge Frau zu keinem Gegendruck an; sie war völlig in die Sechzehntelnoten versunken. Er gab die Sache auf. Da er überdies bei dieser Gymnastikübung einen Krampf im Arm bekam, lohnte das Spiel den Einsatz nicht. Gesetzt den Fall, es gäbe jemanden, der so dumm wäre, zu glauben, es habe sich bei diesem Annäherungsversuch um etwas Vorgetäuschtes gehandelt, um das duckmäuserisch-schmähliche Unterfangen eines Schleichers, so dürfte der Betreffende einigermaßen verdutzt sein, wenn ihm erwidert wird: 1. daß Costals völlig ernsthaft ein Abenteuer mit der Unbekannten hatte anbahnen wollen; 2. daß die Tatsache, es einzufädeln, ohne dabei Solanges Aufmerksamkeit zu erregen (beispielsweise der Unbekannten hinter Solanges Rücken einen Zettel zuzustecken), eine tadellose sportliche Leistung gewesen wäre, eine jener Höchstleistungen im Zirkus, bei denen das Orchester aussetzt, und so wäre es nicht das Tun eines Küsters gewesen, sondern das eines Erzengels.

Der Lärm auf der Bühne verstummte, und es wurde Beifall geklatscht, wobei indessen einige der Zuhörer den Klatschenden gehässige Blicke zuwarfen.

Darauf erklang eine andere Musik, und es wurde deutlich, daß es sich um reinste Klassik handelte.

»Na, mögen Sie das?« fragte Costals das Mädchen.

»Es stört mich nicht.«

»Es stört Sie ... Enorm! Schlechthin enorm ist das!«

»Sie haben mich nicht verstanden«, sagte sie etwas eingeschnappt. »Die kubistische Musik vorher war mir gräßlich. Aber diese, die stört mich nicht.«

»Ich merke schon, die Sache ist Ihnen über die Maßen gleichgültig«, sagte Costals, »und das ist auch gut so. Sie sind ein braves Kind.«

»Aber es ist mir ja gar nicht gleichgültig!« sagte Solange mit der genialen weiblichen Begabung, errungene Vorteile zu verderben.

»Doch, doch«, sagte der stets ritterliche Costals, »über die Maßen gleichgültig ist es Ihnen.« Da jedoch wurde überall »Pst!« gerufen.

Plötzlich erschollen auf der Bühne entsetzliche Schreie. Es war, als erfahre eine Frau mitten in der Entbindung, daß sie ihr Vermögen verloren und daß ihr Geliebter sie habe sitzenlassen. Bei diesem Gejaule verzog Costals das Gesicht und vollführte instinktiv eine Geste, als wolle er sich die Ohren zuhalten, aber im Saal brach donnerndes Bravogeschrei los: solche tiefen Meinungsverschiedenheiten zeigen einem an, daß man besser tut, die Gemeinschaft zu verlassen, in der man sich gerade befindet. Costals mußte an die wahrhaft *unsterbliche* Stelle in der *Neuen Héloise* denken, wo von der Musikauffassung der Franzosen die Rede ist. »Sie sind außerstande, sich andere Wirkungen als solche durch Stimmkraft vorzustellen; nur für Lärm sind sie empfänglich«, schreibt Rousseau. Heutzutage hätte er hinzugefügt: »Und für Rekorde.«

»Ich finde, Frauen sollten lieber nicht singen«, sagte Solange. »Sollte das etwa tief sein?« fragte sich der Schriftsteller. »Aber was ist Tiefe? Auch ein Nachttopf hat seine Tiefe.«

Heisere Stimmen (von jungen Leuten?) riefen *da capo!*, und es wurde noch immer geklatscht. Die Beifallsbekundungen in Europa sind etwa so, wie man sie von den Wilden in Ozeanien erwarten könnte. Drei- oder viermal traten die Sänger vor und verneigten sich. Und Costals dachte: »Die Ärmsten!« Der Dirigent, ein Angeber, wie er im Buche steht (darauf beruhte sein Erfolg, zumal bei den Frauen), verließ die Bühne und kam mehrmals wieder, sicherlich um mehrere Rationen Beifall einzuheimsen. Diese Wiederauftritte glichen tatsächlich dem Auftreten eines Clowns. Dabei schwamm der ganze Saal in Verklärung.

Als sollten die Trommelfelle geheilt werden, spielten die genialen Musiker, also jene Schar von Postbeamten, nur noch mit Dämpfer: es war wie eine Harmonie von Klistierspritzen. In gewissen Augenblicken hörte man sogar buchstäblich keinen Ton mehr. Herrliche Augenblicke waren das.

Costals musterte die Zuhörerschaft. Sie bestand zu einem Drittel aus Leuten, die spontan die Geräusche genossen, die sie vernahmen; zu einem Drittel aus Leuten, die nur vermöge eines Denkprozesses genossen, indem sie an alles dachten, was sie über das betreffende Musikwerk gelesen oder gehört hatten; das letzte Drittel bestand aus Leuten, die völlig kalt blieben, was nichts besagt. Alle jedoch nahmen, um das Manna zu empfangen, eine höchst vornehme Haltung an. Bebrillte Schweine taten, als störe das leiseste Flüstern im Saal sie in ihrer Ekstase. Schweine mit Lorgnons beugten sich zu ihren Ferkeln nieder (denn es befanden sich im Saal sechsjährige Kinder, die offenbar zur Strafe mitgenommen worden waren, weil sie etwas Schreckliches ausgefressen hatten), um sie auf diese und jene sakrosankte Stelle hinzuweisen, damit sie ein für allemal wüßten, hier müßten sie ergriffen sein. Viele Frauen, wie Solanges Nachbarin, meinten, es sei ungehörig, hier anders als mit geschlossenen Augen dazusitzen. Einmütige Nachäfferei brachte die Zuhörer dahin, einander in ihren tief bewegten Mienen zu imitieren, während von der Bühne herab unablässig und unversieglich der tönende Schleim troff.

»Das sind Süchtige«, sagte Costals und ließ einen mißbilligenden Blick durch den Saal schweifen. »Ganz abgesehen von den notorischen Dummköpfen, denn der Esel will Krach. Jedenfalls ist dies ein ungesunder Aufenthaltsort, und ich möchte nicht die Verantwortung übernehmen, Sie hier noch länger unter meinen Fittichen zu haben. Ist es Ihnen recht, wenn wir gehen?«

»Ja.«

Immer ihr »Ja«! Auf zwei Noten. Er hätte ihr auch sagen können: »Wir wollen hierbleiben«, oder: »Kommen Sie mit zu mir«, oder: »Jetzt wollen wir nach Kamtschatka reisen«, und sie hätte, kam es ihm vor, stets mit dem gleichen »Ja« geantwortet. Und als er es ihr innerlich nachsprach, genau in ihrem Tonfall, regte sich etwas in seinem Herzen wie ein Vogel im Nest.

So verließen sie denn den Tempel der kollektiven Autosuggestion. Costals mußte daran denken, daß er als Zwölfjähriger von seiner Großmutter in einen anderen Tempel gleicher Art mitgenommen worden war. Dort wurde der *Malade imaginaire*, der *Eingebildete Kranke*, gespielt. Als es bis zu der Szene gekommen war, wo die Schauspieler einander bis in den Zuschauerraum nachjagen, war die alte Dame, die von Anfang an Zeichen der Ungeduld bekundet hatte, aufgestanden: »Komm, wir wollen gehen. Dies ist denn doch allzu blöd.« Ein unvergeßlicher Eindruck für ein Kind, das ohnehin schon in bedenklicher Weise zu selbständigen Urteilen neigte. Er gehörte einer Familie an, der herkömmliche Urteile nichts anhaben konnten.

Er hätte ein Taxi nehmen können, zog es aber vor, sie zu Fuß heimzubegleiten: sie bedurften beide der Erholung. Er war seiner so sicher, alles bei ihr zu erreichen, was er wollte, daß er es für angebracht hielt, sich eine Hoffnung für das nächste Mal aufzusparen: was würde von ihr übrigbleiben, wenn er sie genommen hatte? Außerdem war es einer seiner Grundsätze, ein Mann von einer gewissen Qualität müsse ein paar Gelegenheiten ungenützt vorübergehen lassen. Da er es gewohnt war, daß ihm alles gelang, legte er Wert darauf, auch dem Pech eine Chance zu lassen.

In der Nähe ihres Hauses blieb er unter einer Straßenlaterne mit ihr stehen und hielt sie an den Oberarmen fest. Sie ahnte sicherlich, daß er sie küssen wollte, denn – aus Scham und Scheu – wich sie ein paar Schritte zurück, um in den Schatten zu gelangen. Er zog sie wieder zu sich heran; ihre Arme hingen schlaff nieder; sie hielt ihm nicht das Gesicht hin. Als er sich hinunterbeugte, um sie auf den Mund zu küssen, senkte sie jäh den Kopf, so tief, daß Costals' Mund nur ihren Haaransatz traf. Er hob ihren Kopf, einen Finger unter ihrem Kinn, und küßte sie auf die Stirn, ohne daß sie eine Bewegung tat. Das war eine kleine Dusche für ihn; er ging weiter, und sie folgte ihm. Er mußte sich ein wenig Gewalt antun, um ein freundliches Gesicht zu machen, als er sie fragte: »Möchten Sie, daß wir am Freitag nach dem Abendessen zusammen ins Bois de Boulogne gehen?« Mit einem dieser Aufforderung entsprechenden Gesicht, aber ganz ruhig, stimmte sie zu. »Ihre Nase glänzt«, sagte er, »Sie müssen sie pudern.«

Sobald Costals nach der Verabredung ihr den Rücken gewandt hatte, drückte Mademoiselle Dandillot, ohne ihm mit den Blicken zu folgen, bis er verschwunden war, wie es typisch gewesen wäre, den Knopf an der Haustür und stieg die Treppen hinauf, da der Aufzug nicht funktionierte. Schon bei den ersten Schritten aufwärts hatte sie das sehr unangenehme Gefühl, sie werde nicht bis zum vierten Stock gelangen, wo sie wohnte, ohne daß etwas geschehe, vor dem sie Angst hatte, wenngleich sie sich nicht klar darüber war, was es sei. Sie stieg weiter, die eine Hand am Geländer, mit der anderen sich an der Wand hintastend, an der ihre Handtasche entlangglitt; ein Nagel zerkratzte das Leder. Sie erreichte die Wohnungstür wie ein erschöpfter Schwimmer die Boje, schloß auf, ging in ihr Zimmer und setzte sich aufs Bett. »Was habe ich nur?« sagte sie und zog eine Grimasse. Die letzte Mitternachtsstraßenbahn ratterte unten in voller Fahrt geräuschvoll vorbei; sie verzerrte das Gesicht und sagte laut: »Oh, diese Straßenbahnen!«, und als sie eine Autohupe hörte, verzerrte sie das Gesicht nochmals. Dann meinte sie, sie habe das elektrische Licht brennen lassen, nicht nur in der Diele, sondern auch in den Räumen, in denen sie gar nicht gewesen war; sie ging hin. Jetzt durchlief ihren Körper ein Beben gleich dem, das einen Dampfer in den Augenblicken durchrüttelt, da bei starkem Seegang die Schraube außer Wasser gerät. Sie legte sich aufs Bett, verkrampfte die Hände in die Matratzenränder, wälzte sich nach rechts, dann nach links, wie der Kadaver eines Hundes in der Brandung. Sie stand auf und riß sich das Kleid so ungeduldig ab, daß sie es nicht einmal aufknöpfte, so daß sie mit dem Kopf darin steckenblieb. Dann ergriff sie eine auf dem Tische liegende Zeitschrift, riß sie mit immer noch verzerrtem Gesicht mitten durch, und die Fetzen dann nochmals. »Bekomme ich jetzt einen Nervenanfall?« Plötzlich wurde ihr übel, sie spürte, wie sie blaß wurde; mit dem geheimen Verlangen, sich Angst vor sich selbst einzujagen, trat sie vor den Spiegel; dann trieb ein heftiges Würgegefühl sie an den Waschtisch; sie klammerte sich mit einer Hand daran, mit der anderen stützte sie die Stirn und erbrach sich.

Als ihr wieder besser war, streifte sie ihr Nachthemd über und streckte sich auf dem Bett aus; die Schuhe behielt sie an.

Die Liebe zu Costals vermischte sich in ihr mit der Erleichterung nach dem Erbrechen. Es grub sich ihr ein Satz ins Hirn, geheimnisvoll und notwendig wie die Worte auf Talismanen: »In tiefem Frieden hat er mich gelassen.« Ihr ganzes Leben bis zu diesen letzten Tagen dünkte sie eine weite, glückliche Ebene. Dann war eine Granate hineingeschlagen. Und dadurch war die Landschaft jetzt verwandelt und aufgewühlt; doch noch immer verharrten über der Landschaft die gleiche Ruhe und das gleiche Licht. Sie drehte sich um, legte sich auf den Bauch, eine Stellung (ganz kleines Mädchen), die ihr besonders lieb war, schob die Unterarme unter das Kopfkissen, der Kühle wegen, wie man sie in den Wüstensand taucht, der immer kühler wird, je tiefer man sie hineinwühlt. Noch einmal sagte sie sich: »In tiefem Frieden hat er mich gelassen«, und streifte die Schuhe am Bettrand ab. Dann nahm sie den Roman, den Costals ihr geschenkt hatte, aus einem Bücherfach. Und sie legte sich hin, knipste das Licht aus, und hielt das Buch, das sie unter die Bettdecke geschoben hatte, einen Finger zwischen den Seiten.

Thérèse Pantevin
La Vallée Maurienne
an
Pierre Costals
Paris

Gel. s. † J.-Chr. 15. Mai 1927

Mein Vielgeliebter,
ich leide, Versuchungen peinigen mich, ich leide. Gestern beim Gottesdienst, während der Priester die Litanei der Heiligen Jungfrau sprach, habe ich Benedeiungen Ihrer hineingemischt: »Sehr mildes Herz. Wildes Herz. Wundervolles Herz. Makelloses Herz.« Und ich habe mir gesagt, daß ich hätte hinzufügen müssen: »*Miserere mei*, erbarme dich meiner.«

Erbarmen Sie sich meiner, ich bin ein armes Mädchen. Das Mitleid ist ein Wunder, und nicht, daß Unser Herr auf den Wassern wandelt. Mitleid ist genug und ist sich selbst genug. Ich glaube, es braucht nicht einmal ein Ziel.

Nehmen Sie mich auf Ihre Knie, auf daß ich nicht sterbe.

Marie

Schreiben Sie mir, daß Sie Mitleid mit mir haben.

Andrée Hacquebaut
Saint-Léonard
an
Pierre Costals
Paris

Dienstag, 19. Mai 1927

Ihr letzter Brief hat sich mit dem meinen gekreuzt. Er beschwichtigt meinen Groll, ohne meine glühende Verehrung neu zu entfachen. Sie haben eine seltsame Art, Wunden zu reizen, die heilen zu wollen Sie vorgeben ... Sie sind ein Meister in der Kunst, gleichzeitig Linderndes und Essig darein zu träufeln, gleichzeitig zu lecken und zu beißen, wie die Raubtiere. Ist Ihr Charakter im Grunde gut, und wenn ja, wird er dann nur durch eine perverse Intelligenz verdorben? Oder ist er schlecht, während Sie soviel Anständigkeit aufbringen, Gewissensbisse zu empfinden? Spielen Sie Gutsein, oder spielen Sie Schlechtsein, oder tun Sie nichts als Spielen? Vielleicht liegt eine erschreckende Gesetzlichkeit darin, daß der höhergeartete Mensch etwas leiht oder sich selber leiht, aber nie sich schenkt. Übrigens haben Sie einmal geschrieben: »Ein Schöpfer, der von sich selbst absieht, dankt freiwillig ab.« Aber die Kunst des Sichzurücknehmens betreiben Sie bis zum Raffinement. Alles, was aus Ihnen entspringt, ist ein Gemisch, ist doppelgesichtig. Und das Verwirrendste dabei ist, daß Sie auf alle beim ersten Eindruck schlicht, gerade und aufrichtig wirken. Abwechselnd und fast zusammen flößen Sie einem Gift und Heilmittel ein, aber so klüglich abgewogen, daß das Gift einen nicht tötet, daß man durch das Heilmittel nicht völlig genesen kann. Man verbleibt in einem zweideutigen Zustand, der an sich schon Leiden wäre, auch wenn die Elemente des Leidens darin nicht vorherrschten. Vor Ihrem letzten Brief gewann ich Halt aus meinem Grauen vor Ihnen: denn Ihr vorhergegangener kurzer Brief war ein Meisterstück an reiner, schlichter Bosheit. (Dieses Höchstmaß an Banalität, nämlich Bosheit, bei einem Menschen, den man über alle andern erhoben hat. Und diese Zeitvergeudung im Kampf widereinander, während man doch Seite an Seite kämpfen könnte!) Jenes Grauen hatte etwas Verläßliches, in dem ich beinahe Ruhe gefunden hätte. Ihr letzter Brief – abgesehen von der Nachschrift, die wohl ein Scherz sein soll – verrät soviel Verständnis, daß man nicht mehr aus noch ein weiß... Wider Willen fühlt man sich zu Ihnen hingezogen, die kleine Schwester zum großen Bruder – es ist die Regung, die mir früher so vertraut war. Sie erdolchen mich, und dennoch bin ich versucht, mich zu Ihnen zu flüchten. Danach sagt man sich dann: »Wenn er so gut versteht und dennoch nichts zu meiner Rettung tun will, dann ist er nur desto verruchter.« Man zürnt Ihnen noch mehr, und dabei kann man nicht umhin, Ihnen eine Art wahnwitzigen Vertrauens entgegenzubringen. Man kann Sie weder völlig verabscheuen noch Sie völlig lieben: man gedenkt Ihrer zärtlich in einer Rauchwolke von Mißbilligung und Zorn, man haßt Sie, ohne daß man sicher ist, daß es nicht Liebe sei. Haben Sie das gewollt, Sie vorgeblich Leidenschaftlicher, der Sie jedoch so völlig Herr Ihres Tuns sind? Sind Sie eine Art satanischer Alchimist, mischen Sie die Gefühle, von denen Sie wünschen, daß man sie für Sie habe, mit genauso eisiger Ruhe zusammen, wie Sie diejenigen sorglich bemessen, die Sie für andere hegen? Oder vollzieht sich bei Ihnen all das spontan, natürlich, naiv, unbewußt? Freilich weiß ich nicht, wie Sie sich gegenüber denen verhalten, von denen Sie nicht geliebt werden, aber ich weiß, was Sie für die sind, die Ihnen ihre Liebe schenken. *Flagellum amantibus :* eine Geißel denen, die ihn lieben.

Was nun mich betrifft, sofern Sie mit mir ein abscheuliches Spiel treiben, was zu glauben ich in diesem Augenblick nur zu sehr neige (wir wollen genau sein: in eben diesem Augenblick, da ich diese Zeilen niederschreibe; denn in anderen Augenblicken sage ich mir, daß Sie nur ein Kind sind, mit dem ein an ernstem Denken und gewichtiger Erfahrung reicher Mann verwachsen ist, Faust und Eliacin* unlösbar verquickt, und also ein Scheusal; aber wenn Sie dieses Scheusal sind, so sind Sie nicht dafür verantwortlich, und es ist Ihnen zu verzeihen) – sofern Sie also in voller Klarsicht ein solches Spiel mit mir treiben, dann sage ich Ihnen unumwunden: ich bin nicht stark genug für Sie, ich gebe

* Gestalt eines heimlich aufgezogenen, liebenswerten Königsknaben in Racines *Athalie*. (Anm. d. Übers.)

auf. Und überdies spiele ich ja nicht mehr mit. Sie sind für mich früher ein Element der inneren Fruchtbarkeit, der Lebenskraft, der anspornenden Qual gewesen. Davon ist jetzt nichts mehr vorhanden. Sie dörren alles aus, wie der Wind. Sie haben die junge, tiefe, unbedingte zärtliche Neigung, die ich für Sie empfand, mumifiziert. Sie sind eine Art Rauhreif gewesen: Sie haben vor der Zeit Gefühle abgetötet, die, wären sie zur Entfaltung gelangt, wundervolle Früchte gezeitigt haben würden. In einem Maße (davon wenigstens haben Sie mich geheilt), daß Sie mir den Kummer und die Furcht vor dem Altern genommen haben. Ich hatte jung bleiben wollen für die Zeit, da ich liebte und geliebt werden würde, weil meiner Empfindung nach eine Frau von vierzig im Bett ... Was kümmert mich das in Zukunft? Jetzt durchlebe ich Augenblicke, in denen mir ist, als könne ich Ihnen überhaupt nichts mehr geben, Augenblicke, in denen mir bei der erinnernden Suche nach allem, was in mir für Sie blühte, ist, als hätten Sie es mitsamt den Wurzeln ausgerissen, so daß Sie jetzt krank werden und sterben könnten, ohne daß es mich berührte. Offen gesagt, schon in Paris ist mir der Abschied von Ihnen nicht sehr schwergefallen. Ich bin heimgekehrt. Ich war berauscht von einer Art Gefühl des Befreitseins. Fast acht Tage lang bin ich vergleichsweise beinahe glücklich gewesen. Gleich nach der Ankunft habe ich in meinem Zimmer Ihr Bild von der Wand genommen. Aber das geschah mehr zur Beruhigung meines Gewissens. Später habe ich es dann wieder hingehängt. Warum auch nicht? Es tat mir weder wohl noch weh. Ich kann mir vorstellen, daß ich Ihnen einen feierlichen Abschiedsbrief schreibe und Sie bei meinem nächsten kurzen Aufenthalt in Paris bitte, mich zu küssen, als sei ich Ihre Schwester, damit ich wenigstens einmal einen Kuß von Ihnen bekäme. Es wäre das einzige, um das ich Sie je gebeten hätte. Denn das sage ich Ihnen *ein für allemal:* Ich habe von Ihnen nie auch nur das Geringste erbettelt, weder Ihre Nähe, noch Ihre Freundschaft, noch intimen Umgang mit Ihnen, noch Ihre Liebe. Ich habe Ihnen etwas dargeboten und Sie haben es verschmäht; das ist etwas ganz anderes. Darbieten durfte mein Stolz. Um etwas zu bitten hätte ihm widerstrebt.

Ich habe es Ihnen schon gesagt: Ihnen gegenüber ist jetzt alles in mir Darniederliegen der Kräfte und Dürre; ebendas haben Sie gewollt. Und dabei ist selbst diese Dürre noch ein Gefühl und noch ein Zuviel in meinem Dasein. Solange ich Sie in meinem Leben habe, solange ich nicht alles abgebrochen habe, was mich mit Ihnen verbindet, bin ich für keinen andern Menschen verfügbar. Ich *werde* in die Scheidung einwilligen: meinen Körper einem andern, mein Herz Ihnen. Und wenn ein anderer mir Liebe schenkt oder gewährt, oder ihr Trugbild, so werde ich Ihnen meine Freundschaft nicht bewahren. (Hin ist hin ... Denn von einem Mann lediglich das zu haben, was ich von Ihnen habe, bedeutet bereits, daß man ihn verloren hat. Nichts in der Gegenwart, nichts im Rückschauen, nichts in der Zukunft... Und außerdem schenkt keine Frau dem Mann, der sie verschmäht hat, nochmals ihre Freundschaft.) Sie sind der einzige Freund, den ich mir in meinem normalen Leben nicht bewahren könnte. Costals als »Freund des Hauses«, als »der Onkel, der etwas mitbringt« meiner Kinder: nein, niemals! Die Kehrseite meines Gefühls ist das Nichts, wie Ihr Übermaß an Sinnengenuß als Kehrseite den Jansenismus hat. Sie bedeuten mir künftig eine verlorene Liebe, nicht jedoch Freundschaft. Sie können aus dem Wildbach keinen Bewässerungskanal, aus dem Wildpferd keinen Ackergaul machen. Nun aber brauche ich das Normalleben, in dem Sie nicht sein können, für den Augenblick so dringend, ich bedarf so dringend endlich einmal der Umarmung von etwas Wirklichem und nicht von Träumen, mich verlangt so sehr danach, einen Mann oder ein Kind, die mein sind, in den Armen zu halten, und ich wäre dem wackeren, annehmbaren jungen Kerl, den ich lieben könnte, so dankbar, daß ich ganz die seine wäre, wenigstens mit dem Willen. Mehr noch, ich, die ich mir wenig aus Kindern mache, gelange dahin, mir rein aus Verzweiflung ein Kind und keinen Gatten zu wünschen. Weil, da der Mann nicht geliebt werden will und er einem unerträglich ist, wenn man ihn nicht liebt, man nur um des Kindes willen sich seiner selbst entäußern kann. Und auf diese Weise bedürfte ich Ihrer unter keinen Umständen mehr. Ja, ich hielte tausendmal lieber einen geliebten Menschen in den Armen, *auch wenn er mich nicht im mindesten liebte*, als daß ich seine reinste und ausschließlichste Neigung besäße, und er wäre mir fern.

Freitag

Ich kann es nicht mehr ertragen, nein, ich kann es nicht mehr ertragen. Jeder Mensch besitzt nur ein gewisses Maß an Leidensfähigkeit; darüber hinaus geht er zugrunde oder befreit sich, gleichgültig, auf welche Weise. Leid kann nicht bis in alle Ewigkeit Leid bleiben; es wandelt sich in etwas anderes. Seit vier Monaten – seit Paris – lassen Sie mich in einem Hause leben, das in Flammen steht; ich mußte entweder darin umkommen oder aus dem Fenster springen und mir die Glieder brechen, und das habe ich getan.

Ich flehe um nichts, nie werde ich irgend etwas von Ihnen erflehen. Aber ich sage Ihnen noch einmal allen Ernstes und unwiderruflich: Wenn ich die Hoffnung aufgeben muß, Ihnen eines Tages anzugehören, so hat das Leben keinen Sinn mehr für mich. Aber dennoch, Costals, aber dennoch muß ich wohl weiterleben! In den Hunderten von Briefen, die ich Ihnen geschrieben habe, findet sich also kein einziger Satz, der Ihnen in diesem Augenblick das Herz öffnen könnte? Ich will noch hoffen, ich will mir noch einreden, daß Ihr Verhalten seinen Grund in Gewissensbedenken hat. Wenn Sie in einem halben, einem ganzen Jahr erkennen, daß Sie mein Leben zunichte machen, vielleicht ... Vielleicht werden Sie mich von da an lieben. Vielleicht glauben Sie dann nicht länger, ich sei »ein wertvolles Wesen«, das man nicht »verführen« dürfe, ohne damit etwas Schlechtes zu tun. Vielleicht hat Sie bis dahin die Neugier nach meinem jungen Körper gepackt und nach dem, was er Ihnen geben könnte. Hätten Sie mich in der Eisenbahn kennengelernt, vielleicht hätte dann das Pikante des Abenteuers ... Hätte ich Sie nicht geliebt, hätte ich Sie gekränkt, erzürnt, dann hätten Sie mir vielleicht Gewalt angetan, einzig aus der Lust heraus, mich zu besiegen und zu beherrschen ... (Freilich, wenn ich Sie nicht liebte, würde es mich nicht locken, Ihnen zu gehören.) Ich kann noch warten. Ein Jahr oder zwei ... Meine Jugend ist noch nicht vorüber. Ich sehe jünger aus als ich bin, das ist mir nur zu oft gesagt worden. Hätte ich Ihnen mein Alter nicht gesagt, so würden Sie mich für jünger halten. Sie sehen in mir nur eine dunkelgekleidete Provinzlerin, eine gesetzte Intellektuelle. Aber wäre ich nur ein klein wenig glücklich, und sei es allein in der Einbildung, so wäre in mir soviel Schelmerei, und ich würde so herrlich erblühen ...

In bezug auf Sie vermag ich das Größte, nicht aber das Mindere. Ich habe es Ihnen gesagt: Ich empfinde nichts mehr für Sie, nichts Lebendiges, nichts, was sich regt. Aber wenn Sie selber sich regten, dann wird *es* sich auch in mir regen. Denn was in der Tiefe jenes *Es* noch latent ist, das ist nicht Freundschaft, das ist Liebe: noch könnte sie hervorbrechen, wie eine Flamme aus etwas aufschießt, das nur verbranntes Holz und Asche zu sein schien. Diese latente Liebe könnte ich notfalls töten oder doch wenigstens niederhalten und daran hindern, sich zu bekunden; aber versüßen kann ich sie nicht. Damit Ihnen überhaupt noch etwas von mir verbleibt, bedarf ich der Gewißheit, daß Sie mir eines Tages mehr als nur Freund sein werden. Wir beide, Sie und ich, und vor allem Sie, haben uns eines Abends in schönen Redensarten über die Freundschaft zwischen Mann und Frau ergangen. Die Freundschaft Mann-Frau ist, was die Musik dem Instrument ist, das sie hervorbringt. Die Freundschaft Mann-Frau ist eine völlig entstofflichte und himmlische Musik, völlig anders geartet als die Sinnlichkeit, und dennoch existiert sie nur durch die Sinnlichkeit. Freundschaft zwischen uns ist nur noch auf Grund eines Paktes möglich, eines feierlichen Versprechens, daß sie eines Tages etwas anderes sein werde. Eines Tages? Wann? Wann Sie es wollen, in einem halben Jahr, in einem ganzen, falls Sie sich darauf versteifen. Aber ich bedarf Ihres festen Versprechens, Ihres Versprechens bei allem, was auf dieser Erde heilig ist. Dann kann ich warten. Andernfalls kann ich es nicht, nein, kann ich es nicht länger ertragen. Wenn ich aus dieser Gegenwart, diesem Hinundhergerissenwerden zwischen Hoffnung und Verzweiflung, nicht entweder etwas unwiderruflich Vergangenes oder ein mögliches Morgen erschaffe, wenn ich das Messer nicht herausreiße, werde ich wahnsinnig.

A.

(Dieser Brief ist unbeantwortet geblieben.)

Schauplatz des Geschehens: ein Restaurant im Bois. (Jedes der Restaurants im Bois rief in Costals Erinnerungen widerspruchsvoller Art wach: Stunden des Berauschtseins, wenn er dort mit einer Frau beisammengewesen war, die er noch nicht besessen hatte; Stunden tödlicher Langeweile, wenn er mit einer Frau dort gewesen war, die ihm bereits gehörte.) Eine anmutige Wärme, ganz genau vierzehnjährig. Man hörte das Zwitschern der Vögel, die von einem Zweig zum andern hüpften, wobei ihre Schatten flüchtig über die Baumstämme hinstreiften. Sie flatterten über eine gesetzlose Welt aus purem Zeitvertreib hinweg.

Er sagte zu Solange:

»Ich bin nicht in Sie verliebt und Sie nicht in mich, und so ist es herrlich; wir wollen es um des Himmels willen dabei belassen! Also: niemals für einen Mann geschwärmt?«

»Nie.«

»Niemals geküßt worden?«

»Ein paarmal, überrumpelt. Und stets bin ich sofort weggelaufen. Nie ist es zum zweitenmal passiert. Wenn Sie gesehen hätten, wie ich die Betreffenden zusammengestaucht habe!«

»Aber schließlich gibt es doch gut aussehende junge Leute. Warum mögen Sie es nicht, daß sie Sie liebhaben?«

»Zugegeben, manche haben hübsche Gesichter. Aber was soll mir das schon ausmachen? Was für Beziehungen bestehen zwischen meiner Neigung und einem hübschen Gesicht?«

»Und dabei sind Sie mir nur Ihres Gesichts wegen lieb geworden!«

»Sie sind aber auch ein Mann.«

»Niemals sich innerlich mit etwas gequält?«

»Nein.«

»Nie geweint?«

»Ich weiß gar nicht, was das ist.«

»Na ja!« dachte er, »das ideale Brett!« Gleichzeitig wunderte es ihn, daß sie sich von ihm das Haar und die Beine streicheln und in aller Öffentlichkeit küssen ließ. »All das ist recht zusammenhanglos. Aber was ist denn aus einem Guß, abgesehen von Gestalten in Romanen und auf der Bühne?«

Als sie sich an einem Tisch niedergelassen hatten, war ein

kleiner Junge, der zu irgendwelchen anderen Gästen gehörte, bei Solanges Anblick stehengeblieben, hingerissen von ihrem Gesicht. Sie hatte gesagt: »Ich weiß nicht, warum Kinder mich immer so gernhaben ...« Costals hatte aus der Art, wie der Junge sie ansah, den Grund erkannt: weil sie von ihrer Schönheit geblendet waren. Und das hatte ihn auf eine köstliche Weise an weit zurückliegende Zeiten erinnert, da Schönheit eine Macht gewesen war.

Als der Kellner sagte: »Wenn Madame wünschen ...«, hatte Costals die Brauen zusammengezogen: jenes »Madame« ließ vor ihm das Schreckbild des Ehe-Hippogryphen erstehen, des Flügelrosses mit dem Greifenkopf. »Was ist bei alledem wohl ihr Hintergedanke? Und ihre Eltern? Geliebte? Gattin? Ach was, lassen wir das. Es hat Zeit, bis der Hippogryph die Maske fallen läßt, mich abermals mit meinem alten Gegner zu messen.« Costals war von je weniger durch die Neigung der Mädchen verblüfft gewesen, immer nur die Heirat im Auge zu haben und geheiratet werden zu wollen, was ein vollauf berechtigtes Streben ist, als vielmehr durch die Hartnäckigkeit, mit der sie glauben, man habe nichts im Kopf, als sie heiraten zu wollen, selbst wenn diese Möglichkeit so unwahrscheinlich ist, daß sie ans Groteske grenzt. Ihm war, als stehe neben jedem dieser Mädchen eine Chimäre – und die Chimäre hat Klauen; das wollen wir nicht vergessen –, auf deren Rücken sie sich bei jedem Anlaß und auch ohne einen Anlaß schwängen, um ihre Reitkunststücke in einem ihnen so gemäßen Element zu vollführen, daß sie darin schlechthin zu allem fähig waren – wir meinen damit das Element der obsoluten Unwirklichkeit. Costals hatte jene Chimäre »den Hippogryphen« getauft, und das Wort war seinem Munde vertraut geworden und auch dem der Mädchen, die ihm die Ehre erwiesen hatten, gewisse Absichten auf ihn zu hegen. Je nachdem der Gedanke an die Möglichkeit einer Ehe in ihrer Einbildungskraft (denn in der Costals' blieb dieser Gedanke stets auf dem toten Punkt) Gestalt gewann oder an Boden verlor, hieß es, der Hippogryph sehe blühend aus oder magere ab; bald »fütterte« Costals den Hippogryphen; bald hatte der Hippogryph »seine Fesseln gesprengt«; und selbst das beherrschteste der Mädchen war dazu gelangt, einen gewissen Teil seines

Körpers, von dem es besessen war, als die »hippogryphische Gegend« zu bezeichnen. Costals verbrachte seine Zeit damit, gegen den Hippogryphen seiner Freundinnen anzukämpfen, sich Mühe zu geben, ihn zu erlegen, mit anderen Worten: sie zu überzeugen, daß er sie um nichts in der Welt heiraten werde. Aber als echtes Fabeltier hatte der zu Boden gerungene Hippogryph kaum den letzten Seufzer ausgestoßen, als er auch schon feuriger denn je zu neuem Leben erwachte. Nichts ist schwieriger, als einem Mädchen klarzumachen, man trage keinerlei – auch nicht das mindeste – Verlangen, ihm sein Leben zu weihen.

Nach dem Abendessen, nach Einbruch der Dunkelheit, schlenderten sie durch die Avenue des Acacias. Es gab kaum eine Bank, die nicht einem aneinanderklebenden Paar als Bett diente; doch es begoß sie niemand mit einem Eimer Wasser, wie man es mit liebeswütigen Kötern tut. »Ob ich von ihnen wenigstens ein paar neue Gesten lernen kann?« überlegte Costals. Doch nein; bei allem, was sie taten, lachte er spöttisch: »Kenne ich längst, du Trottel!« Die Begrenztheit des Registers der Zärtlichkeiten ist beklemmend. Diese Liebespaare, die einander in ihren Gefühlen ebenso glichen wie in ihrem Tun, in ihrem wohlfeilen Rausch, ihrer phantastischen Fähigkeit zur Idiotie, ihrer Überzeugung, es gebe nur sie auf der Welt, dem Lächeln, das sie einem zuwarfen, als Einladung zum Bestaunen ihres Glücks – und all das würde schließlich auf Vitriol oder intravenöse Injektionen hinauslaufen. Wirklich, es lastete eine zyklopische Masse von Vulgarität (Literatur, Kino, Zeitungen, Schlager ...) auf dem armseligen Paar Mann-Frau; es war bitter, dem nicht entgehen zu können. Beim zehnten flüchtig gemusterten Paar fühlte Costals sich wie gelähmt. »In zehn Minuten bin auch ich ein solcher Harlekin. Also los, hinein ins kalte Wasser. Noch vier oder fünf dieser außer sich Geratenen, und ich bringe nicht mehr den Mut dazu auf.«

Er wies auf einen einsamen Seitenweg, wobei er sich hütete, einen einzuschlagen, mit dem ihn schon Erinnerungen verknüpften: nur keine Überlagerungen der Eindrücke! Er neigte ohnehin viel zu sehr dazu, alles durcheinanderzubringen. »Wollen wir ein bißchen dort entlanggehen?« – »Wenn Sie wollen.« Sie gingen schräg durch den Wald und gelangten zu einer Art Lichtung, wo zwei Gartenstühle wartend nebeneinander standen, von der Göttin Prema bereitgestellt.

Sogleich lag sie an seiner Schulter, mit zurückgeworfenem Kopfe, geschlossenen Augen, bot ihm den halbgeöffneten Mund, erwiderte seine Küsse nicht, aber überließ das Mundinnere und die Lippen seiner Gier, immer mit geschlossenen Augen, ohne sie je zu öffnen und ohne ein Wort zu sagen. Wie konnte es sein, daß diese zarte, anmutige Gestalt in seinen Armen zu etwas Vollem und Schwerem geworden war? Sie war ganz in Gummi gepanzert, geharnischt wie ein junger Menelaos. In einem gewissen Augenblick stöhnte sie leise auf; es war, als werde sie in Tränen zerfließen; an der Art, wie sie die Lippen auf den seinen zusammenzog, erriet er, daß sie eines Tages kräftig beißen werde; er spürte, wie ihre spitzen Nägel an seinem Sakko kratzten, wie wenn man eine Katze im Arm hält, von der man meint, sie sei selig, aber sie mag das ganz und gar nicht und kann jeden Augenblick zu kratzen anfangen und davonspringen. Sie ergriff sein Handgelenk und drückte es immer stärker, wohl in dem Bestreben, seinen Liebkosungen ein Ende zu machen, was ihr indessen nicht gelang; und danach überrann sie ein paarmal ein Zittern. Und immer ihr paradiesisches Antlitz reglos hingebreitet, und er mit seinem Munde überall darüber. Sie umschlang ihn nicht, nicht einmal andeutungsweise; sie bewegte die Lippen nicht, keinen einzigen seiner Küsse erwiderte sie. Als er niederkniete, senkte sie den Kopf tief und verbarg ihr Gesicht. Daß sie zu nehmen gewesen wäre, war offenbar, aber wir haben es ja gesehen: Er ging lieber schrittweise vor; überdies war in dieser Stunde sein Fühlen stärker als seine Sinne. Und immerfort hörte er ihren hastigen Atem.

Manchmal hob er den Kopf, um Luft zu schöpfen. Eine väterlich-mütterliche Stille schien sich ihrer Umarmung zu vermählen. Er nahm zu ihrer Linken ein Wasser wahr, das er zuvor nicht gesehen, das sich vielleicht geräuschlos herangeschlichen hatte, um sie nicht zu stören. Es schimmerte reglos unter den trinkenden Bäumen. Sechzig Meter von ihnen entfernt stand ein erleuchtetes Auto mit Leuten, die wohl gepicknickt hatten, und spielenden Kindern.

Nie wird er ihr Gesicht vergessen, als sie zum erstenmal

die Augen aufschlug und sich aufrichtete. Ihre für gewöhnlich leicht eingekniffenen Augen waren jetzt weit offen, riesengroß, und starrten ihn an, ohne zu blinzeln. Er erkannte sie nicht wieder; und sie, sie sah ihn zum erstenmal; sie entdeckten einander. Er sagte ihr, als sei sie wirklich unkenntlich geworden: »Bist noch immer du es?« Sie sagte »Ja«, und ihre Stimme war kaum vernehmlich.

Seine Uhr zeigte eine halbe Stunde nach Mitternacht. »Wir müssen gehen.« Wortlos stand sie auf. Ihr Haar war wirr; sie sah aus wie als kleines Mädchen. Sie steckte es wieder auf – in welchem Schweigen! Er reichte ihr mit den Fingerspitzen die Nadeln. Dann stand sie vor ihm, wie neulich in der Nähe ihres Hauses, kleiner als er, und senkte schamhaft ein wenig die Stirn; aber aus diesem gesenkten Antlitz sahen ihn die Augen von unten herauf an, ohne zu blinzeln, ruhig und fest an den seinen hängend. Es war ein Blick von unvergeßlicher Aufrichtigkeit, um dessentwillen man hätte aufschluchzen mögen. Es bestand eine unvergeßliche Dissonanz, und also eine Harmonie, zwischen ihrem gesenkten, unterwürfig anmutenden Kopf und ihrem Blick, dessen Offenheit vor Stolz beinahe provozierend wirkte. Sie blickte nicht höher auf als bis zu dem Gesicht vor ihr; dort endete ihr Universum.

Er umschlang sie, diesmal im Stehen; ihr Kopf lag wieder an seiner Schulter, er küßte sie, und nur noch am Duft ihres Mundes erkannte er, wer sie war. Er ließ sie von seiner linken zur rechten Schulter gleiten, mit der gleichen Bewegung – ganz genau der gleichen –, mit der der Matador den Stier im *toreo*-Nahkampf von seiner Linken zur Rechten überwechseln läßt; in der gleichen Haltung – ganz genau der gleichen –, die der Matador in diesem Augenblick einnimmt, fest auf den etwas gegrätschten Beinen stehend, den Oberkörper ein wenig vorgeneigt; mit dem gleichen – ganz genau dem gleichen – ernsten Gesicht, wie der Matador es hat, und in seiner Seele die gleiche Beherrschung seiner selbst und des andern: Rausch und Kaltblütigkeit einander durchdringend wie Erde und Wasser im Töpferton. Seine Herrschaft über sie war vollkommen, und er wußte es. Hätte er ihr gesagt: »Laß uns die ganze Nacht hierbleiben«, so wäre sie geblieben. Hätte er ihr gesagt: »Zieh dich aus«, so hätte sie sich ihm nackt dargeboten: sie war unterjocht. Aber nichts entsprach seiner Herrschaft über sie so sehr wie sein Wunsch, jene Herrschaft nicht zu mißbrauchen, und also ihr nicht einmal weh zu tun, indem er sie allzu fest an sich drückte; denn er spürte das Spiel seiner Muskeln, die ganze Kraft, die, auch wenn er der Intelligenz, der Begabung, des Geldes bar wäre, noch jahrelang in ihm lebendig sein und sie morgen beglücken würde. Und das einzige, was er deutlich und sinnlich wahrnahm, war die Härte von Solanges Zähnen, die er mit den Lippen berührte, und abermals das Scharren ihrer Fingernägel an seinem Sakko, von oben nach unten, wie eine der Bewegungen, die man im Todeskampf vollführt.

Sie gingen unsicheren Schrittes weg; er hielt sie am Handgelenk. Die elektrischen Lampen im Bois waren erloschen; sie mußten zu Fuß bis zur Porte Maillol gehen und nach einem Wagen Ausschau halten. Jetzt hielt er ihre linke Brust in der hohlen Hand und fühlte sie pochen, als spüre er in seiner hohlen Hand das Herz der Schöpfung klopfen. Er tat ein paar Bemerkungen, wie lästig es sei, keinen Wagen aufzutreiben; sie gab auf nichts Antwort. Sie sagte nichts: kein Wort. Sie machte ihm den Eindruck eines durch Zauberbann empfindungslos gewordenen Wesens. Ihr Schweigen beunruhigte ihn; er küßte sie auf den Nacken, wie um ihr zu zeigen, daß er sie noch immer liebe. Aus einem gerade vorüberfahrenden Auto rief ein junger Mann ihnen zu: »Nicht so! Auf den Mund!« Sie lachte nicht.

Da seine Besorgnis wuchs, fragte er sie: »Woran denkst du?« Und sie: »An heute abend ...« O kleines Mädchen!

Endlich konnten sie ein Taxi anhalten.

Von der Avenue des Acacias bis zur Avenue Villiers beförderte das Taxi eine, aus der alles Leben gewichen schien. Während jener Viertelstunde sprach sie kein Wort; ihre Augen waren geschlossen, ihr Mund hing an seinem Munde, als söge sie aus ihm ihren Atem und müsse sterben, wenn sie für eine Sekunde von ihm ließe. Einmal fuhr das Auto langsamer und hielt fast; das war unter den bunten Lichtern einer Straßenkreuzung; ein paar Meter von ihnen entfernt tauchte ein Gesicht auf, das sie durch das Rückfenster hindurch ansah. Er löste sich von ihr, drückte ihre kleine, zusammengekrampfte Hand an die Lippen und küßte sie auf die Nägel und die Finger. Aber da hob sie das Gesicht ein wenig, damit er sie wieder küsse, und nur an dieser einzigen Bewegung erkannte er, daß sie nicht ohnmächtig war. In der Avenue de Villiers brachte er sie zum Erwachen. Er verabschiedete sich von ihr und sagte: »Ich rufe Sie übermorgen früh an.« Sie stieg stumm aus, wie eine Schlafwandlerin, oder wie ein Geist.

Der Wagen fuhr weiter. Bei der ersten noch offenen Kneipe fragte er den Chauffeur: »Wollen Sie etwas trinken?« Er selber trank an der Theke zwei Glas Weißwein. Noch ehe sie bei seinem Hause waren, ließ er halten, um sich ein wenig auszulüften. Ihm war, als drehe sich der Erdball tief unter ihm und als setze er beim Gehen den Fuß von Wolke zu Wolke.

Pierre Costals
Paris
an
Mademoiselle Rachel Guigui
Paris

23. Mai 1927

Ja, liebe Guiguite, nun ist es soweit! Wir lassen Dich fallen. Wir haben einen Engel in den Händen, und wir sind entschlossen, uns darauf zu konzentrieren, da wir nicht mehr in dem Alter stehen, da jede ihr Teil von uns bekommt, sondern alle das Ganze. Sonst würden wir ihr zerstreut und nicht ganz bei der Sache vorkommen, was den Geschmack daran mindern würde, und wir sind auf eine Sensation in vollster Pracht bedacht. Wir waren auf eine lange Nacht gefaßt, nach der endlich die Morgenröte der Einwilligung anbrechen würde; aber der Engel ist auf der Stelle schwach geworden: uns blieb kaum Zeit, zu begehren. Die Sache ist sehr ernst, vielleicht kein Gefühl mit Goldklausel, aber ein innerer Aufruhr mit Goldklausel, und wenn wir darüber scherzen, so nur, weil das eine der Eigenarten unserer Begabung ist. Kurz und gut, mein Kind, wir schweben in den höchsten Regionen, und da das Bereiche sind, in denen Du nichts zu suchen hast, schrauben wir Dein Lämpchen mit Deiner liebenswürdigen Erlaubnis zum Nachtlicht herunter bis zu dem sicherlich nicht allzu fernen Tage, da unser Engel gleichfalls das Feld räumen muß: die Regionen des Erhabenen gestatten leider keinen Daueraufenthalt. Somit küssen wir Dich und schicken Dir Kleingeld (als Provision).

C.

P. S.: – Wir schreiben Dir *wir*, weil es uns als Hochmut ausgelegt wird, wenn wir *ich* schreiben. Allerdings ist *wir* ja auch natürlicher, es hat uns nur erst einfallen müssen.

Tagebuch der Mademoiselle Germaine Rival, Paris
(Auszug)

Dienstag. – Mein letzter Tag hier. Du schöner Staub des Lagerraums, den ich bei dicht geschlossenen, verbarrikadierten Fenstern im Lärm und Durcheinander der in Fieberhast zu öffnenden Kisten nicht länger atmen werde! Und das Holztreppchen mit dem Messinggeländer, das ich noch ein einziges Mal hinabsteige, aber nie wieder hinauf. Es war wie eine Schiffstreppe. Stieg man es hinauf, so meinte man, jetzt müsse das Haus erzittern und ins offene Meer hinaussteuern.

Es mußte wohl dahin kommen. Als ich die Stellung hier annahm, hat C. mir keine Vorwürfe gemacht, obwohl es ihm sicherlich nicht recht gewesen ist: auch wenn er sich nicht um mich kümmert, will er spüren, daß er mich in der Hand hat. Meine neue Situation brachte für ihn nur bedingt eine Störung mit sich, aber allein schon der Schatten einer Störung ist für ihn eine erdrückende Last. Daher hat er mir rundweg erklärt: »Du hältst es dort keinen Monat aus. Bedenk doch, du kommst ›aus dem Unterrichtswesen‹! Du gehörst dort nicht hin. Die werden schon einen Vorwand finden, dich an die Luft zu setzen.« Er suchte mich bei meinem Stolz zu packen. Drei Tage später fing er es noch raffinierter an: »Wenn sie dich hinausgeworfen haben, nehme ich dich vielleicht mit nach Italien.« – »Versprichst du mir das?« – »Versprechen ...! Verspricht *jemand wie ich* jemals etwas?« Das ist nicht wahr, er verspricht einem unaufhörlich etwas, aber *jemand wie er* hält es nur selten. Und entschuldigt sich dann nicht einmal. »Was willst du eigentlich, ich habe mir die Sache eben anders überlegt. Mich muß man nehmen, wie ich bin. Überdies ist es verjährt.«

Aber wenn er mir auch nichts versprochen hat, er hat mir nun einmal den Gedanken mit Italien in den Kopf gesetzt: und gerade das hat er ja gewollt. Bei jedem Wiedersehen kam er darauf zurück: »Wenn du entlassen wirst, und wenn wir dann nach Italien reisen, was ich dir übrigens nicht verspreche ...« Um dieses »Wenn« willen habe ich mir schließlich einen Vorwand gesucht und mit den andern an einer

Kundgebung teilgenommen. Ich hätte mich auch »mangelnder Berufseignung wegen« (mit andern Worten: wegen Sabotage) wegschicken lassen können, aber das war mir peinlich: auch mich muß man nehmen, wie ich bin. Der Grund für die Kundgebung war fragwürdig. Und außerdem war es mir ganz gleichgültig, ob L.s gerichtliche Verurteilung in Ausschaltung aus dem politischen Leben umgewandelt werden würde oder nicht. L.s Haltung mochte ich nicht. Jetzt muß ich die andern glauben lassen, ich sei »rot«. Mama schluchzt. »Und dabei bist du im Kloster erzogen worden!« usw.

Bei dieser Firma ist für mich nicht der Direktor der liebe Gott, sondern der Kassierer in seinem Gitterverschlag: taub, stumm, blind, vom Scheitel bis zur Zehe Gott. Es wartet schon wieder eine Frau auf einer der Bänke im Vorzimmer und möchte eine Stellung, aber es ist keine frei. Da kommt das Küken, die Renaud, mit ihren schmalen Schultern und ihrem kleinen Gesicht, das wie eine welke Zitrone aussieht. Der Anfang ist schwer, wenn man sechzehn und die Arbeit nicht gewohnt ist ... Immerfort sehnt sie sich nach Hause, nach ihrer Armenwohnung, wo sie aber nicht am laufenden Band zu schuften braucht und vor Rüpeleien sicher ist. Bei der da drüben funktioniert irgend etwas an ihrer Maschine nicht. Sie wirft mir verzweifelte Blicke zu, daß ich komme und ihr helfe. »Fräulein, ich weiß nicht, was damit ist.« – »Ihr Riemen ist abgerutscht, ich mache ihn wieder fest.« Jetzt ist wieder etwas mit Lucienne los, die immer sagt: »Mir graut vor dem lieben Gott.« (Das wird ihr schon vergehen.) »Fräulein, ich habe Kopfschmerzen.« – »Gehen Sie auf den Hof; in fünf Minuten sind Sie wieder da.« – »Und wenn der Direktor mich sieht?« – »Dann sagen Sie ihm, ich hätte es erlaubt.« Sie geht. Daraufhin sagt eine andere: »Fräulein, die Lucienne, die kommt nicht wieder.« (Selbst die »Roten« verklatschen einander in einem fort.) Ich antworte: »Lassen Sie das meine Sache sein.« Ich kann mich nicht daran gewöhnen, hier die Rolle einer »Roten« zu spielen. Um ihnen zu zeigen, ich stünde auf ihrer Seite, müßte ich die Zügel locker lassen; aber das bringe ich nicht fertig, ich kann es einfach nicht.

(Ja, Andrée Barbot, du kannst mich getrost anstarren,

mein Mädchen. Mich bringst du nicht dahin, daß ich die Augen niederschlage. Vielleicht zwingst du mir ein nervöses Lächeln ab, aber mehr nicht. Siehst du, nun schlägst du als erste die Augen nieder. Du Dreckstück, du!)

Pünktlich nach fünf Minuten kommt Lucienne wieder. Ich weiß ganz genau, daß sie Angst vor mir haben. Und ich selber bekomme Angst vor mir, daß ich dahin gelangt bin, diese Unglücksgeschöpfe ekelhaft zu finden. Dabei scheint das unumgänglich zu sein. »Betrachten Sie sie als Ihre Feindinnen. Seien Sie hart!« Die werden noch jahrelang von der gemeinen Werkmeisterin reden. Die genauso übel dran ist wie sie. Vielleicht sogar noch schlimmer. Ganz sicher noch schlimmer. Aber sie mucken nicht auf. Wie sind sie nach der Geschichte umgefallen! Wie viele Nein haben auf der Liste gestanden! Mit Not und Mühe ein paar Ja, und manchmal eine Stimmenthaltung. Dabei hätten sehr viele gern dafür gestimmt. Der Mangel an Mut ist bei nahezu allen das Verblüffendste. Aber wie sollen sie schließlich auch aufmucken? Nicht nur, daß Willkür und Ungerechtigkeit sie nicht empören – sie sind ihnen sogar lieb: sie sind versessen darauf, eine starke Hand über sich zu spüren. Und aus Güte machen sie sich überhaupt nichts. Wenn man nicht gemein zu ihnen ist, sehen sie einen über die Achsel an.

Ich habe es hier mit vier Männern und sechzehn Frauen zu tun. Wenn ich überlege, von wem ich mich verabschieden werde, so komme ich auf zwei Männer und drei Frauen. Interessante Proportion.

Vielleicht gibt es ein Schlüsselwort, das ich nicht kenne und mit dessen Hilfe sich alles hätte ins reine bringen lassen. Nun gehe ich fort, ohne es gefunden zu haben ... Niemand hat mir geholfen ... C., mit dem ich darüber sprach, ist aufgefahren: »Wie soll ich zu Geheimrezepten für Befehlserteilung kommen ...! Weder kommandieren noch kommandiert werden.« Natürlich; er will, wie stets, nur eins: sich drücken.

Nächster Tag. – Schlimmer als alles, was ich mir ausgemalt hatte. »Weißt du, jetzt werden wir uns eine Zeitlang nicht sehen.«

Er hätte mir irgend etwas aufbinden können, vielleicht,

daß er krank sei. Aber nein, er muß immer die Wahrheit sagen.

»Ich habe ein phantastisches Mädchen aufgegabelt. Ein ungetrübtes Wässerchen! Da darf ich meine Kraft nicht nach rechts und links vertun. Wenn ich verdünnt bei ihr ankomme, schmecke ich nicht so gut wie sonst. Aber sobald es mit ihr aus ist, fangen du und ich wieder an. Die Sache dürfte etwa sechs Wochen dauern.«

Er hat mir tausend Francs geben wollen. Sein elendes Geld! Ich habe abgelehnt.

»Du lehnst ab? Wie die Araber!«

»Warum ›wie die Araber‹?«

»Wenn einem Araber der Betrag, den man ihm gibt, nicht genügt, so wirft er ihn auf die Erde. Und hebt ihn nicht wieder auf. Du jedoch wirst die tausend Francs nehmen. Weil du Französin bist. Weil du Frau bist. Und weil du keinen Grund hast, sie abzulehnen. Ich tue etwas, das dich wurmt. Zur Entschädigung tue ich etwas, das du magst. Ist das nicht vernünftig gehandelt?«

Hätte er gelogen, so würde ich die Kraft aufgebracht haben, ihm die Stirn zu bieten. Aber so, wie er die Dinge darstellt, kann man nie etwas entgegnen. Italien habe ich nicht einmal angetippt.

Schließlich habe ich das Geld dennoch genommen. Ich kaufe mir dafür einen Radioapparat, und Mama sage ich, ich hätte das Geld in der Lotterie gewonnen. Der Apparat kostet eigentlich 1450 Francs, aber durch Pierrettes Freund kann ich ihn für tausend bekommen. Ich habe C. auch gebeten, mir Schallplatten zu schicken, weil er sich in moderner Musik besser als ich auskennt........................

Kaum hatte Costals und Solange im Garten der piekfeinen Gaststätte am Wald von Montmorency Platz genommen, als Costals auch schon zu leiden begann. Ihm graute vor den Gästen, die rings um sie saßen, vor den »betont vornehmen« Männern (»Nicht wahr, verehrte Freundin, dieser Abendhimmel erinnert Sie doch an einen Canaletto, den wir im Museum in Verona gesehen haben?«), den Frauen mit den von Langeweile, Dummheit und Niedertracht geprägten Gesichtern: alle waren ekelhaft, ohne es zu wollen, und am meisten dann, o Rätsel, wenn sie von ungefähr versuchten, Nachsicht zu erwecken, alle verschanzt hinter ihrer Gepflogenheit, sich durch Andeutungen zu verständigen, auf Riten anzuspielen, die nur sie kannten, zu meinen, sie seien aus besonderem Stoff erschaffen, alle heillos aus dem Natürlichen und Menschlichen verbannt, und zwar in einem Maße, daß sie gelegentlich beinahe hätten Mitleid erregen können, als stäken sie ein wenig in der Verdammnis. Man saß zu hundertfünfzig in dieser Einfriedigung, und Würde war nur den Gesichtern der Oberkellner eigen, und Reinheit – eine erhabene Reinheit – nur dem weißen Windspiel, das dort lag.

Nicht weil sie reich waren, ekelten sie Costals an, sondern weil sie dieses Reichtums so unwürdig waren: wirklich, hier waren Perlen vor die Säue geworfen. Es war in ihm kein Hauch von Neid, schon allein aus dem Grunde nicht, daß er das, was sie hatten, entweder selber besaß oder es nur hätte zu wünschen, es kaum zu wünschen brauchen, um es zu bekommen. Aber Ehrungen, Ämter, ein »gewaltiges Ansehen«, alles, was ein durchschnittlich begabter Schriftsteller in Frankreich normalerweise erwarten kann, hätte er nur erlangen können, wenn er mit diesen Leuten verkehrt hätte. Doch es war ihm unmöglich, mit ihnen zu verkehren, ohne daß ihn ein Ekel packte, der ihn so peinlich berührte, daß es ihm als das Klügste erschien, Gelegenheiten dazu tunlichst zu vermeiden. Daher hieß es von ihm in jenen Kreisen, er sei unnahbar. Und *jenen Kreisen* gegenüber war er tatsächlich unnahbar.

Bisweilen wurde dieser Ekel so intensiv, daß es nur eines gelinden Anstoßes bedurfte, und er schlug aus dem Geistig-Seelischen ins Körperliche über. Angesichts des Ausdrucks von wahrhaft unerhörter Stupidität, den eine der Frauen zeigte und der bekunden sollte, wie tief sie ihren Gatten verachtete (sie war darauf bedacht, Marlene Dietrich ähnlich zu sehen, und das gelang ihr vollauf), stieß Costals den Teller weg und warf den Kopf zurück ...

»Was haben Sie denn?« fragte Solange. »Ist Ihnen nicht gut?« Er war so blaß geworden, daß sie es mit der Angst bekam. Er entschuldigte sich ohne weitere Erklärungen, nahm einen anderen Stuhl und gruppierte sein Gedeck um, so daß er keine Gäste mehr im Blickfeld hatte, sondern nur den Wald. Es geschah nicht zum erstenmal, daß ein Übermaß an Ekel solch eine Empörung in ihm auslöste. Eines Tages war er auf dem Boulevard Saint-Michel genauso blaß geworden, als er Studenten im Gänsemarsch vorüberziehen sah. Sie hatten sämtlich große kanariengelbe Schleifen getragen (ein Symbol?), die Hände auf die Schultern des Vordermanns gelegt und irgend etwas gegrölt; ihnen voran wurde ein Schild mit der Zahl 69 getragen. Polizisten hatten sie begleitet, mit einem von denen hatte Costals ein Lächeln verzweifelten Mitleids getauscht; es hatte ihm gegraut bei dem Gedanken, diese Männer aus dem Volk könnten meinen, er empfinde vielleicht mit den Demonstranten Nachsicht. Wie hatte jener Beamte übrigens lächeln können? Costals hatte sich gesagt, er würde an seiner Stelle, als von Dienst wegen gezwungen, mit diesen Sprößlingen reicher Leute Schritt zu halten und ihnen bei diesem plumpen Ulk, diesem Ergebnis ihrer Nichtstuerei und ihrer Borniertheit zu folgen, einfach dazwischengeschlagen haben.

Er hatte von je über die Geduld derer gestaunt, die in den »guten Familien« menschenfreundlich als die *unteren Schichten* bezeichnet wurden. Von je hatte er sich gefragt, wie es komme, daß sie – die Menschen niederen Standes in Europa, die Eingeborenen in den Kolonien – nicht mehr an Haß aufbrächten. Denn ganz offensichtlich gab es unter ihnen viele, die keinerlei Haß verspüren; und all das rührte ihn, ohne daß er es verstanden hätte. Er sagte sich, die Perioden sozialen Friedens seien für manche zwar recht angenehm, aber sie seien weder natürlich noch logisch, und erst am Tage des Aufruhrs kehre das Leben in geordnete Bahnen zurück. Was sich dabei auch an Ausschreitungen und Ungerechtigkeiten im Einzelfall ereigne (die freilich bedauerlich seien), so werde dennoch erst am Tage des Aufruhrs die Lage wieder normal und im geistigen Sinne befriedigend. Man läßt dann endlich das Wunder hinter sich.

Wäre Costals heute in diesem Lokal allein gewesen oder mit Kollegen oder mit seinem Sohn, so hätte er sich zu den Chauffeuren gesetzt. Zugestanden, daß deren Gespräche recht derb gewesen wären, was durchaus nicht hätte der Fall zu sein brauchen, so hätte ihnen als Entschuldigung dienen können, daß ihnen weder Erziehung noch Bildung zuteil geworden war und daß sie keine Freizeit hatten. Während jene andern hier, die so armselig waren, alles erhalten hatten und besaßen. Und überdies befaßten die Chauffeure sich in ihren Gesprächen mit anderem, als sich ins rechte Licht zu rücken und nachzureden, was zu sagen sie für »guten Ton« hielten.

Von Zeit zu Zeit warf Costals Solange einen etwas verstörten Blick zu. Um ihretwillen war er hier. Das war seine Buße für seine Liebesbindungen mit Frauen, sofern es sich nicht um Frauen aus dem Volke handelte, daß er sich gezwungen sah, sie an verächtliche Stätten zu führen oder sich dort mit ihnen zu treffen: Salons, Luxushotels, Nachtlokale, Theater, mondäne Seebäder. Oh, sie wußten nur zu gut, daß sie, wenn sie mit ihm beisammen waren, ihm etwas vormachen mußten, daß sie kein gutes Haar an diesen Örtlichkeiten lassen durften: sie plapperten nach, was er sagte, und vergröberten es noch. Wie entrüstet taten sie! Dabei brauchte man an solchen Vergnügungsstätten nur zu beobachten, wie sie auflebten, sich blähten, sich brüsteten; sie konnten nun mal nicht damit hinterm Berge halten, daß sie gerade dieses mochten, daß sie sich hier wahrhaft lebendig fühlten, auch die Nettesten und Anständigsten, auch die Schlichtesten. Es war nichts zu machen gegen die Gleichung: Frau = Chichis. Und Costals' Vergangenheit war reich an Liebesbindungen, die belastet und also vergiftet waren durch die Scham, daß er, um diese Frauen zu amüsieren, verpflichtet gewesen war, sich selber zu verleugnen, indem er mit ihnen in Daseinsformen hineinglitt, die er ablehnte. Gerade wie ein Mann, dessen junge Jahre ein Menschenalter zurückliegen, ungeachtet der Liebe und Aufopferung seiner Eltern mit der Erinnerung an sie *zunächst und vor allem* geringfügige Beschwerdepunkte verbindet: »Sie haben mich zwei Semester Jura studieren lassen, was für mich vertane Zeit gewesen ist«, oder: »Im heißesten Sommer habe ich Flanellunterhemden tragen müssen«, geradeso, mochte eine Frau ihn auch mit Freuden überschüttet haben, war er trotz allen diesen Freuden der Meinung: »Wieviel Tage (ohne von den Kosten zu reden) habe ich um ihretwillen an Unwürdiges vergeuden müssen! So zum Beispiel bin ich einzig ihretwegen – ich werde darob noch immer rot – eine volle Woche in Deauville gewesen.« Vorerst grollte er Solange nicht, daß er sich verpflichtet geglaubt hatte, nur weil er mit ihr beisammen war, in einem Luxusrestaurant zu Abend zu essen, sondern er schob diese Ursache zum Unwillen, einem großherzigen Unwillen sozusagen, sorglich beiseite, um sie an dem Tage wieder hervorholen zu können, da er Lust verspüren würde, sich von ihr zu lösen.

Vorhin, als sie im Auto durch den Wald von Montmorency gefahren waren (dann und wann hatten Autofahrer, die sehr dicht an ihnen vorbeigekommen waren, gelacht, wenn sie sahen, daß er Solange nach Herzenslust küßte, und Costals hatte ihnen zugelacht, in einem jungenhaften, volksnahen Einverständnis, wie er es gern hatte), vorhin also hatte er sie gefragt: »Wenn ich uns nun nach dem Essen in dem Hotel ein Zimmer nähme ... kämen Sie dann auf einen Augenblick mit hinauf?« – »Ja«, hatte sie geantwortet. Immer ihr »Ja«! Und jetzt endete dieses in so schlechter Stimmung begonnene Abendessen nicht ohne eine geheime Melancholie. Bisweilen hatte er Mädchen in einem jupiterhaften Sturmwind genommen, der für nichts Raum ließ als für die Glorie des Raubes. Dann wieder, und so auch jetzt, hatte er eine Art Unbehagen bei dem Gedanken empfunden, daß ein im Leben einer Frau, die auf sich hielt, so hochbedeutsames Geschehen notwendigerweise für ihn weit weniger Wichtigkeit besitze. Und dann dachte er: »In einer Stunde weiß ich, wie sie sich dabei anstellt.« Dann würde die Neugier aufhören, sein Gefühl anzufachen, und er fragte sich, was wohl aus diesem Gefühl würde, wenn es erst einmal sich selbst überlassen sei.

»Hat Ihre Mutter Sie ungebührlich ausgefragt, was wir neulich abends im Bois getrieben haben?«

»Glücklicherweise nicht.«

»Wenn sie nun gefragt hätte: ›Wie hat er sich dir gegenüber benommen?‹, was hätten Sie ihr dann geantwortet?«

Sie blieb stumm.

»Aus Ihrem Schweigen ersehe ich, daß Sie ihr nichts, aber auch gar nichts, erspart hätten.«

»Ich habe meiner Mutter nie etwas verschwiegen.«

»O weh! Das sind mir ja schöne Geschichten ...! Eine hübsche Erziehung haben Sie bekommen ...!«

»Ich habe meiner Mutter nie etwas verschwiegen, weil ich nichts zu verschweigen hatte.«

»Was besagt, daß Sie, wenn ... Ich merke, ein ganz klein bißchen Intelligenz haben Sie dennoch.«

Aber nun geschah etwas, das völlig dem glich, was ihn neulich entzückt hatte. Ein kleines, vielleicht fünfjähriges Mädchen entschlüpfte einer Gruppe von Gästen, die sich gerade setzen wollte, trat zu Solange hin und ließ sie nicht aus den Augen, wobei sein Gesichtchen einen hingerissenen Ausdruck annahm. Als die Mutter es wegholte, fing das Kind zu weinen an. Danach war es nicht zum Essen zu bewegen, weil es immerfort das junge Mädchen anstarrte. Und es fiel Costals ein, daß Solange ihm von der beinahe rätselhaften Anziehungskraft erzählt hatte, die sie auf Kinder ausübte.

Sie ging mit ihm ohne alle Ziererei, ohne die mindeste Verlegenheit die Treppe zu dem Zimmer hinauf. Das machte ihn betroffen; ein verwirrender Gedanke kam ihm (ein niederträchtiger Gedanke? Nein, nur der Gedanke eines Mannes, der mancherlei erlebt hatte): »Man möchte meinen, sie habe ihr Leben lang nur das getan.« Und dann gab es zunächst große, photogene Umarmungen auf dem Balkon, angesichts der Baumkronen, die die Gartenlampen in ein chlorgrünes Licht tauchten, während von unten die Musik des Orchesters heraufscholl. Costals nahm sich zusammen. »Ich muß es gut machen. Es kommt darauf an, daß es ihr zu einer schönen Erinnerung wird, die bestehen kann neben dem alten Mond und den gräßlichen Geigen da unten. Prägen wir uns also ein, daß alle Lust Ewigkeit will. Schenken wir ihr die Bagatelle eines Anhauchs von Ewigkeit.«

Jetzt lag sie nackt auf dem Bett, hatte indessen die Schuhe

anbehalten und die Strümpfe auf die Schuhe niedergestreift; auf seine Bitte hin hatte sie sich einfach ausgezogen, ohne alle Koketterie und Prüderie, genauso natürlich und unbefangen, wie sie unter den Blicken des Hotelpersonals die Treppe hinaufgestiegen war. Sie hatte Härchen auf den Beinen, was ein reizender Zug bei einem Mädchen ist, vorausgesetzt, daß sie nicht Mißbrauch damit treibt.

Sie umschlang den Herrn da ungeschickt und matt, und ihre Küsse – ihre ersten Küsse, seit sie einander kannten – waren schmallippig und gewissermaßen wohlerzogen. Bei jedem war es, als sage sie sich: »Ich muß ihn doch küssen. Das tut man eben.« Aber als er, Mund an Mund mit ihr, sie die Grundelemente dieser Kunstgattung lehrte, spürte er, daß sie unter all diesen Liebkosungen endlich diejenige gefunden hatte, die ihr behagte, an der sie wahrhaft Lust empfand, und nun wurde offenbar, daß dies kein verlorener Tag für sie war. In diesem offiziösen Einanderbesitzen der Lippen gab sie sich im gleichen Maße wie in der offiziellen Form des Besitzens. Als er fragte: »Soll ich das Licht anknipsen?« (das erste, was er beim Betreten des Zimmers getan hatte, war gewesen, das elektrische Licht abzudrehen, aber der Raum wurde vom Mondschein erhellt), sagte sie: »Nein, nicht«, und zwar mit einer neuen, durch die Erregung verwandelten Stimme, nämlich einer zugleich hohen und tiefen Kleinmädchenstimme, die klang, als komme sie von weither, als gehöre sie einer kleinen Dandillot vergangener Zeit, die noch in den Urgründen ihres Wesens verharrte. In der Folgezeit nannte er diese Stimme ihre »Nachtstimme«, weil sie immer nur erklang, wenn er zärtlich zu ihr war – und wenn man mit kleinen Mädchen darin fährt, gleitet das Schiff der Zärtlichkeiten stets mit abgedunkelten Lichtern dahin.

Costals Blick umfaßte jetzt nichts mehr von Solanges Körper, nichts mehr von ihr als das vom gelösten Haar umrahmte Gesicht, das wie das Herz einer von den Blütenblättern umgebenen Blume war; es war, als sei das ganze Mädchen nur noch diese große Blütenkrone: ein Blütenkronenmädchen ... Anfangs war sie zu dem bereit, was er wollte, doch rasch begann sie zu wimmern: »Nicht! Nicht!« Sie weinte ziemlich lange, mit richtigem Schluchzen, während er sie streichelte, ohne von ihr abzulassen, und dabei sagte er sich: »All das kennen wir.« Teils aus einer gewissen Scheu, ihr weh zu tun, aber vor allem, um sich für die nächsten Male noch etwas Unbekanntes und Verlockendes aufzusparen – auch auf diese Weise seiner Koketterie genugzutun, niemals eine Gelegenheit wahrzunehmen –; und als er sie freigab, befand sie sich lediglich im Zustand der Vorbereitung: es geschieht selten, daß auf solche Weise Wollust und Tugend vereint werden können. Ihr Schluchzen dauerte noch ein Weilchen an, indessen er schon von ihr weggerückt war; dann verebbte es und hörte schließlich auf; in ihm jedoch war das Erlebnis nach wie vor frisch wie eine gerade empfangene Wunde. Sie blieben reglos und stumm nebeneinander liegen, und er überlegte, ob sie ihm jetzt wohl böse sei. War ihre Unschuld geheuchelt (diese Vermutung konnte er sich nicht gänzlich aus dem Kopf schlagen), so war sie vielleicht verletzt, nicht ganz und gar genommen worden zu sein; war sie hingegen noch ein kleines Mädchen, so zürnte sie ihm vielleicht ein wenig, daß er sie soweit gebracht hatte. Aber plötzlich kehrte sie ihm das Gesicht zu – kluck! – und küßte ihn auf die Backe. Es klang, wie wenn ein Laubfrosch ins Wasser hüpft.

So blieb er mehrere Minuten wortlos neben ihr liegen und steigerte sich innerlich empor. Es gibt Aufschwünge, religiöse oder andere, die dem Fasten entspringen. Andere wieder – auf Grund der Identität des Gegensätzlichen – können dem Verdauungsbehagen nach einer üppigen Mahlzeit entstammen, einem Behagen, das uns in eine bessere Welt entführt. Costals widerfuhr es häufig, daß solche Aufschwünge unmittelbar nach dem Vollzug des Liebesaktes sich einstellten; sie waren dann um so intensiver, je mehr er sich während des Aktes ausgegeben hatte. Sei es, daß er sich durch den Akt aller Sinnlichkeit entledigt hatte, so daß nur sein Geistiges in ihm verblieb; sei es, daß, sobald er sich körperlich in eine Frau eingeschaltet hatte, in ihm das Licht aufflammte, wie durch die Betätigung eines elektrischen Kontakts, und daß jenes Licht dann sein gesamtes Wesen erfüllte: dem Absoluten des Sinnlichen folgte das Absolute des Gefühls (gewisse Seelen streben dem Absoluten entgegen wie das Wasser dem Meer). Nahezu alles, was sein literarisches Werk an Inspiration enthielt, war in den Minuten empfangen worden, die dem Besitz folgten. So dachte er, während er dicht neben Solange lag, an Thérèse und gewahrte ihre gefährdete (unter katholischen Gesichtspunkten gefährdete) Seele, von der sie nicht im mindesten ahnte, daß sie gefährdet sei. Dabei hatte er schon zur Genüge Mitleid und Erbarmen mit ihr empfunden; er war des Mitleids satt.

Das Orchester im Garten war verstummt. Die Fenster standen weit offen, draußen war die warme Nacht, waren die dunklen Baumkronen (die Laternen brannten nicht mehr), die im Schwanken ein unablässiges Rauschen vollführten; es klang fast wie Regen. Jetzt war es Costals, als stehe Andrée mit ihrem von Verzweiflung gezeichneten Gesicht am Fußende des Bettes. »Ich, die Fühlende, Wissende, Verstehende! Ich, die ich Sie in Ihrem Werk tiefer durchdrungen habe, als wenn ich Sie wäre! Und mir verweigern Sie, womit Sie rückhaltlos dies unbedeutende kleine Mädchen überschütten, nur weil es hübsch auf die Welt gekommen ist!« Manchmal versetzte das Ungerechte dieser und jener seiner Handlungen ihn in eine Art Enthusiasmus: mit einer ähnlichen Lustempfindung muß Gott seine Schöpfung betrachten. Diesmal dünkte das Ungerechte ihn besonders gewichtig. Dennoch umfing er Solange abermals; da es als erwiesen gelten konnte, daß er ihr gegenüber parteiisch war, lohnte es nicht mehr, sich Zwang anzutun. Aber er gelobte sich, Andrée am nächsten Tage einen netten Brief zu schreiben. (Das tat er übrigens nicht, da er vollauf mit religiösen Gedanken beschäftigt war, die ein Brief an Thérèse in ihm wachrief.)

Im Auto war Solange weniger abwesend und betäubt als neulich. Mehrmals hob sie den Kopf von der Brust des Freundes und sah ihm stumm in die Augen, als müsse sie, nun es geschehen war, Bekanntschaft mit dem Mann schließen, dem sie sich geschenkt hatte. Und während sie ihn anschaute, sagte er sich: »Mein Gesicht ist das eines Mannes von vierunddreißig Jahren, der sich Gedanken macht. Es hat die Häßlichkeit derer, die denken oder zu denken glauben.« So saß er da und hielt ihrem Blick stand, wie ein Soldat, der sich zwingt, den Kopf über die Deckung zu halten: schreckliche Nacktheit des Männergesichts, ungepudert, ungeschminkt, so tapfer im Vergleich zu den immer zurechtgemachten Frauengesichtern. Das dauerte eine ganze Weile an, die ihm sehr lange vorkam. Dann lehnte sie wieder den Kopf an seine Schulter, als willige sie zum zweitenmal ein. Da er sich jetzt berechtigt glaubte, sie zu duzen, wogegen sie nach wie vor »Sie« zu ihm sagte, lächelte er: »Du? Sie?« Und sie antwortete völlig schlicht (ohne die mindeste unfreundliche Absicht):

»Ich kann nicht ›du‹ sagen.«

Daß sie so sprach, war ihm lieb, weil er darin Scheu und zugleich Stolz erblickte: es war die Bekundung einer Infantin.

Plötzlich, nach einem Schweigen, fragte sie ihn unverhohlen: »Haben Sie mich wirklich lieb?«

Einigermaßen töricht, ganz unüberlegt, vielleicht indessen, weil in ihm nach wie vor der Hintergedanke lauerte, sie könne unaufrichtig sein, sagte er:

»Das müßte ich eher Sie fragen.«

Sie fuhr mit einer Heftigkeit auf, die er an ihr weder kannte noch je in ihr vermutet hatte:

»Sie haben kein Recht mich das zu fragen! Habe ich es Ihnen nicht zur Genüge bewiesen?«

Sie hatte sich aufgebäumt wie ein Schlänglein. »Sie haben kein Recht!« Nie hätte er geglaubt, sie könne so etwas sagen. Sollte sie der Leidenschaft fähig sein? Es kam ihm ein grausames Männerwort in den Sinn: »Wieso: bewiesen?«

»Ich«, fuhr sie fort, »werde Sie immer lieben, das weiß ich genau. Und Sie, wie lange Sie?«

»Lange.«

Ihr Gesicht verzog sich. Er sagte:

»Als ich sechzehn war – ganze sechzehn –, hatte ich eine kleine, vierzehnjährige Freundin. Die habe ich geliebt, wie man zum erstenmal liebt, also mit einer Glut, die man nie wieder aufbringt. Natürlich hat sie mir dieselbe Frage gestellt wie eben Sie, es ist schließlich die übliche Frage: ›Bei mir ist es für das ganze Leben. Und bei dir?‹ Ich habe ihr geantwortet: ›Bei mir? So lange wie möglich.‹ Ich liebte sie bis zum Wahnwitz, und ich war sechzehn: aber meine Hellsicht war schon vollkommen ausgebildet. Ich brauche wohl kaum noch zu sagen, daß wir einander ein halbes Jahr später nicht mehr kannten. Sehen Sie: ich lege Wert auf die Wirklichkeit. Ich lege Wert darauf, zu sehen, was ist«, sagte er mit einem Nachdruck, in dem Leidenschaft mitschwang. »Es heißt immer, man sei unglücklich dran, wenn man gar zu genau das sehe, was ist. Ich aber sehe alles, was ist, und ich bin dabei sehr glücklich. Doch gerade weil ich mich in der Wirklichkeit auskenne, weiß ich, daß man keinerlei Verpflichtungen für die Zukunft eingehen darf. Wie werden Ihre Empfindungen in einem Jahr sein? In sechs Monaten? In drei Monaten? Und wie meine? Eben deshalb antworte ich Ihnen nicht mit einem ›Immer‹, das mir übrigens im Munde eines Mädchens ganz natürlich vorkommt und das mich tief rührt. Ich antworte Ihnen ›lange‹, und ich sage es Ihnen als jemand, der weiß, was ›lange‹ bedeutet. Und es bedeutet viel. Zu wissen, man werde jemanden lange liebhaben, das ist viel, glauben Sie mir das bitte.«

Sie erwiderte nichts.

Beim Abschied wollte er ihr etwas Aufmunterndes sagen, und so sagte er denn mit seinem freundlichen Lächeln:

»Wissen Sie, ich fühle mich Ihrer nicht im mindesten überdrüssig ...«

Später bereute er es, daß er an ihr hatte zweifeln können. Es war übrigens kein Zweifeln im eigentlichen Sinn des Wortes. Daß ihr Herz unerfahren sei, das glaubte er. Daß ihr Körper unberührt war, das wußte er. Aber er brachte es nicht über sich, ihrem »Nicht! Nicht«, ihrem Schluchzen und selbst ihrer Nachtstimme, der unvergeßlichen Schulmädchenstimme, nicht die Verfälschungen zu unterstellen, wie sie beim anderen Geschlecht, wenn es sich geliebt weiß, im Schwange sind. Er war so fest überzeugt von Solanges »Natur«, von ihrer Natürlichkeit, daß es ihm fast niedrig erschien, daran auch nur für Sekunden zu zweifeln, selbst wenn jener Zweifel sozusagen gewaltsam herbeigeführt war. Denn das, was Costals an Erlebnissen hinter sich hatte, injizierte der Gegenwart eine Fülle von Erfahrungen, die das Bild beeinträchtigten, das er von Solange in sich trug, und dagegen war nichts zu machen. Durch nichts ließ sich aus der Welt schaffen, daß sie für ihn lediglich die letzte, während er für sie der erste war. Durch nichts ließ sich aus der Welt schaffen, daß er viele Kopien gesehen hatte, ehe er das Original kennenlernte, und daß ihm das Original nach all den Kopien weniger als Original erschien. Und während sein Verhalten Andrée gegenüber ihm nicht das mindeste ausmachte, fühlte er sich Solange gegenüber schuldig, obwohl sein ganzes Unrecht gegen sie nur darin bestand, daß er war, wer er war. So sehr schlägt alles dem Wesen, das man liebt, zum Vorteil aus.

Eine andere Empfindung indessen brachte ihn dazu, ein wenig an Solange zu zweifeln: Es wunderte ihn, daß sie ihn liebhaben konnte. Costals besaß keinerlei literarische Eitelkeit, und einer der Züge, die ihn bei Solange am meisten freuen, ist, daß sie mit ihm nie über seine Bücher spricht und nie auch nur die spärlichste Bekundung der Bewunderung einfließen läßt. Seine männliche Eitelkeit schaltete sich zeitweise aus. Seine Grundregung war die Annahme, keine Frau, die er begehre, könne sich ihm verweigern. Aber sank ihm dann eine in die Arme und schenkte ihm dabei ein Stück ihres Herzens, so war er darob verblüfft und zitierte sich einen Ausspruch Ludwigs XV.: »Es fällt mir schwer, zu begreifen, warum ich so geliebt werde.« Dadurch genoß er abwechselnd das Lustgefühl, sich für unwiderstehlich zu halten, und das Lustgefühl der Entdeckung seiner inneren Demut: Jedes Ding hat seine Zeit, sagt der Weise. Daß Solange ihn tatsächlich liebe, kam ihm unwahrscheinlich vor. »Was an mir groß und von höherer Artung ist, vermag sie nicht zu würdigen: so süß und wonnig sie ist, sie hat ein Gehirn wie ein Sandfloh. Was also kann sie an mir lieben? Was ist körperlich an mir, das geliebt zu werden verdiente? Irgendwie ist die Sache nicht klar.« Damit ließ er außer acht, daß bei den Frauen, im Gegensatz zu den Männern, Zuneigung zum Begehren führt. Auf diese Weise strömten in sein Mißtrauen zwei Elemente ein: das eine könnte man in die Worte fassen: »Die enttäuschte Ungläubigkeit eines Blasierten, der alle Reinheit in den Schmutz zieht«, und das andere läßt sich schwerlich anders bezeichnen denn als echte Bescheidenheit. Sein Gefühl war also teilweise gut und teilweise schlecht. Wie dreiviertel unserer Gefühle. Was die Gesellschaft nicht will, die auf saubere Scheidung der Kategorien erpicht ist, damit man »weiß, woran man ist«. Was indessen die Natur will, der an nichts mehr gelegen ist als am Durcheinander.

»Nichts kann zuwege bringen, daß ich nicht klarsichtig wäre – und zwar *immer* klarsichtig«, sagte er sich, wenn er an jenes »Lange« dachte, das er ihrer naiven Sicherheit entgegengestellt hatte. »Und überdies könnte mich nichts zu dem Wunsch bringen, es nicht zu sein. Meine Klarsicht erschreckt die Leute, mich jedoch erschreckt sie nie. Ich amüsiere mich darüber, sie ist ein Untier, das ich gezähmt habe. Aber warum ›ein Untier‹? Sagen wir lieber: mein Schutzgeist. Denn dank jener Klarsicht führe ich ein durch und durch intelligentes Leben, indem ich nur tue, wessen ich mich fähig weiß; indem ich mich darauf konzentriere, komme ich nie vom Wege ab, vergeude keine Zeit, lasse mich weder von andern noch von mir selbst hinters Licht führen, leide niemals an andern Menschen, und lasse mich nur selten durch sie stören. Und da ich der Klarsicht alle Kräfte der Phantasie und der Dichtung zugeselle, gelange ich durch die Dichtung in die Bereiche des Traums, und durch die Phantasie enthülle ich mir die Empfindungen von Menschen, die nicht über Klarsicht verfügen; das aber erlaubt mir, nach Belieben, wann immer es mir gerade paßt, meine Klarsicht auf überwachten Urlaub zu schicken und also auf beiden Spieltischen zu gewinnen. Mein Leben ist kein höher geartetes Leben, weil, wenn auch meine Sinne mich nie im Stich lassen, mein Geist, mein Charakter und mein Herz zahlreiche Lücken aufweisen; aber dennoch sind sie so beschaffen, daß sich auf ihnen ein höher geartetes Leben aufbauen ließe. Was die liebe kleine Dandillot betrifft, die nicht ich ist, so muß ich darauf bedacht sein, daß sie durch mein So-und-nicht-anders-Sein nicht leidet, und das wird mir gelingen, indem ich sie bald belüge, bald nicht belüge, indem ich mich mithin nicht von Grundsätzen gängeln lasse, sondern, je nach der Gelegenheit, durch Witterungsvermögen und Fingerspitzengefühl, und dabei soll meine Neigung zu ihr mich leiten. Möglicherweise werde ich sie bei anderer Gelegenheit in Illusionen einwickeln. Aber wenigstens einmal habe ich sie dem gegenüberstellen müssen, was ist, wobei es mir unbenommen bleibt, ihr in der Folgezeit einen Anblick zu verschleiern, den einem zwanzigjährigen Mädchen ununterbrochen aufzuzwingen eine Geschmacklosigkeit wäre.«

Pierre Costals
Paris
an
Thérèse Pantevin
La Vallée Maurienne

29. Mai 1927

Mademoiselle,
ich habe dieser Tage viel Erbarmen vor Gott mit Ihnen gehabt, wie Sie es von mir erbaten, und schließlich, gerade eben erst, habe ich dank einer Verquickung besonderer Umstände Ihre Seele im Traum gesehen, und gesehen, daß sie ernstlich gefährdet ist. Sie sind wie die biederen Leute, die sich am Vorabend von Revolutionen in Sicherheit wiegen, weil sie Liberale sind. »Warum sollte ich Angst vor den Revolutionären haben? Dazu besteht keinerlei Veranlassung. Sie wissen doch, daß ich im Herzen auf ihrer Seite stehe. Und wenn sie mich zum Tode verurteilen, dann müssen sie die ganze Welt zum Tode verurteilen.« Die Revolution bricht aus; sie werden unbehelligt gelassen; sie triumphieren. Dann werden sie verhaftet und umgebracht. Sie, Mademoiselle, schlafen ruhig, da Sie sich von einer Menge kleiner Sünder und Scheinheiliger umgeben sehen, als sei Gott verpflichtet, sie samt und sonders zu verschonen. Aber über das Beispiel der Juden, die bis auf zwei alle in der Wüste umgekommen sind, gehen Sie hinweg, und ebenso über die gesamte Heilige Schrift, die auf die Festigung dieser Lehre bedacht ist. Jesus Christus sagt, nur »wenige« seien »auserwählt«; er bewundert es, daß der Weg schmal ist und daß nur wenige ihn finden werden. Darüber lesen die Christen gleichgültig hinweg; sie glauben, das gehöre zu Jesu Christi rednerischen Kunstgriffen.

In den Kirchen sieht man bei der Elf-Uhr-Messe ganze Scharen von Verdammten auf die Knie sinken und reichlich für die Kollekte spenden. Ihre mildernden Umstände gehen zu Lasten der Kirche, die sie in ihren Illusionen belassen hat, damit auf den Listen der Gläubigen eine höhere Zahl herauskommt. Die heutige Kirche hat ebensowenig das Recht, sich, ohne daß sie zum Hohngelächter reizt, auf das Beispiel des heiligen Augustinus oder auf die Lehre des heiligen

Thomas zu berufen, wie der tote Humanismus unserer Universitäten das Recht hat, sich auf Hellas oder Rom zu beziehen: Antike und Mittelalter sind Tabernakel einer Geistigkeit gewesen, die weder irgendeine Religion noch irgendeine Philosophie weiterzuentwickeln oder umzubilden verstanden haben.

Die Kirche Christi hat tausend und einige Jahre überdauert. Ich glaube (und dabei irre ich mich vielleicht), daß sie nur noch in den Klöstern fortbesteht. Ich habe erwogen, Sie in eine völlige Abgeschiedenheit von der Außenwelt zu verweisen, an eine Stätte, wo, was der Erde angehört, Ihnen zu Füßen kreist wie das, was dem Himmel angehört, über unsern Häuptern. Selbst wenn am katholischen Weltgebäude nichts Wahres wäre, hätten Sie mir dadurch eine hohe Vorstellung von Ihnen selbst gegeben, und das wäre alles andere als nichts. Auf alle Fälle, auf alle Gefahr hin wäre es besser, wenn Sie auf der Suche nach etwas Hohem und Besonderem zugrunde gingen, als in dem Schmutz, in dem Sie sich gegenwärtig befinden. Aber es hat nicht den Anschein, als seien Sie dem Rate gefolgt, den ich Ihnen gab, einen Geistlichen aufzusuchen, damit er ergründe, was in Ihnen ist. Darum beharre ich nicht darauf. Ich kann mich nicht bis in alle Ewigkeit mit Ihnen befassen. Lebende, also Vergängliche und Vorübergehende, können mich nur vorübergehend interessieren.

Und überdies: Wenn Sie sich von sich aus von diesem Wege abwenden, dann um so besser; das ist ein Zeichen, daß Gott Sie nicht dazu bestimmt hat. In einer toten Seele kann es falsche Lebensregungen geben; das wissen manche – aus Erfahrung. Ich könnte mich geirrt haben, was Sie betrifft.

Sie schreiben mir, Sie litten. Das könnte Ihnen als Gebet dienen, wenn Sie über keine andern Gebete verfügen. Das Leiden ist das Gebet derer, die weder denken noch beten. Ich weiß nicht, welcher Art Ihre Versuchungen sind, aber ich glaube, daß es eine große Gnade Gottes ist, in Versuchung geführt zu werden; nähme er nicht Anteil an Ihnen, so ließe er Sie in Frieden.

Vielleicht wird diese Versuchung Sie aus dem Gefährdetsein retten, in dem ich Sie erblickt habe. Und selbst angenommen, die Versuchung bezeuge nicht die Gegenwart

Gottes, sondern sein Fernsein, so gibt es sicherlich nicht einmal einen Heiligen, in dessen Seele Gott nicht in raschem Wechsel erschiene und wieder verschwände; die Seele ist wie ein sonnenheller Himmel, den Wölkchen durcheilen, die die Sonne immerfort verhüllen. Auch ich habe Ihnen gegenüber Versuchungen durchlebt, und ich fühle mich zwischen ihnen hin- und hergerissen. Bald ist es die, Sie zu Gott hinzulenken, wie wenn man einen Hund beim Halsband nimmt: »Dummer Köter, da drüben ist doch das Wild aufgesprungen.« Und bald ist es die, Sie wieder in Ihr Nichts zurückzustoßen, das Sie endlich spüren werden, wenn ich einmal nicht mehr da bin.

Glauben Sie, Mademoiselle, daß ich Ihnen sehr zugetan bin.

Costals

Ich erinnere Sie daran, daß ich völlig ungläubig bin. Suchte ich Gott, so fände ich mich.

Ich mache meinen Brief noch einmal auf, um ihm folgendes hinzuzufügen. Ich möchte Ihnen nicht verhehlen, daß ich gestern abend, als ich das Vorstehende schrieb, entschlossen war, mich von Ihnen abzuwenden. Sie hatten mich enttäuscht. Aber es bleibt die andere Möglichkeit. Nächsten Sonntag, um sechs Uhr abends, werde ich voller Mitleid an Sie denken; und wenn ich Ihnen die genaue Stunde angebe, so geschieht es, weil ich dann mit jemandem beisammen sein werde, dem ich die Kraft zu jenem Mitleid abgewinnen kann. Aber seien Sie auf der Hut: ich werde auf eine ganz bestimmte Art und in ganz besonderer Hinsicht Mitleid mit Ihnen haben. Und Sie haben keine Ahnung von den Mysterien des Mitleids. Ich jedoch, ich kenne mich darin aus.

Andrée Hacquebaut
Saint-Léonard
an
Pierre Costals
Paris

1. Juni 1927

»Schon wieder ein Brief, der kein Ende nimmt! Dieses Mädchen ist verrückt! Mein Gott, ist dieses Mädchen verrückt! Und wie recht hat der Prediger (oder Salomo), wenn er sagt, es sei ein Unglück, in die Träume eines brünstigen Weibes zu geraten!« Nicht wahr, das denken Sie? Nun, ausnahmsweise will ich Sie heute morgen einmal nicht ärgern. Es geht mir ein bißchen besser.

Warum es mir besser geht? Mir ist, als hätte ich in meinen letzten Briefen recht dummes Zeug geschwatzt, und heute sehe ich die Situation klarer, so, wie sie wirklich ist. Erstens, weil ich vor zwei Tagen zum Friseur gegangen bin, was besagen soll, daß mein Haar gut sitzt (mindestens dieser Zeitspanne bedarf es dazu!), und wenn ich jetzt in den Spiegel blicke und meine, ich müsse in jenen entsetzlichen Tagen um zehn Jahre gealtert sein, so sehe ich, daß mein Gesicht noch ungefähr so ist, wie es war (mehr noch: es ist geradezu unerhört, daß mir seit der Rückkehr aus Paris immerfort gesagt wird, wie jung ich wirke, wie schick usw.). Und zweitens, weil der Himmel sich inzwischen bezogen hat; der Rausch des Sommers, der meiner Qual hohnsprach, ist vorbei; heute ist das Wetter herbstlich, und der nächste Herbst wird für mich *etwas anderes* sein; dann trage ich andere Kleider als die, in denen ich so sehr gelitten habe ... das ist eine Art Aberglaube ... Die Hoffnung hißt abermals die Segel. Hätten Sie je gedacht, graues, grämliches Wetter könne zu einer Glücksverheißung werden?

Hoffnung ... Verheißung ... Immer wieder der Hoffnungspakt, den ich mit mir selbst schließe. Immer das Warten. Seit vier Jahren erwarte ich etwas von Ihnen. Ich habe Ihnen alles gegeben, und ich habe nichts als Gegengabe empfangen. In vier Jahren haben Sie mich kein einziges Mal geküßt! Wenn ich tot wäre – würden Sie mich dann endlich einmal küssen? Warum, warum nicht? Es würde Sie doch so wenig kosten, mir wenigstens eine Erinnerung zu lassen, nach der ich mich immer leidenschaftlich sehnen werde, und dabei besitzen Sie Hunderte solcher Erinnerungen, und ich soll in meinem brachen Leben keine einzige haben? Für einen einzigen Kuß, den Sie mir von sich aus gegeben hätten, würde ich *ohne das leiseste Zögern* zehn Jahre Ihrer Freundschaft hingegeben haben.

In Ihnen ist eine Anomalie: Sie lieben, und Sie geben nichts. Wenn man liebt, dann gibt man; das gebietet die natürliche Regung. Bei Ihnen heißt es: »Vor allem nichts geben« – das scheint Ihr Leitspruch zu sein. Das ist in einem Maße abnorm, daß ich versucht wäre, zu glauben, Sie liebten mich nicht. Aber es steht fest, daß Sie mich lieben; ich müßte ja blind sein, wenn ich es nicht gemerkt hätte: Frauen haben darin einen untrüglichen Instinkt.

Sie sagen mir, Sie liebten mich nicht. Sie suchen es sich mit aller Gewalt einzureden. Wenn ich wüßte, daß Sie mich nicht liebten, wenn ich die Gewißheit hätte, es würde Ihnen eine Fron sein, mich zu nehmen, dann würde ich, zu stolz, jemandes Liebe zu erbetteln, von mir aus alles aufgeben. Aber ich habe ja doch die Gewißheit des Gegenteils. Ich weiß, daß Sie zwar für mich keine verzehrende Leidenschaft empfinden, aber daß Sie mich dennoch lieben. Hätte ich denn geträumt, als ich Zärtlichkeit in Ihren Augen las? Hätte ich denn geträumt, als Sie mir sagten, Sie liebten mich? Hätte ich geträumt, daß Ihnen der Gedanke an unsere Heirat durch den Kopf gegangen sei, als wir die Wohnung in der Rue Quentin-Bauchart besichtigten? Hätte ich geträumt, Sie hätten voriges Jahr am 16. Mai lange meine Hand in der Ihren gehalten, Sie hätten damals, als wir eingehakt über den Square des Etats-Unis gingen, sich nicht eng an mich gedrückt, Sie hätten am gleichen Tage nicht Schmerzliches geäußert und sich mir nicht vertrauensvoll erschlossen (im Zusammenhang mit Ihrem Kummer, nicht Vater zu sein)? Ich hätte geträumt, daß Sie einmal, als Sie sich bei unserer Verabredung verspäteten und ich Sie nach den Gründen fragte, mir antworteten: »Fragen Sie lieber, warum ich überhaupt gekommen bin!« Wissen Sie, wodurch mir Ihre Neigung bewußt geworden ist? Im Mai 1926, im Taxi, haben unsere Beine einander berührt. Und im selben Augenblick haben Sie brüsk Ihr Bein weggezogen. Da habe ich erkannt, daß Sie mich mit der Seele liebten. »Die Frau, mit der man nicht schläft – die liebt man« (Baudelaire).

Wenn Sie so fest überzeugt davon sind, daß Sie mich nicht lieben, dann wäre ein Kuß, den Sie mir geben würden, für Sie wie ein Kuß auf einen Stein. Warum also sträuben Sie sich so sehr dagegen? Warum darf ich nicht mehr zu Ihnen in die Wohnung kommen? Warum gehen Sie nicht mit mir in ein Lokal, wo wir tanzen, wo wir Champagner trinken könnten? Dann würden wir schon sehen! Es ist wirklich zu töricht, daß Sie behaupten, Sie begehrten mich nicht, wenn Sie alles tun, um das Begehren auszutreiben.

Seit vier Jahren fühle ich mich, wenn ich mit Ihnen beisammen bin, eingehüllt von Ihrer Schüchternheit. Sie möchten gern eine entgegenkommende Geste machen, und Sie wagen es nicht. Bei Frauen, die Sie nicht mit der Seele lieben, wüßten Sie schon, wie man es anfangen müßte. Mir gegenüber verlieren Sie den Kopf. Vielleicht halten Sie mich für frigid! Das ist eine Zeitlang ganz reizend gewesen; aber jetzt dauert es mir zu lange. Es ist absurd, daß ich Ihnen Angst einflöße.

Wenn ich Sie beim Worte nehmen dürfte, wenn – so unwahrscheinlich mir das auch vorkommt – Sie nichts von meiner Liebe wissen wollten, so gäbe es nur ein einziges Mittel zur Herbeiführung des Bruches: Sie müßten mich davon überzeugen, daß Sie mich nicht liebten. Aber dieses Mittels können Sie sich nicht bedienen, weil Sie mich lieben. Da sehen Sie, in welches unentwirrbare Dickicht Sie sich verstrickt haben! Doch unentwirrbar ist es nur für Sie, denn ein zweijähriges Kind würde ohne weiteres hinausgelangen. Lassen Sie's gut sein: ich muß über Sie lächeln. Wie kann nur ein genialer Mensch gleichzeitig so dumm sein. Die Komik Ihrer Haltung mir gegenüber, Ihr stetes Bedachtsein auf Verteidigungsmaßnahmen ist unübertrefflich ... Sie armer, armer Junge!

Also, lieber Freund, lassen Sie sich endlich einmal ein bißchen gehen. Sie halten sich zurück, und dadurch, daß Sie das tun, leiden Sie. Ist das vernünftig? Das Licht erlöschen zu lassen, das ich in Ihnen entfacht habe? Sich wieder in Ihre Einsamkeit zurückzuziehen, in Ihre Unfruchtbarkeit, Ihr liebeleeres Dasein? Wo doch das Heil erschienen und ganz nahe ist, mit zwei nackten Armen, einem jungen Gesicht und allem Unberührten? Nie wieder werden Sie eine finden, die wie ich ist. Nie wieder wird Gott Ihnen die Hand hinstrecken.

Die Ihre

Andrée

P. S. – Gerade eben ist meine Freundin Raymonde weggegangen. Ich habe sie von je – in großen Zügen wenigstens – über unsere Liebesbindung auf dem laufenden gehalten. Sie hat mich gefragt, wie es jetzt damit stehe. Als ich ihr sagte, wir kämen nicht vom Fleck, hat sie gerufen: »Hast du denn noch immer nicht kapiert, daß du ihm vollkommen schnuppe bist?« Ich habe ihr auseinandergesetzt, Ihre Zurückhaltung sei der Beweis Ihrer Liebe; da hat sie mir ins Gesicht gelacht. Ich schäme mich, eine Frau zu sein, wenn ich sehe, wie plump Frauen sein können. Immerhin möchte ich, daß Sie mich ermächtigten, ihr zu schreiben – nach Ablauf einer angemessenen Frist –, daß Sie mich endlich glücklich machen. Dann hätte ich es leichter, mit ihr zu reden, wenn sie wieder kommt. Ja, ermächtigen Sie mich, nicht nur Raymonde, sondern auch noch der einen oder anderen *verläßlichen* Freundin zu erzählen: »Costals ist mein Geliebter.« Damit würden Sie mir den Schatten des Glücks schenken, dessen Wirklichkeit Sie mir verweigern. Soviel sind Sie mir schließlich schuldig.

(Dieser Brief ist unbeantwortet geblieben.)

Thérèse Pantevin
La Vallée Maurienne
an
Pierre Costals
Paris

Sonntag

Gestern, Samstag, zu der Stunde, da Sie Mitleid mit mir hatten, um sechs Uhr, habe ich sehr starkes Herzklopfen bekommen. Das Angelusläuten erscholl, und da habe ich durch eine von Ihnen herrührende Eingebung gewußt, daß die, die es läuteten, zu den »Scheinheiligen« gehörten, daß es Heiden waren, die sich anschickten, so zu tun, als feierten sie morgen das Fronleichnamsfest mit verlogenem Prunk, und mir grauste vor dem Schall der Glocken. Es überkamen mich heftige Zuckungen – mein Körper bebte wie eine Pferdekruppe –, und in meinen Eingeweiden rumorte es. Da habe ich laut den Hirtenschrei ausgestoßen, bis nach Noison hin hat man ihn hören müssen. Ich habe zu ächzen und zu stöhnen angefangen, ich habe mich flach auf den Fliesen ausgestreckt, mit ausgebreiteten Armen; ich spürte, daß nur das mir wohl tun könne. Ich ließ den Kopf nach rechts und nach links schwanken, als wäre ich von meinem Zustand schwindlig und berauscht. Doch gleich nachdem ich mich zu Boden geworfen hatte, kam der kleine Marcel (das ist der Sohn meiner Schwester, er ist zwei Jahre alt) und fing so sehr an zu weinen, daß er sich nicht beruhigen ließ, so daß ich mich aufgesetzt und ihn gestreichelt habe. Dann habe ich mich umgekehrt auf die Fliesen gelegt, worauf der kleine Junge abermals zu weinen angefangen hat; ich habe ihn auf mich gelegt, und da ist er ruhig liegengeblieben. Doch ich habe gestöhnt und geächzt, mein Leib bebte, ich habe vielerlei Dinge gesagt, über den Geist von Babylon, über Sie, über unsere Heirat, »Sigara, die die Gestalt des Durstes ist«, Lucifer, »geschaffen wie ein Fest«. Ich habe den kleinen Marcel an die Brust gedrückt, an mein Gesicht, zwischen meine Beine, ich habe ihn abgeküßt, er hat in mir herumgewühlt, er war unser Sohn, ich war kindestrunken. Mama hat gefragt, ob der Pfarrer geholt werden solle, aber Barbiat hat nein gesagt. Da hat Mama das Meßbuch genommen und die Meßgebete gelesen, das Tedeum und das Magnifikat. Einmal hat mir Barbiat den kleinen Marcel weggenommen. Da habe ich mich mit den Fäusten sehr rasch und sehr heftig auf beide Brüste geschlagen, und das hat mir etwas Erleichterung geschaffen. Ich habe immerfort geredet, aber ich weiß nichts mehr von dem, was ich gesagt habe. Ich habe mich in einem Winkel verkrochen. Ich bin auf den Knien umhergerutscht. Ich habe in die Hände geklatscht. Mit gefalteten Händen habe ich mich zum Kreis aufgebäumt, nur auf den Kopf und die Füße gestützt. Ich habe Barbiat gesagt, er solle mich anhauchen, was er auch getan hat, und dann Mama dasselbe. Während der ganzen Zeit habe ich in leisen Lauten vor mich hin geweint und gestöhnt: »Ach, ich sterbe!«, ich muß abscheulich ausgesehen haben (schade, daß Sie nicht sehen können, wie häßlich ich bin). Schließlich, als ich gar zu sehr litt, habe ich Barbiat gesagt, er solle mich mit Holzscheiten auf die Brüste schlagen. Er hat es getan, mit aller Kraft, und ich bin befreit worden.

Mein Geliebter, mehr sage ich nicht. Schreiben Sie mir, wann Sie wieder großes Mitleid mit mir fühlen werden. Oh, ich lechze danach! Aber bitte erst in einigen Tagen, es nimmt mich zu sehr mit.

Marie

Frauenleben: Tagebücher, Berichte, Autobiographien

Elisabeth Castonier:
Stürmisch bis heiter
Memoiren
einer Außenseiterin
dtv 401

Katherine Mansfield:
Tagebuch. 1904–1922
dtv 1401

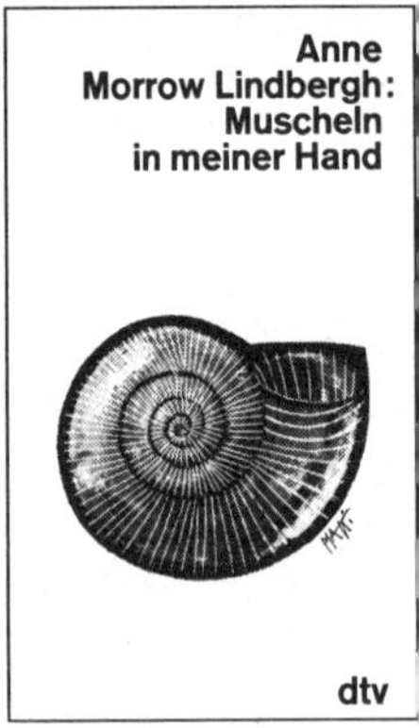

Anne Morrow
Lindbergh:
Muscheln
in meiner Hand
dtv 64

Die Tagebücher der
Anaïs Nin. 1
(1931–1934)
dtv 759

Die Tagebücher der
Anaïs Nin. 2
(1934–1939)
dtv 858

Die Tagebücher der
Anaïs Nin. 3
(1939–1944)
dtv 981